Auf das Leben – und alle, die wir lieben!

Bibliografische Information der Deutschen Nationalbibliothek:
Die Deutsche Nationalbibliothek verzeichnet diese Publikation in der Deutschen Nationalbibliografie; detaillierte bibliografische Daten sind im Internet über http://dnb.d-nb.de abrufbar.

© 2016 Susanne Friedrich

Korrektur und Buchsatz: Ka & Jott, Prenzlau

Verlag: tredition GmbH, Hamburg

ISBN Paperback: 978-3-7345-0119-7
ISBN Hardcover: 978-3-7345-0120-3
ISBN E-Book: 978-3-7345-0121-0

Susanne Friedrich

Monstertörtchen

Eine Bruchlandung in Berlin

tredition

– 1 –

In den Straßen von Kreuzberg herrschte Stille, kein Mensch war zu sehen. In vereinzelten Wohnungen brannte Licht. Eine laute Nacht lag hinter dem Kiez und die Anwohner versuchten Schlaf zu finden, nachdem die Partyritter abgezogen waren.

Ein streunender Hund schnüffelte an Flaschenleichen und Plastikmüll, der in Hauseingängen und unter zahlreichen Mülleimern verstreut lag. Noch blieb ihm Zeit, die BSR hatte ihren Beutezug noch nicht angetreten. Ab und an hob er das Bein, markierte sein Revier und zog weiter.

Jonas Richter, von allen nur Jojo genannt, saß zu dieser frühen Stunde in seinem Café. Eine Seltenheit und etwas, das er gerne vermied. Als pensionierter Nachtschwärmer stand er mit dem Vormittag weiterhin auf Kriegsfuß. Aber heute blieb ihm keine andere Wahl. Die Zahlen zeigten deutlich, dass Handlungsbedarf bestand. Die schwierige finanzielle Situation spitzte sich zu, er musste eine Lösung finden. Eine einzige Frage beschäftigte ihn: Wie lange würde er noch durchhalten? Er senkte den Kopf, raufte die Locken und hätte vor Wut schreien können.

Ein grölender Mann riss ihn aus seinen Gedanken und unterbrach die friedliche Stille. Sternhagelvoll torkelte er den Gehweg entlang.

»Highway to Hell«, grölte der Nachtschwärmer. »I'm on a Highway to Hell!«

»Nicht nur du.«

Jojo beobachtete, wie der Betrunkene das Straßenschild verfehlte. Krachend ging er zu Boden. Die leere Flasche rollte langsam vom Gehweg auf die Straße und blieb im Rinnstein liegen. Der Mann lag ausgestreckt auf dem Bürgersteig und machte es sich in seinem Rausch gemütlich. Ein letztes Mal grölte er »Highway to Hell!«, danach hörte man nur noch lautes Schnarchen. Jojo zögerte einen Moment, bevor er aufstand und aus dem Abstellraum eine alte Decke holte. Er trat hinaus, legte sie behutsam über den Schlafenden und kehrte ins Café zurück. Dort wählte er die Nummer der Polizeistation. Eine Stimme meldete sich kurz darauf in der Leitung.

»Kundschaft in der Friesenstraße. Ist noch eine Ausnüchterungszelle frei?«

»Irgendein Plätzchen finden wir immer. Ein bisschen Geduld wird er mitbringen müssen.«

»Denke, das lässt sich einrichten. Schläft tief und fest.«

»Na dann, danke für die Info! Schönen Tach auch!«

Jojo setzte sich und zog die Zahlen erneut zu Rate. Max würde sie später mit ihm durchgehen. Wenn es einen Fehler gab, würde er ihn sofort erkennen. Jojo hoffte, dass Max sich vielleicht verrechnet hatte. Aber sein Bauch sagte ihm etwas anderes. Max verrechnete sich eigentlich nie.

Um Punkt acht Uhr ging die Tür auf. Jojo sah nicht auf. Er liebte das bevorstehende tägliche Ritual.

»Einen wunderschönen guten Morgen!«

»Alter, was geht?« Immer noch schaute er auf die Berechnungen.

»Ich bin nicht alt!«

»Tommy, du weißt doch, dass es etwas ganz anderes bedeutet!« Jojo sah ihn an und lächelte. Er liebte dieses Spiel. Tommy stand vor ihm, die Arme verschränkt und bemüht, nicht zu lachen.

»Du bist mein Kumpel, mein Held!«

»Ich bin Super-Service-Man!«

»Da hast du recht, komm schlag ein!«

Sie klatschten ab und drückten einander. Tommy gluckste vor Aufregung und hob begeistert die Hände.

»Ich hab nicht nachgegeben!« Sein Gesicht strahlte, die Wangen glühten. Wie so oft, wenn etwas ihn erfreute. Tommy freute sich eigentlich immer. Er lächelte das Leben und die Menschen an. Alle, ausnahmslos.

An ihre erste Begegnung konnte Jojo sich noch gut erinnern. Ein Betreuer hatte Tommy begleitet, um ihm mit der Bewerbung für die ausgeschriebene Stelle zu helfen. Jojo hatte händeringend nach einem verlässlichen Mitarbeiter gesucht. Eine hoffnungslose Aufgabe, wie sich bald herausstellte – bis Tommy auf der Bildfläche erschienen war. Ein Blick genügte und Jojo hatte sich entschieden. Solch einem Lächeln konnte niemand widerstehen. Tommy war geistig zurückgeblieben. Ein Geschenk seiner alkoholkranken Mutter. Mehr als drei Jahre arbeitete er jetzt für Jojo und wuchs jedem ans Herz, der ihm begegnete.

»Was macht Jojo da?«

»Ich schau mir die Umsatzzahlen an.«

»Zahlen mag ich nicht, da wird mir immer schwindelig.«

»Mir gerade auch!«

»Oh! Dann braucht Jojo einen Kaffee von Super-Service-Man!« Tommy machte sich sofort an die Arbeit. Er summte eine Melodie. Musik gehörte zu seinem Alltag wie für andere die Luft zum Atmen.

»Den kann ich gut gebrauchen. Max hat mit den Berechnungen ganze Arbeit geleistet.«

»Max ist schwindelfrei, Zahlen machen ihm keine Angst!« Jojo lächelte. Max arbeitete seit ein paar Jahren als Aushilfe im Laden und kümmerte sich um die Umsatzzahlen. Ein Mathematikstudent mit einem gemessenen IQ von einhundertsiebenundachtzig.

»Stimmt! Ich leider nicht. Wenn ich die Zahlen sehe, wird mir schlecht!« Er trank einen Schluck Kaffee. »Alter, der ist dir heute extrem gut gelungen.«

Tommy setzte sich zu Jojo und sah ihn fragend an.

»Es reicht hinten und vorne nicht.« Jojo bereute den Satz, als er Tommys besorgtes Gesicht sah.

»Dann brauchen wir ein Wunder«, entschied Tommy. »Ein Wunder, mehr nicht!«

Die Tür ging auf und Max schlappte in seiner typisch lethargischen Art ins Café.

»Bist du aus dem Bett gefallen?«

»Nee, hab Hunger und muss noch 'ne Klausur schreiben. Und mit knurrendem Magen geht's nur halb so gut.«

Tommy sprang sofort auf und verschwand hinter dem Tresen. Kurz darauf ertönte das Geräusch der Kaffeemaschine, begleitet von klapperndem Besteck und Geschirr.

»Sieht nicht gut aus«, bemerkte Max mit einem Blick auf die Zahlen, »egal wie man es dreht, am Ende bleibt kaum was übrig.«

Jojo schob die Unterlagen beiseite. Er rieb sein Gesicht und stieß einen Seufzer aus. Draußen hatte es zu regnen begonnen. Leise trommelte er mit den Fingern auf den Tisch und dachte fieberhaft über eine Lösung nach. Tommy kam triumphierend mit einem Frühstück für Max zurück. Freudestrahlend platzierte er das Tablett auf dem Tisch.

»Alter, du bist echt der Knüller! Danke Mann!«

»Ich bin nicht alt. Ich bin Super-Service-Man!« Strahlend riss er die Arme in Siegerpose hoch.

Der Regen wurde heftiger. Dicke Tropfen klatschten gegen die Scheibe. In kürzester Zeit stand der Gehweg unter Wasser. Sogar der Betrunkene beschloss, keine Minute länger zu bleiben. Benommen kam er auf die Füße, fluchte lauthals und torkelte ziellos weiter.

»Wir brauchen ein Wunder«, entschied Tommy mit Nachdruck.

»Mathematisch gesehen ist die Wahrscheinlichkeit gering. Versuchs mit Lotto, da ist sie im Vergleich höher! Ich glaube nicht an Wunder.« Max nahm einen Schluck Kaffee, dann noch einen. »Alter, der ist echt der Hammer!«

»Ich bin ein kleines Wunder!« Tommy nahm Platz und verschränkte die Arme. Jojo und Max sahen ihn fragend an.

»Das musst du mir erklären«, entschied Max.

»Meine Oma hat immer gesagt: Tommy, du bist ein kleines Wunder! Also«, schlussfolgerte er, »wenn ich eins bin, gibt es sicher noch mehr, oder?« Zufrieden lächelte er die beiden an.

»Verstehe«, sagte Max, »und ich gebe deiner Oma recht. Aber —« wollte er fortfahren, doch für Tommy gab es nichts mehr zu bereden.

»Wir brauchen ein Wunder, mehr nicht!« Er stand auf und ließ die beiden zurück. »Ein Wunder!« Seelenruhig setzte Tommy hinter dem Tresen seine Arbeit fort.

»Das wäre dann wohl geklärt«, schmunzelte Max. »Noch Fragen?«

Jojo zog erneut die Zahlen zu Rate, während Tommys fröhliches Summen erklang. Er schaute nach draußen, wo es weiterhin in Strömen regnete. Mit Kundschaft war heute nicht zu rechnen. Bei dem Wetter verließ niemand freiwillig das Haus.

»Mal ehrlich, hast du eine Lösung?«

Jojo wollte antworten, als die Tür aufging. Eine triefend nasse Rentnerin erschien im Türrahmen.

»Scheiß Wettervorhersage! Ick hasse diese Versager! Sonne und Wolken, aber keen Regen, det war die Vorhersage! Und bezahlt werden sie och noch für den Mist!«

Tommy eilte besorgt mit einem Handtuch hinter dem Tresen hervor. »Erna, du bist ja ganz nass, komm, ich helfe dir!« Ohne auf Ernas Murren zu achten, begann er sie abzutrocknen.

»Lass mal, meen Kleener! Mach mir mal 'nen Käffchen, ick brauch dringend eenen.« Sie lächelte ihm zu. Tommy gehörte zu den wenigen, denen Erna jemals zulächelte. Er verschwand sofort hinter dem Tresen.

»Na, ihr Pappnasen! Außem Bett jefallen?«

»Grüß dich Erna, wie ich sehe, bist du heute bestens gelaunt, wie immer.« Jojo grinste sie an, so wie jeden Tag, an dem Erna ihren Charme versprühte.

»Wat soll ick machen, bei dem Wetter?« Sie deutete nach draußen und warf den beiden einen abfälligen Blick zu.

»Schön, dass du uns trotzdem beehrst!«

»Ick werd wohl die einzije bleiben, wenn det so weiterjeht!« Wieder bedachte sie Jojo mit finsterer Miene und setzte sich auf ihren Stammplatz. Tommy eilte herbei und servierte Kaffee und Kekse. Erna strahlte. Binnen kürzester Zeit kicherten die beiden um die Wette.

»Wir brauchen ein Wunder.« Jojo rieb sich, noch während er sprach, das Gesicht.

»Hundert Ernas am Tag sind mathematisch gesehen die bessere Lösung.«

Jojo sah in ihre Richtung und verdrehte die Augen.

»Hundert Ernas brauche ich so dringend wie ein Loch im Kopf.«

»Kein Wunder und vollkommen nachvollziehbar!« Fürsorglich legte Max seinem Kumpel die Hand auf die Schulter. »Hey, bleib locker, Mann! Bisher hast du immer eine Lösung gefunden.« Er verschlang den Rest des Frühstücks und wischte den Mund mit der Handfläche ab. Den Kaffee leerte er im Stehen.

»Alter, ich muss los!«

Jojo winkte geistesabwesend. *Einfacher gesagt als getan*, dachte er. *Bisher hat dieser Rettungsring aus einer Person bestanden. Wie lange das noch so funktioniert? Mutter wird nicht ewig den Geldbeutel zücken, um mir aus der Patsche zu helfen.*

Der Familie hatte Jojo früh den Rücken gekehrt und ein eigenes Leben gewollt, fernab von Dahlem und dem dort ansässigen Spießertum. An die Erleichterung des Vaters über diese Entscheidung erinnerte er sich nur zu gut. Der rebellierende Sohn hatte ihn jahrelang den letzten Nerv gekostet. Beide sahen den Schnitt als endgültig an. Zu früh hatte Jojo angefangen, aus dem beschaulichen Dasein auszubrechen. Für seine Mutter war eine Welt zusammengebrochen. Als er nach geschmissenem Studium und etlichen Gelegenheitsjobs eine Starthilfe für das Café brauchte, hatte sie trotz der Tobsuchtsanfälle ihres Mannes eingewilligt. Aber die Vorstellung, sie jetzt erneut anzubetteln, bereitete ihm Magenschmerzen.

»Sach mal, meen Kleener, wie lange willst du in dieser Schabracke eigentlich noch vor dich hindümpeln?« Gestärkt durch Tommys köstlichen Kaffee und weitgehend trocken, stand Erna angriffslustig vor ihm.

»Meine Gäste zählen auf mich Erna, ich kann sie nicht enttäuschen.« Einen Schlagabtausch mit der schrulligen Alten konnte er in diesem Moment nicht gebrauchen.

»Ha! Dat ick nich lache! Wat 'n für Kunden?« Vielsagend schaute sie sich in dem leeren Raum um. »Stammkunden, so wie icke? Die kommen wegen Tommy und seinem Kaffee«, mit der Tasse prostete sie Jojo zu, »det is aber auch allet!« Erna nahm unvermittelt neben ihm Platz. »Ick sach dir jetzt mal wat, meen Süßer. Dass die Nummer sich nich rechnet, dazu brauch ick keenen Abschluss. Det kann man an fünf Fingern ausrechnen«, sie lächelte spöttisch, während sie mit ihrer freien Hand eine ausschweifende Bewegung machte. »Ick mach mir Sorgen um Tommy. Der wär am Boden zerstört, wenn det hier zu Ende jeht. Lange wird det nich mehr jut jehen, hab ick recht?«

Wortlos schauten sie einander an. Erna nahm einen letzten Schluck Kaffee, bevor sie aufstand. Missbilligend sah sie auf Jojo herab.

»Weeste meen Kleener, unsereins kann et sich nich aussuchen, wie er zu Jeld kommt. Da jeht nur eens, Klappe halten und arbeiten! Leute wie dich kann ick nich verknusen! Bekommen von kleen auf allet in den Arsch jeblasen und kriegen trotzdem nüschd uff de Reihe. Janz großet Kino!« Mit Schwung stellte sie die Tasse ab und wandte sich zu Tommy, der hinter dem Tresen arbeitete. »Tommy meen Süßer, ick mach los! Wir sehen uns!« Sie winkte ihm zu, lächelte und verließ grußlos das Lokal.

Jojo hätte Erna am liebsten eigenhändig vor die Tür gesetzt. Sein Blick folgte ihr, bis sie um die Ecke verschwand. Der Regen hatte aufgehört, der Himmel klarte langsam auf. Jojos Stimmung nicht.

Entnervt räumte er die Papiere zusammen und feuerte sie hinter den Tresen. Tommys strafender Blick folgte umgehend.

»Ich weiß, Tommy! Ich räum sie gleich weg. Ich muss kurz an die frische Luft.«

Ein paar Häuserblöcke weiter ging es ihm besser. Auf der Gneisenaustraße herrschte reger Verkehr. Jojo blieb stehen und sah gedankenverloren den vorbeifahrenden Autos nach. *Das ist mein Pflaster*, dachte er. *Hier bin ich zur Ruhe gekommen.* Die Idee, alles zu verlieren, schnürte ihm die Kehle zu.

Mit den Händen tief in den Taschen vergraben trat Jojo den Rückweg an. Die Straßen füllten sich zunehmend mit Fußgängern, die meisten auf dem Weg zur Arbeit. Zahlreiche Mütter mit Kleinkindern in Richtung Kita, oder Schüler, die an ihren Smartphones klebten, belagerten die Gehwege. Rentner mit Einkaufstaschen straften jeden, der ihnen in die Quere kam. Beim türkischen Gemüsehändler herrschte reges Palaver. Die ersten Coffee-to-go-Bestellungen verließen die Läden, Händler ordneten die Auslagen neu. Der Tag hatte die Stille der frühen Morgenstunden verdrängt.

In Jojos Café schwatzten zahlreiche Stammkunden mit Tommy, der strahlend Kaffeebestellungen servierte und von jedem ein dankbares Lächeln erntete.

»Auf einmal waren alle da«, rief er, als Jojo hinter dem Tresen erschien, »kaum warst du aus der Tür, kamen sie hereingeschneit!« Er gluckste erfreut. »Aber Super-Service-Man hat alles im Griff!«

»Alter, was würde ich nur ohne dich tun?« Dankbar klopfte er Tommy auf die Schulter. »Ich geh mal schauen, was noch an Vorräten da ist.«

Die Vorratskammer empfing ihn im üblichen Durcheinander. Die Dinge standen dort, wo Platz war. Lustlos begann Jojo, Ordnung zu schaffen. In der anliegenden kleinen Küche sah es nicht anders aus, sie wurde kaum genutzt. Toter Raum, der für die Kühlstellung angelieferter Lebensmittel genutzt wurde. Die Palette war ebenso bunt wie gemischt. Jojo kritzelte die nötigen Einkäufe auf einen Zettel, verstaute ihn zusammengeknüllt in der Hosentasche und ging zurück in den Laden.

Eine Gruppe Kleinkinder hüpfte aufgeregt herum und rief: »Tommy, Tommy!« Ihre Betreuerinnen konnten sie kaum im Zaum halten. Tommy strahlte und stellte die Getränkebestellung zusammen. Wortlos ging Jojo ihm zur Hand.

»Tommy schafft das, Tommy ist Super-Service-Man!« Er gluckste und summte eine Melodie. Wenig später griff er zum Tablett und eilte zu den jubelnden Kindern.

Jojo sammelte leere Tassen und Teller ein und stellte sie in die Spülmaschine. Der plötzliche Trubel hatte seine schlechte Laune in den Wind geschlagen. *Ich habe bisher immer einen Weg gefunden*, sagte er sich. *Ich werde auch jetzt eine Lösung finden!* Die Vorstellung, Tommy und Max zu verlieren, war unerträglich.

Mit diesen Gedanken schob er den letzten Zweifel beiseite. Der Trubel der Geschäftigkeit riss ihn mit. Das

Lachen der Kinder, die Gespräche der Gäste und das Klappern der Tassen bildeten die Melodie seines Alltags. Er klammerte sich daran wie ein Ertrinkender an ein Stück Treibholz, in der Hoffnung, Land zu sichten.

– 2 –

Der Wagen steuerte im freien Sturzflug auf einen Abgrund zu. Die Lider der Frau flatterten unruhig im Schlaf, der Traum wurde immer bedrohlicher. Ihr Herz raste. Durch dichten Qualm sah sie, wie ein Riese ihren Mann schüttelte, der vor Schmerz aufschrie. Die Schlafende wälzte sich im Bett und drehte den Kopf hektisch von einer Seite zur anderen. Der Albtraum hielt sie wie ein Schraubstock gefangen. Aus der Ferne wuchs ein Bild heran. Die Träumende brach in Schweiß aus. Ein Gesicht nahm quälend langsam Gestalt an. Sie rang nach Luft, ihr Herz hämmerte wie verrückt. Aus dem Nichts zerriss ein markerschütternder Schrei die Stille.

Ruckartig setzte Viktoria sich auf und saß hellwach im Bett. Dicke Haarsträhnen fielen ihr wirr vor die Stirn, das Nachthemd klebte an ihrem schweißgebadeten Körper. Erschöpft ließ sie den Kopf auf das angewinkelte Knie sinken, doch die ersehnte Ruhe blieb aus. Die verstörten Augen des Albtraums verfolgten sie. Lautstark schrien sie voller Entsetzen und Verzweiflung. Sie hasste es, wenn Träume wie dieser ihr mühsam erkämpftes Selbstvertrauen ins Wanken brachten.

Benommen zog Viktoria eine Strähne aus dem Gesicht. Ihr Atem ging unregelmäßig. Sie sah zur Seite und erkannte in der Dunkelheit Sven, der laut schnarchte. Entnervt schob sie die Decke beiseite und setzte die Füße auf den Boden.

Quälende Minuten vergingen, bis das Klopfen in der Brust nachließ. Vorsichtig suchte sie den Weg zum Badezimmer ohne dabei den geringsten Lärm zu verursachen. Ihr Mann hasste es, im Schlaf gestört zu werden. Er war danach für den Rest des Tages ungenießbar. Mit zaghaften Schritten bahnte sich Viktoria einen Weg in der Dunkelheit. Sie erkannte den Türrahmen und tastete nach dem Lichtschalter. Lautlos öffnete sie die Tür und trat unbeholfen ein.

Das Licht blendete sie. Für einen Moment blieb Viktoria mit den Armen schützend vor den Augen ausgebreitet stehen. Schließlich sah sie wieder in den Raum. Das edle Badezimmer strahlte wie so oft ein Versprechen der Ruhe aus. Sie ging zum Spiegel und suchte Halt am Waschbeckenrand. Ihr Kopf schmerzte höllisch. Bestürzt betrachtete sie ihr Spiegelbild.

Aschfahl, die Haare verklebt und das Negligé völlig verschwitzt, stand Viktoria wie erstarrt. Sie beugte sich dicht an das Glas. Vorsichtig streifte sie mit dem Finger über die Haut. Jeden Millimeter der feinen Konturen nahm ihr prüfender Blick in Augenschein, suchend und nervös. Die innere Unruhe ließ sie nicht los.

Sie wusch sich mit eiskaltem Wasser und spülte ausgiebig den Mund. Der bittere Geschmack blieb. Dann band sie die Haare zusammen und prüfte erneut ihr Aussehen. Regungslos starrte sie in den Spiegel, gedankenverloren und verängstigt.

Deutlich erschien das Bild des Schreckens wieder vor ihr, der markerschütternde Schrei zerriss die Stille. Das Antlitz vor Augen überkam Viktoria ein schleichendes Gefühl. Der verzweifelte Blick schnitt ihr die Luft ab. Sie vergrub das Gesicht in den Händen. Ihr Herz schlug wieder heftiger, die Angst lag auf ihr wie eine Kältedecke. Erfolglos versuchte sie, die nagende Unsicherheit zu verdrängen, die sie sonst so gut im Griff hatte. Jahrelange

Übung der Selbstbeherrschung, aus den Fugen geraten durch diesen Albtraum.

Nachdem heißer Dampf die Sicht in der Duschkabine verhüllte, streifte Viktoria ihr Nachthemd ab und trat unter den Wasserstrahl. Genüsslich stand sie und sog die Wärme in sich auf. Erst als die Hitze übermächtig wurde, verließ sie die Dusche.

In ein Handtuch gehüllt, die Haare in einem Turban drapiert, trat Viktoria kurze Zeit später wieder vor den Spiegel. Minutiös verteilte sie Creme im Gesicht. Sorgfältig kreisten die Finger behutsam auf den Wangen, der Stirn und um den Mund. Die kastanienbraunen Augen verfolgten angespannt jede einzelne Bewegung. Zufrieden stellte sie den Spender zurück an den gewohnten Platz und betrachtete erneut ihr Aussehen. Die Haut hatte eine zarte Rötung, sie strahlte Frische aus.

Ein Albtraum, mehr nicht, entschied sie, nahm einen flauschigen Bademantel und prüfte mit geschultem Blick, ob keinerlei Unordnung die erlesene Ausstattung des Badezimmers störte. Zufrieden kehrte sie zurück ins Schlafzimmer. Svens Schnarchen tönte durch den Raum. Behutsam ging sie Richtung Tür und drückte vorsichtig die Klinke runter. Katzenhaft schlich Viktoria in den Flur und atmete auf der Treppe erleichtert auf.

Im Wohnzimmer kam sie vor dem Panoramafenster zum Stehen. Zartes Morgenrot krönte die Dächer Berlins. Die Stadt schlief noch, auf den Straßen sah man nur vereinzelte Autos. Nirgends lief ein Fußgänger, die Bürgersteige leergefegt. Viktoria ließ den Blick zum nahegelegenen Kurfürstendamm schweifen, wo die Schaufenster der Nobelboutiquen kleine Farbexplosionen lieferten. Sie liebte diesen Ausblick. Die Belohnung jahrelanger harter Arbeit und Selbstgeißelung.

Viktoria ging zur offenen Wohnküche. Moderne Kunst schmückte die Wände der Wohnung, die perfekt arrangiert stand. Kein Detail der Einrichtung war dem Zufall überlassen worden. *Höchste Zeit für einen Kaffee*, entschied sie. Geübte Griffe lieferten zügig das gewünschte Ergebnis. Herrlicher Kaffeeduft zog durch den Raum. Als sie die Tasse an den Mund führte, entglitt ihr der Henkel. Der Inhalt des Bechers landete auf der Front des Bademantels.

»Verdammter Mist!« Entnervt stellte Viktoria ihn ab und betrachte den Fleck, der großzügig den Morgenmantel zierte. »Na toll!«

In diesem Moment summte ihr Smartphone. Verwirrt sah sie sich um. Es lag auf dem Küchentisch neben der Handtasche, wo sie es am Vorabend liegen gelassen hatte. Viktoria nahm es und las die Nachricht.

»Na, schon aufgeregt?« Viktoria prüfte die Uhrzeit. Fünf Uhr dreißig, auf Cora war Verlass. Kurzentschlossen textete sie zurück: »Völlig entnervt! Erst ein Albtraum und jetzt Kaffee auf dem Bademantel, ein schlechter Start!«

Viktoria legte das Telefon auf die Arbeitsplatte. Geistesabwesend strich sie mit den Fingern über die Oberfläche. Der kühle Granitstein beruhigte ihre angespannten Nerven. Sie drückte die Programmtaste für eine weitere Tasse. Noch während das Getränk zubereitet wurde, klingelte das Smartphone erneut. Viktoria lächelte, sie hatte mit Coras Anruf gerechnet.

»Du und Albträume? Ausgerechnet jetzt? Heute ist dein Tag!« Cora klang irritiert. Der Tagesplan sah keine Pannen vor.

»Ich weiß … aber dieser Traum«, nervös rieb sie ihre Handfläche über die Stirn. »Cora, er war so verdammt echt.«

»Red ihn dir von der Seele, dann ist er weg! Also, raus mit der Sprache!«

Viktoria schwieg. Erneut sah sie das Bild des Albtraums, wieder zerriss der markerschütternde Schrei die

Stille. Ihr Magen verkrampfte sich bei der Vorstellung. Das Leuchten der Lampe erinnerte sie daran, dass der Kaffee auf sie wartete. Behutsam hob sie die Tasse und genoss den Duft.

»Viktoria?«

Viktoria atmete tief durch. »Ich bin noch dran.« Gemächlich ging sie zum Panoramafenster, nahm in ihrem Lieblingssessel Platz und trank einen kräftigen Schluck.

»Mein Gesicht war in diesem Traum, Cora!«

»Das ist alles andere als ein Albtraum.«

»Ich …« Viktoria geriet ins Stocken.

»Na los, raus mit der Sprache!«

»Diese Augen, ich …«

»Entspann dich, was war mit den Augen?«

»Sie starrten mich entsetzt an, völlig verzweifelt! Und dann der Schrei …«, wieder brach sie ab. »Cora, es war einfach grauenvoll!«

»So ein Schwachsinn! Vergiss das alles, reine Zeitverschwendung! Außerdem musst du früher ins Büro als geplant. Jason ist bereits in der Stadt. Er ist gestern Abend angereist. Immer für eine Überraschung gut.«

Viktoria sprang auf. »Er ist so verdammt unberechenbar!«

»Offensichtlich hat er besonderen Spaß daran. Um Punkt neun Uhr plant er ein Meeting mit uns beiden. Sei pünktlich! Nicht gerade der passende Tag, um ihn zu verärgern.«

»Er bringt es fertig und überlegt es sich anders.«

»Wohl kaum! Also, bis nachher.«

Viktoria legte das Telefon beiseite, prüfte die Uhrzeit und sank wieder in die Kissen. Ihr blieben knapp drei Stunden Zeit. In der Hoffnung, Ruhe zu finden, atmete sie tief durch, doch die innere Anspannung ließ sich nicht abschütteln. Entnervt griff sie nach der neuesten Ausgabe der Vogue und begann lustlos darin zu blättern. Eine Werbung fiel dabei zu Boden. Viktoria hob sie auf und sah genauer hin. Perfekte Körper und makellose Gesichter strahlten auf Hochglanzpapier um die Wette. Die Broschüre stammte von einem Besuch in einem Schönheitssalon. Die Kosmetikerin hatte die Klinik wärmstens empfohlen. An das Gespräch entsann sie sich bestens.

Die junge Frau, deren Können ihrem fabelhaften Aussehen in nichts nachstand, hatte diese Adresse wiederholt gepriesen.

»Vorausplanen ist die halbe Miete«, hatte sie gezirpt. »Natürlich sind Sie noch weit davon entfernt, so etwas auch nur annähernd zu brauchen, Frau Neufeld! Ich behandle solche Informationen selbstverständlich streng vertraulich. Sie wissen ja, Diskretion ist alles!«

Viktoria betrachtete die Broschüre genauer. Es gab eine Menge dieser Adressen, ein paar Straßen weiter begrüßte die Fensterscheibe eines Gewerbes Passanten mit den Worten *Botox to go*. Sie schauderte bei dem Gedanken.

Aber ganz ohne Hilfe werde ich mein strahlendes Aussehen nicht halten können, ermahnte Viktoria sich. *Der Vierzigste steht förmlich bevor. Vier Jahre vergehen wie im Flug!* Erneut betrachtete sie die Werbung, las den Text und musste schmunzeln: *Unsere Anwendungen sind einzigartig und maßgeschneidert. Ein hoch professionelles Team ebnet den Weg zu einer strahlenden Erscheinung. Wir beraten Sie gerne.*

Ewige Schönheit für hochkarätige Preise, wie einfallsreich! Sie verstaute die Broschüre in der Zeitschrift und durchblätterte hektisch die Seiten. Schließlich legte sie das Magazin beiseite und erhob sich. Viktoria nahm einen letzten Schluck aus der Tasse. Das Getränk war lauwarm.

»Bäh! Kalter Kaffee, was für eine Zumutung!« Mit diesen Worten stand sie auf, ging zum Fenster und sah hinaus. Mittlerweile herrschte etwas mehr Betrieb auf den Straßen. Vereinzelt eilten Passanten auf den Bürgersteigen umher, manche mit Zeitungen unter den Armen, einige mit Schirmen bewaffnet. Viktoria hob den Blick.

Dicke Wolken zogen mit hohem Tempo über den Himmel. Sie prüfte die Wettervorhersage auf dem Display des Smartphones: sonnig bewölkt.

»Passt mal wieder gar nicht!« Sie schnürte den Morgenmantel enger. Der große Kaffeefleck triumphierte hartnäckig auf der Front. Viktoria überlegte kurz und eilte in das obere Stockwerk. Vorsichtig öffnete sie die Tür zum Schlafzimmer.

»Komm ruhig rein«, Sven gähnte verschlafen, »so wie du die Treppe hochtrampelst, ist an Schlaf kaum noch zu denken.«

»Ich trample nicht!«

»Doch mein Schatz, das tust du! Wie die meisten Frauen. Aber sei unbesorgt, ich liebe dich trotzdem.«

Genervt ging Viktoria zum Fenster und öffnete die Gardinen.

»Es ist sowieso an der Zeit aufzustehen, Jason ist bereits in der Stadt und hat für neun Uhr ein Meeting angesetzt.«

»Ich hasse diesen Mistkerl!« Sven raufte sich gähnend die Haare. »Wenn er keine Aufmerksamkeit bekommt, ist er nicht zufrieden.«

»Sind alle Multimillionäre so?«

»Der Typ hat keine Hobbys, das ist das Problem.«

Viktoria öffnete das Fenster. Immer dichtere Wolken füllten den Himmel.

»Hey! Ich bin noch im Bett! Es ist verdammt kalt da draußen!«

»Schatz, es ist Spätsommer! Du übertreibst maßlos.«

»Weil ich so unsanft geweckt wurde. Komm her meine Schöne, mach es wieder gut!« Mit ausgestreckten Armen lag er im Bett. Viktoria betrachtete ihn aufmerksam. Sven sah aus wie ein großer Junge. Die zerzausten Haare, das verknautschte Gesicht, das unrasierte Kinn. Lächelnd ging sie auf ihn zu.

»Wie siehst du denn aus?«, fragte er beim Anblick des Morgenmantels. Sein leicht angewiderter Gesichtsausdruck ließ ihr Lächeln schwinden.

»Mir ist die Kaffeetasse aus der Hand gerutscht.«

»Was geisterst du auch in aller Herrgottsfrüh durchs Haus? Mein Schatz, du musst an diesem Tag fabelhaft aussehen! Heute ist dein großer Tag!«

Viktoria glaubte, einen Hauch von Zynismus in seiner Stimme zu erkennen. Sie überlegte kurz, den Albtraum der Nacht zu erwähnen, entschied sich aber kurzerhand dagegen.

»Dann mache ich mich am besten sofort an die Arbeit!« Mit einem kühlen Lächeln verschwand sie im Bad.

Wütend riss sie den Turban vom Kopf und feuerte ihn zu Boden. Der Morgenmantel folgte mit gleicher Wucht. Ihr schulterlanges Haar hing in goldbraunen Strähnen feucht und zerzaust auf einer Seite. Sie wickelte sich ein Handtuch um die Brust und sah prüfend in den Spiegel.

Eine knappe Stunde später kehrte Viktoria ins Schlafzimmer zurück. Sven las eine SMS und lächelte dabei süffisant. Als er aufblickte, erhellte ein Strahlen sein Gesicht.

»Ah, mein Engel, du siehst einfach bezaubernd aus! Bekomme ich einen Kuss?« Sie küsste ihn sanft auf die Lippen. »Mmh, jetzt kann der Tag beginnen!« Sven räkelte sich genüsslich.

Viktoria entging dabei nicht, dass er das Smartphone gekonnt unter der Decke versteckte. Argwöhnisch beobachtete sie, wie Sven ihr ein Unschuldslächeln schenkte.

»Los, aufstehen, Faultier! Ich mach uns Frühstück.« Sie ging zum Schrank und holte einen frischen Morgenmantel hervor.

»Willst du dich nicht gleich anziehen?«

»Ich hab Zeit. Den Luxus gönne ich mir heute! Beeilung, dann können wir gemeinsam einen Kaffee trinken.« Mit diesen Worten verließ sie den Raum.

Sven räkelte sich ein letztes Mal und holte das Smartphone hervor. Eine neue Bildnachricht erwartete ihn. Das Foto auf dem Display war die reinste Wonne. Genüsslich wickelte er die Decke um sich, schloss die Augen und sank noch einmal tief in die Kissen.

– 3 –

Sven konzentrierte sich darauf, die Butter perfekt auf dem Toast zu verteilen. Viktoria sah ihm irritiert zu. Sie fand seine Manie unerträglich. Ab und an blickte er fragend zu ihr auf, verschonte dabei aber keinen Quadratmillimeter der Toastscheibe von dieser Prozedur.

»Was wirst du anziehen?«, warf er beiläufig ein, ohne den Toast aus den Augen zu lassen.

»Ich hatte an den Hosenanzug von Saint Laurent gedacht.«

»Auf keinen Fall«, erwiderte er entschieden und sah kurz auf, »heute ist ein Prada-Tag! Das kleine Schwarze von Escada ginge noch. Aber Prada wäre perfekt.«

Die Marmelade war jetzt an der Reihe, die Sven peinlichst genau auf die Butter auftrug. Viktoria hätte ihm den Toast am liebsten aus der Hand geschlagen. Er lächelte kurz, ließ sich aber nicht weiter ablenken.

»Und dazu deine Lieblinge von Jimmy Choo. Darin«, beschloss er, »wirst du alle in den Schatten stellen.« Sven prüfte ein letztes Mal die Toastscheibe und biss mit Wonne ab.

Viktoria fragte sich immer, ob die Zubereitung ihn mehr befriedigte als der Geschmack. Um sich zu beruhigen, spielte sie mit dem Henkel ihrer Kaffeetasse.

»Die Kombination mag ich eigentlich nicht so. Ich finde sie zu verspielt.«

»Genau deswegen wirst du damit alle bezaubern! Die stahlharte Geschäftsfrau, gehüllt in zauberhaftes und unverwechselbares Design!«

Mit geschlossenen Augen nahm er den letzten Bissen Toast zu sich. Viktoria trank einen Schluck Kaffee und stand auf.

»Ich geh mich umziehen. Ich kann mir keine Verspätung erlauben.«

»Glaube mir mein Engel, es ist die beste Wahl! Heute ist ein Prada-Tag. Was passt besser zu solch einer Beförderung als dieses Design? Die Chefin trägt Prada.«

Sven lehnte sich zurück und lächelte süffisant. Viktoria warf ihm einen kühlen Blick zu und schwieg. Die unterschwellige Provokation schluckte sie wortlos, wenn auch mit Mühe.

Im begehbaren Kleiderschrank schaltete sie das Licht ein. Ein Universum der exklusivsten Designermarken begrüßte sie, fein säuberlich aufgehängt und strikt nach Farbe sortiert. Chanel, Escada, Gucci, Prada, Yves Saint Laurent, Hermès – keiner der großen Namen fehlte. Darunter aufgereiht stand eine Armee von Schuhen von ebenso berühmten Herstellern. Die Handtaschen der Designermarken bildeten in diesem Kleinod der Mode den krönenden Abschluss.

Mit wenigen Griffen hatte Viktoria Svens Auswahl für den Tag zusammengestellt. Mit den Armen verschränkt stand sie und musterte seinen Vorschlag. Sie fügte den passenden Schmuck und eine schwarze Birkin Bag von Hermès hinzu. Ungern gab sie Sven in diesem Fall recht, doch die Kombination versprach den perfekten Auftritt.

Im Handumdrehen stand Viktoria angezogen und betrachtete sich überkritisch im Spiegel. Sie wollte nichts dem Zufall überlassen, heute musste alles bis ins kleinste Detail sitzen.

Urplötzlich unterbrach der Albtraum der letzten Nacht ihre Aufmerksamkeit. Der Schrei zerriss die Stille, die entsetzten Augen ließen sie nicht mehr los.

»Na, was hab ich gesagt, heute ist ein Prada-Tag! Du siehst fabelhaft aus, mein Engel!«

Verschreckt drehte sich Viktoria um, kreidebleich starrte sie Sven an.

»Was ist denn mit dir passiert? Hast du einen Geist gesehen?« Alarmiert sah Sven seine Frau an.

»So ähnlich.« Fieberhaft versuchte sie, sich in den Griff zu kriegen. Viktoria hätte ihm zu gern vom Alptraum der letzten Nacht erzählt, aber die Zeit reichte nicht aus, noch ließen ihre angespannten Nerven es zu. Tapfer setzte sie ein Lächeln auf und ging zu ihm, küsste Sven auf die Wange und lief Richtung Tür.

»Viktoria!«

Irritiert blieb sie stehen, drehte sich genervt um und sah ihn an. Sven hielt ihr die Handtasche entgegen.

»Ist wirklich alles in Ordnung?«

»Natürlich, ich bin nur in Eile, sonst nichts.«

»Wie du meinst«, prüfend schaute er seine Frau an, nahm sie bei den Armen und küsste Viktoria zärtlich auf den Mund. »Ich bin stolz auf dich. Das wollte ich dir nur sagen. Ich komme in einer halben Stunde nach. Und jetzt Beeilung, mein Schatz!«

Wenig später beobachtete Sven Viktoria, als sie in ihr Auto stieg. Noch während der Wagen aus der Parklücke manövrierte, wählte er eine Nummer. Er sah, wie der BMW Richtung Kantstraße fuhr, und lauschte einer quirligen Stimme.

»Du bist ein böses Mädchen, das muss ich schon sagen«, bemerkte Sven, ließ sich ins Bett fallen und räkelte sich genüsslich.

Der Verkehr Richtung Oberbaumbrücke raubte Viktoria den letzten Nerv. Das Schneckentempo sorgte dafür, dass sie nicht pünktlich im Büro eintraf. Die magischen zehn Minuten Spielraum, die sie gerne im Griff hatte, waren verpufft. Genervt manövrierte sie ihren Wagen in die Parklücke der Tiefgarage. Sie riss die Tür auf und knallte damit gegen den Pfeiler, der wie jeden Morgen am gleichen Platz stand.

»Scheiße!«, brüllte sie. »Scheiße, verdammt!« Viktoria stieg aus und begutachtete den Schaden. Als sie den Seitenspiegel berührte, mit dem sie den Beton gerammt hatte, verabschiedete sich dieser abwärts und hing frei baumelnd an einem Kabelsalat. Viktoria schloss die Augen, unterdrückte die Tränen der Wut und eilte zum Fahrstuhl.

»Guten Morgen, Frau Neufeld.« Die junge Mitarbeiterin am Empfang der Agentur begrüßte sie wie gewohnt mit einem nervösen Lächeln. »Herr Greenfield erwartet Sie bereits.«

Viktoria quittierte die Ansage mit einem kühlen Blick, nickte wortlos und lief unbeirrt zu ihrem Büro. Sie nahm von jedem Mitarbeiter auf dem Weg dorthin Notiz. Niemand ließ Viktoria passieren, ohne sie vorher mit einem gezwungen freudigen Gesichtsausdruck zu begrüßen. Hinter der Glasfassade des Büros sah sie Cora, die scheinbar eine charmante Unterhaltung mit Jason Greenfield führte. Viktoria kannte ihn gut genug, um zu wissen, dass der Anblick täuschte.

»Guten Morgen, allerseits«, flötete Viktoria beim Eintreten. »Ich muss mich entschuldigen, ich hatte eine Autopanne auf dem Weg ins Büro.«

Jason Greenfield erhob sich bei Viktorias Anblick. Der maßgeschneiderte Anzug begleitete seine fließenden Bewegungen mit der Eleganz eines Raubtiers, das zum Sprung auf sein Opfer ansetzt. Jason bedachte sie mit einem strahlenden Lächeln, während er theatralisch auf Viktoria zutrat.

»Viktoria, Darling! It's always a pleasure! Sie sehen fabelhaft aus.« Jason Greenfields britischer Akzent war genauso dezent wie sein Auftreten. Er wartete, bis Viktoria Platz genommen hatte, und setzte sich. In einer eleganten Bewegung schlug er die Beine übereinander und sah sie aufmerksam an. Für den Bruchteil einer Sekunde herrschte Schweigen.

»Wir sind noch einmal den Ablauf des heutigen Tages durchgegangen.« Cora lächelte bei dieser Aussage nervös.

»Ich habe ein paar Änderungen vorgenommen«, bemerkte Jason beiläufig.

»Die Ideen sind leicht umzusetzen, kleine Details mit großer Wirkung«, fügte Cora mit einem vollendeten Lächeln in seine Richtung hinzu. Ein Klopfen an der Tür unterbrach die Unterhaltung. Viktoria sah irritiert auf.

»Ja bitte!«

Nach dieser forschen Aufforderung öffnete sich zaghaft die Tür. Eine junge Frau erschien im Türrahmen. Cora schloss genervt die Augen. Jason Greenfield blickte zur Tür und schmunzelte süffisant. Viktoria sah den Störenfried versteinert an.

Monika Sommer war Svens rechte Hand, seitdem sie vor gut sechs Monaten den Posten bei der Green Field Agency angetreten hatte. Sie hatte alle anderen Kandidaten spielend ausgestochen, was auch daran lag, dass ihr Aussehen die hervorragenden beruflichen Qualifikationen noch übertrumpfte. Monika verstand es bestens, ein dralles Erscheinungsbild mit mädchenhaftem Charme zu unterstreichen. Für Männer ein Genuss, für jede Frau ein regelrechter Albtraum. Viktoria hatte getobt, als sie von der Anstellung erfahren hatte.

Mit geübten Schritten, die ihren üppigen Busen in einen kleinen Tanz versetzten, trat Monika an die Gruppe heran. Ein unschuldiges Lächeln begleitete sie auf dem Weg dorthin.

»Was gibt es?« Viktorias Stimme klang eisig. Innerhalb von Sekunden hatte sie Monikas Aufmachung gemustert. Die High Heels besaßen eine mörderische Höhe, eine eng anliegende Marlene-Dietrich-Hose betonte die runden Hüften und das einladende Hinterteil. Die schneeweiße Bluse saß einen Tick zu eng und forderte von den Knöpfen im oberen Bereich Höchsteinsatz.

»Ihr Mann hat mich gebeten, Ihnen die Präsentationsmappe zu bringen und auszurichten, dass er sich auf Grund des Verkehrs verspäten wird.«

Mit einer Unschuldsmiene reichte Monika Viktoria die Mappe, die niemand bei diesem Auftritt bemerkt hatte.

»Danke, wir werden die Zeit zu überbrücken wissen«, meldete sich Jason zu Wort. »Die kreative Ausführung der Jungmann-Kampagne hat mich übrigens sehr beeindruckt«, fügte er mit ernster Miene hinzu.

»Das freut mich, Herr Greenfield. Ich möchte die Besprechung jetzt nicht weiter stören.«

Monika nickte erst Viktoria, dann Cora mit einem souveränen Lächeln zu und schritt mit gekonnt betonten Hüftbewegungen zur Tür. Keiner der Anwesenden ließ sie dabei aus den Augen, bis die Tür sanft ins Schloss fiel.

Viktoria beobachtete Jason aufmerksam, während er den Blick zum Fenster richtete. Dunkles Grau zierte den Himmel über Berlin. Mit Regenwasser getränkte Wolken warfen Schatten auf die unruhige Spree, der bevorstehende Regenguss würde nicht lange auf sich warten lassen.

»Sieben Prozent«, bemerkte Jason so leise, dass die Aussage fast unbemerkt blieb. Sein Blick ruhte jetzt auf Viktoria. »Das ist machbar, meinen Sie nicht?«

Im Raum herrschte absolute Stille. Coras Versuch, Blickkontakt mit Viktoria aufzunehmen, scheiterte. Die beiden starrten einander schweigend an.

»Sieben Prozent Umsatzsteigerung«, wiederholte Jason. »Völlig indiskutabel.« Viktoria räusperte sich und lächelte. Jason wich ihrem Blick aus und blieb wie so oft ein Rätsel.

»Sieben Prozent. Sie können es, Viktoria! Sonst sehe ich im heutigen Tag keinen Sinn. Zudem muss ich über sie Deutsche immer wieder lachen. Sie zetern unentwegt und behaupten rigoros, dass Steigerungen nicht machbar sind, um kurze Zeit später die Welt in den Schatten zu stellen.« Er lächelte und stand auf. Schweigend betrachtete er das Panorama zu seinen Füßen. Der Himmel hatte die Schleusen geöffnet. Fußgänger eilten die Gehwege entlang, der Verkehr verlangsamte sich deutlich.

»Sieben Prozent! Das ist mein letztes Wort und zudem keine Bitte.« Jason richtete den perfekt sitzenden Anzug. »Ich habe noch eine Verabredung. Wir sehen uns später.« Mit einem charmanten Lächeln ließ er sie zurück.

Viktoria starrte in die Luft. Cora spielte nervös mit ihrem Stift. Schweigend saßen sie und lauschten dem Unwetter. Schließlich erhob sich Viktoria und ging zum Fenster. Cora schwieg. Sie in solch einem Moment zu stören, hatte oft fatale Auswirkungen. Der Regen trommelte mit Wucht gegen die Glasfront, während eine kleine Ewigkeit verstrich. Schließlich kehrte Viktoria mit finsterer Miene zurück und nahm Platz am Tisch.

»Das war's dann wohl mit meinem großen Tag! Mir ist die Laune zu feiern vergangen.« Viktoria schloss die Augen und rieb ihre Schläfen. »Sieben Prozent Umsatzsteigerung, das ist nicht zu machen, wie verdammt soll das gehen? «

»Fünf Prozent haben wir letztes Jahr geschafft, mit mehr Glück als Verstand! Jetzt sieben, und dann? Zehn, zwanzig? Was denkt er sich dabei?«

Wortlos sah Viktoria Cora an. *Natürlich waren sieben Prozent zu schaffen*, dachte sie, *aber es wird Opfer kosten.*

Sie kalkulierte bereits, wie viele Mitarbeiter sie verbrennen müsste, um dieses Ziel zu erreichen. Anders war das nicht zu machen.

»Für ihn ist es ein Spiel. Eines, das ihm höllischen Spaß bereitet. Das ist die einzig plausible Erklärung. Die Green Field Agency ist klein im Vergleich zu den zahlreichen Firmen, die er besitzt. Ein absoluter Witz, wenn du mich fragst. Die Agentur ist sein Steckenpferd. Seitdem ich mit ihm arbeite, kenne ich nur höher, weiter, besser, etwas anderes interessiert ihn nicht.« Viktoria ließ Cora bei dieser Aussage nicht aus den Augen.

»Der Typ ist ein Mistkerl.«

»Das habe ich heute schon einmal gehört.«

»Dass dein Mann so einen Durchblick hat, ist neu für mich. Er himmelt ihn doch förmlich an?«

Viktoria warf ihr einen scharfen Blick zu. Cora gab nicht viel auf Sven und machte keinen Hehl daraus. Sie verschränkte die Arme und lehnte sich zurück. Ein klares Zeichen, von Bemerkungen dieser Art abzusehen.

»Ich weiß nur zu gut, wie du über ihn denkst. Es ist unnötig, das Thema neu aufzurollen.« Gedankenverloren spielte Viktoria mit einem Kugelschreiber und schwieg. Die Stille im Raum war erdrückend.

»Viktoria, ich bin deine rechte Hand. Es ist meine Aufgabe, hinter dir zu stehen. Wir sind ein Team und ich liebe es, mit dir zu gewinnen. Und«, Cora hielt einen Augenblick inne und sah ihr in die Augen, –für manch anderen ein Ding der Unmöglichkeit, »Svens Verhalten wird langsam auffällig.«

Die Regentropfen trommelten stärker gegen das Fenster. Ein Schatten huschte über Viktorias Gesicht. Die Information traf einen wunden Punkt. Sie kam abrupt auf die Füße. Die Glasfront des Büros gab den Blick frei auf den Empfangsbereich. Sven plauderte mit Jason, während Monika mit einem zuckersüßen Lächeln neben ihm stand.

Die Vertrautheit der beiden ließ sich nicht leugnen. Viktoria ballte die Hand zur Faust. In diesem Moment schaute Sven zu ihnen herüber und winkte übertrieben lässig.

»Du hast recht«, gab sie zu. »Wie verpacke ich es am besten? Ich leite die Agentur deutschlandweit. Den Erfolg ungetrübt genießen zu können, wird offensichtlich nicht passieren. Dafür sorgen mein Mann und die verfluchten sieben Prozent. Zu schade!« Viktoria drehte sich um und nahm wieder Platz.

Ohne Vorankündigung ging die Tür auf. Sven trat ein, mit Monika im Schlepptau. Cora verdrehte die Augen. Viktorias Miene verfinsterte sich beim Anblick der beiden.

»Ich hatte vorhin nicht die Möglichkeit, dir zu sagen, wie absolut fabelhaft du heute aussiehst!« Monika lächelte bewundernd, nachdem sie die Worte in den Raum gehaucht hatte.

»Danke, wie aufmerksam von dir! Wenn es die Bluse in der passenden Größe gegeben hätte, wäre deine Erscheinung ebenfalls einwandfrei. Dein Charme gleicht das zweifellos aus.«

Monikas Lächeln erstarb. Sven lief puterrot an, genau wie sie. Cora schaute zu Boden, um ihr Grinsen zu verbergen. Viktoria schwieg. Feindselig sah sie Monika an, die versuchte, die aufkommenden Tränen zu unterdrücken.

»Sven, ich möchte dich kurz unter vier Augen sprechen. Cora, ihr beiden entschuldigt uns bitte.« Sie stand auf, ging zum Fenster und wartete, bis die Tür ins Schloss fiel. Unschuldig sah Sven sie an, ging auf Viktoria zu und lächelte.

– 4 –

Jojo betrachtete sein T-Shirt, das er beim Säubern der Kaffeemaschine versaut hatte. »Na toll«, fluchte er. Ausgerechnet jetzt! Er feuerte den Lappen in die Spüle und überlegte, sich umziehen, als Tommy mit einem verzauberten Blick vor ihm stand.

»Deine Mama ist so schön!« Verträumt sah er Jojo an. »So schön!«, wiederholte er.

»Ja, das ist sie.«

Jojo sah Richtung Tür, durch die seine Mutter in diesem Moment kam. Helena Richter verstand den perfekten Auftritt wie keine andere Frau und strahlte eine natürliche Eleganz aus. *Haltung, Mama hat Haltung*, dachte Jojo. Unglaublich, was so etwas ausmacht! Ihr dezentes Parfüm versetzte Tommy in einen Zustand der Verzückung. Vor Begeisterung klatschte er laut in die Hände. Helena Richter lächelte höflich.

»Guten Tag, Tommy. Wie geht es Ihnen?« Sie reichte ihm die Hand zum Gruß. Tommy nahm sie mit beiden Händen und schüttelte sie stürmisch.

»Fabelhaft! Sie sind so schön, so schön!« Noch immer hielt er ihre Hände fest umschlossen.

»Tommy, du kannst jetzt loslassen«, bemerkte Jojo betont beiläufig, während Helena Richter weiterhin höflich lächelte.

»Das freut mich, Tommy. Sie sehen aus wie das blühende Leben. Würden Sie mir einen ihrer köstlichen Kaffees zubereiten?«

»Oh ja!«, rief er, klatschte freudig in die Hände und lief hinter den Tresen.

»Guten Tag mein Junge. Wie laufen die Geschäfte?« Helena Richter verstand es ebenfalls, direkt zum Punkt zu kommen.

»Hallo Mama, danke, dass du da bist! Setz dich, Tommy hat Recht, du siehst blendend aus!«

Helena Richter lächelte süffisant und ließ sich zu einem Tisch führen. Sie stellte ihre Tasche auf einen Stuhl, schlug die Beine übereinander und verschränkte die Arme. In einem dunkelblauen Chanel-Kostüm und perfekt frisierten Haaren wirkte sie wie eine Erscheinung aus einer anderen Welt. Sie musterte ihren Sohn kritisch, ihr Lächeln war verflogen.

»Wie ich höre, habe ich deinen Besuch vor ein paar Tagen verpasst, zu schade.«

Jojo rieb sich die Augen und suchte händeringend nach den passenden Worten. Tommys fröhliches Singen brachte ein verlegenes Lächeln auf seine Lippen.

»Kommen wir gleich zum Thema, Jonas. Deswegen bin ich doch hier? Oder darf ich annehmen, dass Sehnsucht nach mir der Auslöser für deinen Besuch und anschließenden Anruf war, auch wenn ich es mir beim besten Willen nicht vorstellen kann?«

Schweigend betrachtete sie ihn. Jojo suchte noch immer die passende Einleitung für das Gespräch. Gleichzeitig versuchte er, ihrem strengen Blick standzuhalten. Tommy rettete ihn, indem er den Kaffee servierte. Das köstliche Aroma ließ Helena Richters Gesicht kurz aufleuchten.

»Herzlichen Dank! Herrlich, dieser Duft!«

Noch einmal sah Tommy sie verzückt an, klatschte erfreut in die Hände und ging hinter den Tresen, von wo aus er sie noch immer nicht aus den Augen ließ. Helena Richter sah ihm nach.

»Tommy ist so ein reizendes Wesen.«

»Er ist kein Wesen, sondern eine Person, Mama.«

»Du hast es immer verstanden, ein Streitgespräch aus einer unterschiedlichen Wortwahl herbeizuführen. Meine Ausdrucksweise stellt ihn nicht als minderwertig dar, im Gegenteil! Und du, mein lieber Jonas, wirst mir niemals vorschreiben können, wie ich meine Worte wähle.«

Gequält verzog Jojo das Gesicht. Wie so oft nahm das Gespräch keinen guten Lauf. Warum nur, überlegte er krampfhaft und beobachtete, wie seine Mutter ihren Kaffee sichtlich genoss.

»Köstlich«, kommentierte sie kühl. »Einfach köstlich!«

»Danke, dass du gekommen bist, Mama. Auch wenn der Anlass unerfreulich ist, freue ich mich, dich zu sehen.«

»Weiter?«

»Die Geschäfte laufen schlecht. Der Vermieter will eine Mieterhöhung von fünfzehn Prozent durchsetzen. Dann rechnet sich das alles nicht mehr.« Jojo machte eine hilflose Handbewegung in den Raum.

»Hat es das denn jemals?« Helena Richter sah ihren Sohn scharf an. »Sofern ich mich erinnere, ist dies nicht mein erster Besuch, um meinem werten Herrn Sohn, der seine Familie für inakzeptabel hält, aus der Patsche zu helfen! Genauer gesagt, vier Mal in drei Jahren, Startkapital nicht mit einberechnet. Von den ermüdenden Diskussionen mit deinem Vater, der jegliche Unterstützung ablehnt und der Meinung ist, dass ich mein persönliches Vermögen besser anlegen kann, ganz zu schweigen.«

Helena Richter lehnte sich vor und stellte ihre Tasse wieder ab. Jojo ließ seine Mutter nicht aus den Augen, als der nächste Schlag folgte.

»Du hast keinerlei Konzept«, fuhr sie kurzerhand fort, »köstlicher Kaffee allein genügt nicht. Die Kuchen und Speisen sind ungenießbar! Deine Mitarbeiter mögen exzentrische und reizende Wesen sein, allerdings kann man solche Figuren in teilweise recht spannenden Geschichten kostengünstiger im Fernsehen bewundern. Du willst eine heile Welt schaffen, in der alle glücklich sind, Jonas. Das ist völlig in Ordnung. Dann aber bitte auf deine Kosten.«

»Das stimmt nicht!«

»Doch mein lieber Junge! Es trifft den Punkt genau, auch wenn du dich gegen diese Wahrheit sträubst.« Sie verdrehte die Augen und trank schweigend den Rest ihres Kaffees.

Tommy summte *Somewhere over the rainbow* und putzte mit Hingabe die Theke. *Ja, es ist meine Welt*, dachte Jojo. *Ich brauche sie wie die Luft zum Atmen, sonst würde ich nicht hier sitzen und betteln! Oh Mann, wie ich das hasse!* Er rieb sich die Augen und schwieg. Helenas Blick ruhte auf ihrem Sohn. Eine Ewigkeit schien zu verstreichen, bevor sie das Wort ergriff.

»Jonas, ich bin es müde zu versuchen, dich zu retten. Mir fehlt die Kraft. Es bricht mir das Herz zu sehen, wie du dahindümpelst, ohne den blassesten Schimmer, was du mit deinem Leben anfangen willst. Du lehnst unsere Familie ab, obwohl du nach allem, was passiert ist, wissen solltest, dass du dir meiner Liebe sicher bist. Auch wenn wir oft unterschiedlicher Ansicht sind.« Ein Seufzer unterbrach ihre Ausführungen. »Dein Vater hat recht. Dir, lieber Jonas, ist nicht zu helfen! Und ich will die Beziehung mit meinem Mann wegen dir nicht länger aufs Spiel setzen. Du weißt es mir nicht einmal zu danken.«

Helena Richter erhob sich langsam und strich sorgfältig über den perfekt sitzenden Rock. Mit einem Anflug von Melancholie in den Augen sah sie Jojo an. Er war ebenfalls aufgestanden. Schweigend standen sie einander gegenüber. Jojo hätte seine Mutter am liebsten umarmt, so wie früher, als sie ihm trotz all der Sorgen und Umstände, die er ihr bereitet hatte, immer Verständnis und Zuneigung geschenkt hatte. Helena Richter lächelte traurig.

»Bitte mich nie mehr um Geld, Jonas. Ich tue dir damit keinen Gefallen. Ich habe lange gebraucht, um zu diesem Entschluss zu gelangen, aber er ist endgültig. Da es der einzige Grund ist, warum du den Kontakt zu mir aufrechterhältst, ist der Zeitpunkt gekommen, uns voneinander zu verabschieden. Leb wohl, mein Junge.«

Jojos Mutter wandte sich ab, winkte Tommy zum Abschied und ging. Jojo schaute ihr nach. Er hatte ihr widersprechen wollen, ihr sagen, dass er die Dinge anders sah. Doch er hatte geschwiegen und die Chance einer Richtigstellung verpasst.

»War der Kaffee nicht lecker?«, fragte Tommy bestürzt.

»Doch. Er war köstlich.«

»Warum sah sie dann so traurig aus?«

»Es ist nicht deine Schuld, glaub mir.«

»Und du siehst auch traurig aus. Wegen dem T-Shirt?«

»Nein! Mach dir keine Sorgen, Tommy. Alles entspannt!«

Tommy zuckte mit den Schultern und verschwand hinter dem Tresen. Kurz darauf trällerte er wieder ein Lied. Jojo ging zum Fenster und schaute hinaus. Seine Mutter war nicht mehr zu sehen. *Verfluchte Scheiße, Jonas, du bist ein so ein unsagbarer Idiot*, schimpfte er sich. Er lehnte den Kopf gegen die Wand und schloss die Augen.

Kurze Zeit später ging die Tür auf. Max trat ein und sah ihn besorgt an.

»Alter, alles okay?«

»Nicht wirklich.«

»Ist jemand gestorben?«

»So ungefähr. Meine Mutter hat den Geldhahn zugedreht.«

Max schloss bei diesen Worten die Augen.

»Alter, dann wird's jetzt echt eng!«

Im Café war es still. Der Rest des Tages war besser verlaufen, genügend Kundschaft und Tommys Begeisterung hatten Jojos Trauerstimmung verdrängt. Pflichtbewusst hatte er die Stühle zusammengestellt, den Boden gewienert und Oberflächen poliert, nachdem der letzte Gast gegangen war. Er liebte diesen Teil seiner Aufgabe, sie gab ihm die nötige Ruhe. Die Theke strahlte, unverkaufte Speisen glänzten unter Frischhaltefolie.

Mit einem Blick auf die Ware setzte er sich und zog die Kalkulation zu Rate, die Max ihm heute zusammengestellt hatte. Ohne ein Wunder stand in wenigen Monaten die Zahlungsunfähigkeit bevor. Jojo raufte seine hellbraunen Locken und fluchte leise. *Warum, verdammt noch mal, wollte es einfach nicht klappen?* Er sah zur Thekenauslage, die ihn unter der Folie anglotzte. *Na ja, keine kulinarischen Highlights, aber für den kleinen Hunger zwischendurch reicht es allemal! Die sollen sich mal nicht so anstellen, schließlich biete ich mehr als nur Speisen.* Jojos Blick schweifte durch den Raum. Unterschiedliche Farben, wohin man sah, kein Möbelstück glich dem anderen. Ein kunterbuntes Sammelsurium. Auf den Tischen standen Zuckerstreuer und billige Teelichtdekorationen, an den Wänden hingen gerahmte Doppelseiten von deutschen und internationalen Zeitungen aus längst vergangenen Zeiten. Jojo konnte nicht verstehen, warum seine Mutter ihm Konzeptlosigkeit vorwarf, für ihn hatte sein Laden eine ganz klare Handschrift. Eine weltoffene, bunte Gemütlichkeit, die unverwechselbar war. *News Café* hatte er ihn genannt. Umgeben von Musik, Farbenfrohheit und individuellen Möbelstücken sollten seine Kunden die Welt entspannt hinter sich lassen, bei Kaffee, Tee oder Wein. *Was war daran konzeptlos?* Verständnislos prüfte Jojo die Zahlen.

Ein wiederholtes Rütteln der Schulter riss Jojo aus dem Schlaf, er war eingenickt. Verwirrt sah er auf. Verschlafen rieb er sich die Augen und schaute genauer hin. *Unmöglich*, dachte Jojo. *Das konnte nicht sein!*

»Guten Abend, Jonas. Die Tür war offen. Ist mein Besuch unpassend?«

Jojo brachte keinen Ton heraus. Noch einmal rieb er sich die Augen.

»Reichlich unvernünftig, die Tür in dieser Gegend nicht abzuschließen und nur ein Schild anzubringen.«

Die Hand des Mannes ruhte auf einem hölzernen Gehstock mit einem kostbaren Knauf aus Silber. Er ließ Jojo nicht aus den Augen, während dieser sich langsam erhob. Sein fleckiges T-Shirt, die zerknautschte Hose und ausgelatschten Converse-Turnschuhe zeigten, dass Jojo wenig Wert auf sein Aussehen legte. Der edle Anzug des hochgewachsenen Mannes mit auffallend gerader Haltung stand im starken Kontrast zu Jojos Äußerem.

»Alexander, Mann, wie geht's dir? Ich –«, Jojo hob einen Stuhl vom Tisch und deutete dem unerwarteten Gast an, Platz zu nehmen. »Ich weiß ehrlich gesagt nicht, was ich sagen soll.«

Alexander lächelte kurz, setzte sich und ließ das linke, ausgestreckte Bein elegant neben dem Stuhl ruhen. Betreten schaute Jojo es an.

Als Jojo in noch jungen Jahren nach einer wilden Fahrradspritztour mit Höllentempo auf die Hauseinfahrt zugerast war, hatte er ein Auto übersehen. Sein Bruder kam in diesem Moment vom Tennistraining und stürzte sich, ohne zu zögern, mit erhobenen Händen vor den Wagen, um Schlimmeres zu verhindern. Der Fahrer konnte nicht zeitig bremsen und erfasste den Jugendlichen. Alexanders Bein erlitt eine Vielzahl von Brüchen. Nach unzähligen Operationen stand fest, dass es für immer steif bleiben würde, der Traum von einer Karriere als Tennisprofi war dahin. Jojo konnte sich nicht mehr daran erinnern, was schlimmer für ihn gewesen war, die

Strafen seines Vaters oder die Schuldgefühle, die ihn fortan plagten.

»Wie wär's mit einem Bier? Das wär doch eine Maßnahme!«, schlug Alexander vor.

»Klar, gerne!«

Jojo verschwand hinter der Theke. Während er zwei Flaschen aus dem Kühlschrank nahm und die Gläser aus dem Regal fischte, fragte er sich, was Alexander zu diesem Besuch bewegt hatte. Er fand keine Erklärung, noch konnte er sich an das letzte Mal erinnern, an dem er seinen älteren Bruder gesehen hatte. Etwas ungeschickt schenkte er am Tisch das Bier ein.

»Danke. Gut gekühlt, das gönne ich mir. Zum Wohl, Bruderherz!«

»Prost!« Jojo ahnte bei dieser sicherlich zynisch gemeinten Bezeichnung nichts Gutes. Er nahm einen kräftigen Schluck und lobte Alexander innerlich für den Vorschlag. Das kühle Getränk tat ihm gut. Spätestens jetzt war er wieder wach.

Sein Bruder lächelte. »Bist du nicht neugierig zu erfahren, warum ich hier bin?« Langsam stellte er das Bier ab und sah Jojo fragend an.

»Klar bin ich das.«

»Früher hätte deine Neugierde dich umgebracht.«

»Das war einmal.« Mit einem leicht gequälten Gesichtsausdruck nahm Jojo einen weiteren Schluck und spürte den prüfenden Blick seines Bruders.

»Du hast nie verstanden, wann es an der Zeit ist, Warnungen nicht in den Wind zu schlagen, Jonas. Diesmal bist du zu weit gegangen.« Schweigend trank Alexander das Bier.

»Mutter anzurufen, nachdem du Vater zuhause angetroffen hast, und er es dir ausdrücklich untersagt hatte, ist typisch für dich! Er ist nicht bereit, deine Respektlosigkeit ihm gegenüber weiterhin zu tolerieren.«

»Was soll das heißen?«

»Das heißt, dass unser lieber Vater dir das Leben schwer machen wird. Und zwar mit Nachdruck.«

»Das hat er immer, das macht mir keine Angst mehr.« Jojo unterstrich seine Worte mit einem abfälligen Lachen.

»Du irrst, Jonas! Ihr beiden seid grundverschieden, aber er hat seine Aufgabe als Vater sehr ernst genommen. Wie du dazu stehst, ist jedem klar.«

Jojo fuhr sich durch die Haare und leerte das Bier in einem Zug. Unvermittelt stand er auf, ging zur Theke und holte Nachschub. Mit Schwung stellte er die Flaschen ab und nahm wieder Platz.

»Weißt du, was er vorhat?«

»Allerdings.«

»Na dann sei so gut und sag es mir, oder willst du gehen und mich zappeln lassen? Grund dafür hättest du allemal.«

»Auch hier irrst du dich, Jonas.« Schweigend sah er Jojo an. »Vater hat Adolf Herzig ein Kaufangebot für dieses Gebäude gemacht. Sobald der Vertrag unterzeichnet ist, bist du raus.«

»Herzig wird es nicht annehmen, er braucht weder das Geld noch trennt er sich unnötig von seinem Besitz.«

»Er schuldet Vater, oder besser unserem Großvater, einen Gefallen. Er hat Herzig seiner verstorbenen Mutter zuliebe nach Kriegsende geholfen. Sie war wohl Opas erste große Liebe. Als Ehrenmann wird Herzig sich daran halten.«

»Das ist nicht dein Ernst.«

»Doch, Jonas.«

Jojo sprang auf. »In dieser ganzen riesigen, beschissenen Stadt muss ausgerechnet mein noch beschissenerer Vermieter meine Familie nicht nur kennen, sondern unserem Großvater einen Gefallen schulden! Ich fasse es einfach nicht!« Lauthals fluchend stand er und raufte sich die Haare. Alexander trank unberührt sein Bier.

»Gibt dem Spruch, die Welt ist klein, eine völlig neue Dimension.«

»Ich könnte kotzen!«

»Das konntest du schon immer am besten. Soll ich dir nachschenken?«

Ohne auf eine Antwort zu warten oder auf das Fluchen seines Bruders zu reagieren, füllte Alexander die beiden Gläser. Er wartete geduldig, bis Jojos Tobsuchtsanfall ein Ende nahm.

»Warum erzählst du mir das alles? Warum bist du gekommen? Es gibt für dich keinen Grund, mir helfen zu wollen, indem du mich warnst. Warum tust du das, Alexander? Ausgerechnet du, ausgerechnet jetzt?«

Alexander schwieg und hielt Jojos fragendem Blick stand, während er sein Glas langsam in der Hand drehte.

»Ich kann mich nicht daran erinnern, wie viele Jahre ich dich verflucht habe, Jonas. Ja, sogar gehasst habe ich dich eine Zeit lang.« Jojo sah zu Boden. Alexander spielte mit dem Knauf des Gehstocks. »Es waren zu viele, das weiß ich heute. Ich habe dir schon vor langer Zeit verziehen, Jonas. Es war ein Unfall, ein dummer Unfall. Du warst der Auslöser, aber nicht absichtlich der Schuldige. Schließlich war es meine Entscheidung, mich vor das Auto zu stellen. Und ich würde es wieder tun.«

»Ich hab dein Leben zerstört, Alexander.«

»Anfangs ja, da gebe ich dir recht. Ich war gezwungen, mich neu zu erfinden und Seiten an mir zu entdecken, die ich nicht kannte. Ich habe gelernt, mit meiner Behinderung zu leben. Es hat mich stärker gemacht, Jonas, ich bin dadurch als Mensch gewachsen. Ein überaus erfolgreicher Geschäftsmann sitzt vor dir. Ich genieße mein Leben in vollen Zügen. Wie es scheint, bist du derjenige, der auf der Strecke geblieben ist.«

Jojo sah auf. Fragend schaute er seinen Bruder an. Alexander schwieg und leerte das Bier. Mit erstaunlicher Schnelligkeit stand er auf.

»Ich habe dir verziehen, Jonas. Das wollte ich dich wissen lassen. Du solltest es ebenfalls, auch Mutter zuliebe. Hör auf, sie zu zerreißen! Das schuldest du ihr.« Einen Moment lang sah Alexander ihn schweigend an und legte ihm kurz die Hand auf die Schulter. »Alles Gute, Bruderherz.«

Die Tür fiel ins Schloss. Minuten später sah Jojo eine Mercedes-S-Klasse am Fenster vorbeigleiten, eine elegante Erscheinung auf dem Beifahrersitz lächelte ihm zu. Verdrossen lehrte Jojo sein Glas. Versteinert saß er, gefangen in den Erinnerungen längst vergangener Zeiten.

Das Büfett glich einem modernen Kunstwerk. Die Mitarbeiter des Cateringunternehmens reihten unermüdlich kulinarische Köstlichkeiten aneinander. Nichts fehlte, um die geladenen Gäste zu verwöhnen.

Eine Champagnerpyramide thronte vor der gewaltigen Glasfront des feierlich geschmückten Konferenzraums, die den Gedanken an Arbeit unterband. Das Klappern von Geschirr und Besteck hallte durch den Raum, während die eingespielte Mannschaft mit eiligen Schritten ihr Werk perfektionierte. Geschäftigkeit, wohin man sah, gekrönt von einem Himmel über der Stadt, den die ersten Sterne zierten.

»Und, wie ist es gelaufen?«

Die Frage riss Viktoria aus ihren Gedanken, die mit verschränkten Armen konzentriert jedes Detail im Raum prüfte.

»Gar nicht. Ich fand die sieben Prozent Umsatzsteigerung erwähnenswerter. Ich habe heute anderes im Kopf als Mitarbeiterinnen mit zu eng sitzenden Blusen.« Sie warf Cora einen kurzen Blick zu. »Du hast ganze Arbeit geleistet, es sieht fantastisch aus. Danke!«

»Was hat er zu den sieben Prozent gesagt?«

»Dass Jason ein Mistkerl ist. Die Unterhaltung hat keine umwerfende Strategie hervorgebracht, falls du das meinst.«

Cora verkniff sich eine Bemerkung, stattdessen beobachtete sie das Geschehen im Raum. Alles schien nach

Plan zu laufen, bisher hatte es wenige Komplikationen gegeben.

»Die Outfits sind gelungen, wunderbare Idee Viktoria!« Cora lächelte einer jungen Frau zu, die auf ihr Zeichen hin stehen blieb. Sie trug ein enganliegendes champagnerfarbenes T-Shirt und eine gerade geschnittene Hose der gleichen Farbe. Um die Taille hatte sie eine kurze Servierschürze mit dem Muster des britischen Union Jacks gebunden, der sofort ins Auge sprang. Eine gelungene Kombination aus Eleganz und Lebensfreude. Viktoria wusste, Jason Greenfield stellte als Patriot die Landesflagge in der deutschen Hauptstadt gerne zur Schau.

»Danke, lassen Sie sich nicht weiter stören«, wies Viktoria die junge Frau an. »Die Gäste werden bald eintreffen. Ich gehe mich kurz auffrischen, du siehst wie immer blendend aus. Kümmere dich um Jason.« Mit diesen Worten verließ sie den Raum.

Das Licht in der Toilette empfand Viktoria als einen Tick zu grell, sie hatte es bereits des Öfteren moniert. Prüfend betrachtete sie ihr Spiegelbild. Die Kleidung hatte den Tag mühelos überstanden und versprühte unverändert eine verspielte Eleganz.

Viktoria nahm ihren Lippenstift aus der Tasche, beugte sich näher zum Spiegel und legte ihn neu auf. Dabei konzentrierte sie sich auf erkennbare Falten. Sie blieb erfolglos, ihr makelloses Gesicht strahlte eine jugendliche Frische aus. Ein letztes Mal prüfte sie kritisch die Gesamterscheinung und trat einen Schritt zurück.

Der markerschütternde Schrei holte Viktoria ebenso aus heiterem Himmel ein, wie das Bild des Albtraums. Klar und deutlich schrie es sie an. Für einen Moment geriet sie ins Wanken. Der Lippenstift entglitt ihr und schlug scheppernd auf den Fliesen auf. Viktoria schloss die Augen und umklammerte den Waschbeckenrand. Kälte und Hitze wechselten sich in Stoßwellen ab.

»Viktoria, dein Lippenstift lag auf dem Boden.«

Wie benommen sah Viktoria auf. Monika stand vor ihr und hielt ihr den Lippenstift entgegen, dessen Hülle einen deutlichen Sprung abbekommen hatte. Verwirrt überlegte sie, wie viel Zeit verstrichen war. Sie hatte Monikas Eintreten nicht bemerkt.

»Ist alles in Ordnung?« Viktoria spürte Monikas prüfenden Blick bei dieser Frage.

»Alles bestens, danke«, entgegnete sie tonlos, nahm den Stift und streifte dabei Monikas samtweiche Haut. Die Tatsache versetzte ihr einen Stich. Sie musterte die Konkurrentin kurz, als die Tür aufging und Sven im Türrahmen erschien. Als er Viktoria sah, erstarrte er. Schweigend standen sie einander gegenüber, die Zeit schien stillzustehen.

»Das ist die Damentoilette, Sven. Suchst du etwas Bestimmtes?« Eisig brachte Viktoria die Worte hervor. Niemand sagte einen Ton. Monika wollte den Mund aufmachen, doch Viktorias Blick unterband jeden Kommentar.

»Ich habe Monika gesucht, Jason hatte nach ihr gefragt.« In Svens Tonlage schwang Unsicherheit mit. Er vergrub die Hände in den Taschen und trat näher an seine Frau heran.

»Ach wirklich? Und du bist der Einzige, der sie finden kann?«

Weder Sven noch Monika ließen Viktoria aus den Augen, als sie schweigend den Raum verließ. Sie kam nicht weit, Jason und Cora liefen ihr in diesem Moment entgegen.

»Ah, Viktoria! Da sind Sie ja! Bereit für den großen Auftritt?« Jason schien bester Laune, wie Coras Blick bestätigte.

»Ist man das jemals?« Mit einem aufgesetzten Lächeln schloss Viktoria sich den beiden an und versuchte,

Haltung zu bewahren. Sie blieb erfolglos, die Tür der Damentoilette öffnete sich in diesem Moment. Sven und Monika erschienen nacheinander im Türrahmen und brachten die drei zum Stehen. Stille herrschte für den Bruchteil einer Sekunde, bevor Jason betont galant das Wort ergriff.

»Ah, genau richtig! Wir sind auf den Weg in den Konferenzraum. Kommen Sie, wir wollen unsere Gäste nicht warten lassen!«

Noch während er sprach, ging er voraus und schenkte dem Paar keine weitere Beachtung. Viktoria folgte ihm wortlos und strafte beide mit eisigem Schweigen. Sven wich Coras wütendem Blick aus und schaute betreten zu Boden.

Stimmengewirr füllte den Konferenzraum, hier und da wurde angestoßen, die Gäste unterhielten sich angeregt. Viele bewunderten das Büfett. Jason hatte Viktoria beim Eintritt in den Konferenzsaal untergehakt und führte sie zu einem Podest, das eigens für die Ansprache errichtet worden war. Als er vorsichtig das Mikrofon antippte, kehrte langsam Ruhe ein. Viktoria stand nach hinten versetzt neben ihm. Sie spähte in den Raum, erkannte viele der geladenen Gäste und lächelte dem ein oder anderen zu. Etwas abseits gelegen entdeckte sie Cora, die sich mit einem wichtigen Kunden unterhielt.

»Meine sehr verehrten Damen und Herren, es ist mir eine ausgesprochene Freude, sie heute so zahlreich hier begrüßen zu dürfen. Es ist ein besonderer Tag für mich, für uns! Ein Projekt, das ich über Jahre hinweg verfolge, ist Wirklichkeit geworden und das mit großem Erfolg«, theatralisch legte er eine kurze Pause ein und sah Viktoria an. Jason Greenfield verstand es, sein Publikum in den Bann zu ziehen. »Und dank des besonderen Einsatzes einer außergewöhnlichen Frau stehe ich heute und halte diese Rede nicht als Greis, sondern in der Blüte meines Lebens.«

Lachen und Zurufe erklangen, einige der geladenen Gäste prosteten ihm zu. Viktoria spähte durch die Menge, ein perfekt aufgesetztes Lächeln kaschierte ihren suchenden Blick. Sven und Monika entdeckte sie trotz aller Anstrengung nicht.

»Die Green Field Agency hat einen festen Platz unter den führenden Werbeagenturen des Landes und in ganz Europa eingenommen. Ohne den unermüdlichen Einsatz und das Bestreben von Viktoria Neufeld ein Ding der Unmöglichkeit! Die kurze Zeit, in der sie diese Realität geschaffen hat, ist ebenso beeindruckend wie atemberaubend.« Jason lächelte sie an und legte erneut eine sporadische Pause ein, bevor er sich wieder dem Publikum zuwandte. »Es ist mir daher eine ausgesprochene Freude, Ihnen heute die Leiterin der Green Field Agency für Deutschland vorzustellen, Frau Viktoria Neufeld!«

Unter dem Beifall der Anwesenden und zahlreichen Jubelrufen reichte Jason ihr ein Glas Champagner. Theatralisch stießen sie miteinander an, doch in Viktorias Kopf tobte ein Sturm. Wo waren Sven und Monika?

Sie trat ans Mikrofon und wartete, bis Stille eintrat. Lächelnd schaute sie in den Raum und entdeckte ein Pärchen, das Champagnergläser in Empfang nahm und sich gekonnt unter die Menge mischte. Viktoria schluckte die aufsteigende Wut.

»Vielen Dank, Jason. Es gibt eine Vielzahl von Dingen, die ich jetzt sagen könnte, angefangen vom Vertrauen, das in mich gesetzt wurde, bis hin zur unermüdlichen Anstrengung, ja, Aufopferung meiner Mitarbeiter. Aber, man muss im Leben Prioritäten setzen. Verehrte Gäste, liebe Mitstreiter, auch Ihnen gilt unsere besondere Dankbarkeit. Sie sind Teil meines, unseres Erfolgs! Und um diesen gebührend zu feiern, eröffne ich hiermit das Büfett!«

Viktoria prostete Jason und den Anwesenden zu. Unter den Jubelrufen verließen die beiden das Podest und gesellten sich zu Cora und einem Großkunden der Agentur, der die Uniform der Cateringmitarbeiter bewunderte.

»Fabelhaft, entzückend«, rief er völlig hingerissen, »einfach fabelhaft!«

»Die klar erkennbare Handschrift einer Frau Neufeld. Die Liebe zum Detail, bravo!« Jason schien sichtlich zufrieden. Entspannt lächelte er in die Runde. Viktoria trank einen Schluck Champagner und bemerkte, wie Monika und Sven sich geschickt einen Platz am Büfett erkämpften.

»Walter, begleiten Sie mich! So oft kommen wir nicht dazu, uns auszutauschen. Die Speisen sehen mehr als einladend aus!« Jason legte den Arm um seinen Gast und führte ihn in Richtung Büfett.

Erleichtert leerte Viktoria in einem Schluck den Champagner und nahm dankend ein weiteres Glas von einem Kellner entgegen.

»So weit, so gut«, bemerkte sie, während ihr Blick den Saal durchstreifte, erfreut, dass das prickelnde Getränk die gewünschte Wirkung zeigte.

»Was war das vorhin eigentlich für eine miese Nummer? Hast du die beiden etwa auf der Toilette erwischt?«

»Wenn man so will. Ich —« Viktoria brach abrupt ab. Die Bilder des Albtraums verursachten ihr ebenso Magenschmerzen, wie die Begegnung mit Sven und Monika. Sie trank den Champagner schneller als gewollt. »Komm, lass uns den Abend genießen. Ich möchte keinen Gedanken daran verschwenden. Heute ist schließlich mein großer Tag.«

»Auf dich!«

»Auf den gemeinsamen Erfolg, Cora! Ich sage es ungern, aber ohne dich wäre ich oft verzweifelt.« Mit einem Augenzwinkern stieß Viktoria mit ihr an.

»Da bist du ja, mein Schatz!« Mit einem Teller und Champagner gewappnet, gesellte sich Sven zu den beiden.

»Du scheinst deinen Schatten verloren zu haben, Liebling.« Ohne sein Unschuldslächeln zu erwidern, fügte Viktoria hinzu: »Geh sie suchen! Der Abend soll doch ein schöner werden.«

Sven erstarrte. Eisig sahen beide ihn an. Viktoria nahm einen Schluck Champagner und ließ ihn dabei nicht aus den Augen. Höflich prostete er ihr zu.

»Wie du befiehlst, meine Liebe.«

»Ich befehle. Wie bemerktest du doch so charmant heute Morgen? Ach ja: Die Chefin trägt Prada.« Viktoria wandte sich ab und empfing die Glückwünsche einer Mitarbeiterin. Erst als Sven in der Menge verschwand, drehte sie sich wieder um.

»Hat er das tatsächlich gesagt?«, fragte Cora fassungslos.

»Allerdings. Wenn es nicht an mich gerichtet gewesen wäre, hätte ich vielleicht darüber gelacht. Egal!«

Wenige Minuten, nachdem Jason Greenfield sich verabschiedet hatte, beobachtete Viktoria das Treiben. Eine ausgelassene Stimmung herrschte im Saal. Die wichtigen Gespräche waren geführt worden, den Rest würden ihre Mitarbeiter übernehmen. Sie nickte Cora zu, die ihre Geste verstand. Ein letztes Mal prosteten sie einander zu. Getrost trat Viktoria den Rückzug an. Die Freude über ihren großen Tag und die Lust zu feiern waren nie aufgekommen, zu keinem Zeitpunkt hatte sie den Tag genießen können.

Unbemerkt verließ sie den Raum, holte ihre Tasche aus dem Büro und machte sich auf den Weg zur Tiefgarage. Auf dem Weg dorthin nickte sie vereinzelten Gästen und Mitarbeitern höflich zu, ohne Aufmerksamkeit zu erwecken. Alle feierten ausgelassen. Viktoria bestieg den Lift und konnte ein Gähnen nicht länger unterdrücken.

Am Wagen begrüßte sie der beschädigte Seitenspiegel, den sie vergessen hatte.

»Mist!«, fluchte Viktoria und schleuderte die Handtasche auf den Beifahrersitz. Sie überlegte kurz, legte dann den Gang ein und lenkte das Fahrzeug aus der Parklücke. Die Tiefgarage lag im Dunkeln. Einige Meter vor der Schranke schreckte ein Hämmern an der Scheibe Viktoria auf. Sie zuckte zusammen. Sven stand wild fuchtelnd mit den Händen und klopfte gegen das Fenster. Viktoria zögerte. Schließlich drückte sie den Knopf, um die Türverriegelung zu entsperren. Sven riss die Tür auf, verfrachtete die Handtasche unwirsch auf dem Rücksitz und stieg ein.

»Sag mal, bist du völlig übergeschnappt? Was soll das?«, fuhr er sie an.

»Wer im Glashaus sitzt, sollte nicht mit Steinen werfen.«

»Was ist mit dem Spiegel passiert? So darfst du auf keinen Fall fahren! Bist du überhaupt fahrtüchtig?«

»Ich schon. Und du?«

»Viktoria, mit so einem Schaden ist es besser, ein Taxi zu nehmen! Bei einer Kontrolle kassierst du die Quittung!«

»Dafür müssen diese Vollidioten mich erst einmal erwischen!«

Kochend vor Wut lenkte Viktoria den Wagen in den Verkehr. Die Lichter Berlins glitten an ihr vorbei, während beide schwiegen. Sven gab nach geraumer Zeit entnervt auf. Eine lange Strecke auf der Stadtautobahn lag bereits hinter ihnen.

»Wie fährst du eigentlich? Das ist die völlig falsche Richtung!«

»Ich fahre, wie ich will!«, schrie sie und sah zornig zu ihm rüber.

In diesem winzigen Moment der Unachtsamkeit nahm das Schicksal seinen Lauf. Lautes Hupen schreckte Viktoria auf. Mit überhöhter Geschwindigkeit lenkte sie den BMW und übersah dabei ein Fahrzeug, das dicht vor ihnen fuhr. Sie riss das Lenkrad zu spät herum und streifte den Golf. Ihr Wagen entwickelte eine Eigendynamik und überschlug sich. Reflexartig verschränkte Sven schützend die Arme vor dem Kopf. Viktoria hatte jegliche Kontrolle über das Fahrzeug verloren.

Die Schreie der beiden begleiteten den freien Sturzflug des BMW, der auf einen tiefer gelegenen Zaun unterhalb der Autobahn zusteuerte. Der Wagen hatte dem stählernen T-Profil nichts entgegenzusetzen, er bot ein leichtes Spiel. Mühelos durchbohrte er die Konsole. Svens Kopf schlug beim Aufprall am Beifahrerfenster auf. Für kurze Zeit verlor er das Bewusstsein. Viktoria hatte weniger Glück. Blutüberströmt lag sie bewusstlos im Fahrzeug. Der Wagen ruhte aufgespießt wie zuvor viele der kulinarischen Köstlichkeiten des Empfangs.

Sven erlangte kurz darauf das Bewusstsein und brauchte einen Moment, um sich zu orientieren. Er sah nach links und erkannte hinter dem Zaunpfeiler seine Frau, die regungslos dalag.

»Viktoria«, rief er, wagte aber nicht, sie anzufassen. Der Anblick des Blutes verursachte ihm Übelkeit. Seine Frau rührte sich nicht. »Viktoria!«, schrie Sven mit steigender Hysterie.

Verzweifelt rüttelte er an der Wagentür, um sie zu öffnen, was ihm erst nach mehreren Anläufen gelang. Unbeholfen kletterte er aus dem Wagen und fiel zu Boden. Wieder brauchte er einen Moment, um sich zu fangen. Sven sah das aufgespießte Fahrzeug, aus dem langsam Qualm aufstieg. Er schritt Richtung Fahrerseite und betrachtete das Unfallfahrzeug. Die Autobahn war zum Stillstand gekommen, soweit er das in der Dunkelheit der Nacht erkennen konnte. Sven zögerte kurz, wandte sich ab und wollte loslaufen.

»Hey«, brüllte eine Stimme und packte ihn am Arm. Der Mann hatte Hände wie Schraubstöcke, es gab kein

Entkommen. »Sind Sie völlig bekloppt? Da is noch jemand drin! Los, ick hab schon die Bullen und die Feuerwehr gerufen! Los, wir müssen versuchen den Fahrer da rauszuholen, bevor es zu spät ist!«

Sven war keine große Hilfe für den Mann, wie sich schnell herausstellte. Tatenlos sah er zu, wie der Fremde alles daran setzte, seine Frau behutsam aus dem Wrack zu bergen, nachdem er endlich die Tür aufbekommen hatte.

Tiefe Stille umgab Viktoria, als die Sirene des Rettungsfahrzeugs ertönte und die Sanitäter kurz darauf eintrafen. Bewusstlos lag sie im Krankenwagen, als dieser sie mit Blaulicht und dem eindringlichen Klang des Martinshorns in die Klinik fuhr. Sie blutete unvermindert stark. Die Rettungskräfte kämpften verzweifelt gegen die Zeit an.

Meilenweit entfernt vom Geschehen zog ein Mantel der Dunkelheit eine tiefe Schneise durch Viktorias Bewusstsein und legte sich schützend über sie. Blutgetränkt klebte das ruinierte Prada-Kostüm an ihr, die zauberhafte Ausstrahlung verpufft. Um sie herum, nur Dunkelheit und Stille.

Paul Seeberger legte enttäuscht das Telefon auf. Er hatte mehrfach versucht, seine Tochter zu erreichen. Nach Jahren der Funkstille hatte er sich heute entschlossen, den ersten Schritt zu tun. Zu viel Zeit war verstrichen, in der eisiges Schweigen geherrscht hatte. Er konnte das Geschehene nicht mehr rückgängig machen, weder die verlorenen Jahre, noch die Worte, die gefallen waren.

»Genug davon«, hatte Paul sich gesagt. Wer wusste, wie viel Zeit ihnen noch blieb? Viktoria war seine einzige Tochter und die eisige Stille, die seit dem Streit geherrscht hatte, war nicht länger zu ertragen.

Der Anruf war überfällig, hatte er entschieden. Aber warum nahm sie nicht ab? War sie noch so verärgert mit ihm? *Nein, das glaube ich nicht*, dachte Paul, *das ist nicht ihr Stil.* Weshalb also konnte er sie dann nicht erreichen?

– 6 –

Sebastian Grohe arbeitete fieberhaft und konzentriert. Das Unfallopfer hatte viel Blut verloren. Über mehrere Stunden hatten sie gegen die Zeit gekämpft, und er war dankbar, dass ihm gerade in der heutigen Nacht das beste Team zur Verfügung stand. Unfallpatienten gehörten zur täglichen Routine, doch dieser Fall forderte Höchsteinsatz. Nicht umsonst hatte man ihn aus der Bereitschaft in die Klinik geordert.

Im OP herrschte Stille. Das Klicken und Klappern der Instrumente ertönte in regelmäßigen Abständen, ab und an fiel ein einzelnes Wort oder eine Anweisung. Nach vollendeter Arbeit hielt Grohe für einen Moment inne und sah die Patientin schweigend an.

Die Frau besaß nicht nur eine makellose Haut, sondern auch eine natürliche Schönheit. Das konnte er trotz ihres jetzigen Zustands erkennen. Zahlreiche Patientinnen, die ihn für Schönheitskorrekturen aufsuchten, forderten genau das. Nur zu oft ein Ding der Unmöglichkeit.

Die Patientin hatte bei diesem Unfall in vieler Hinsicht Glück gehabt, es gab weder schwerwiegende Knochenbrüche noch innere Blutungen. Aus medizinischer Sicht ein kleines Wunder. Sebastian Grohe sah die Narkoseärztin an.

»Ihr Zustand ist stabil.«

»Gut, mehr können wir nicht machen«, erwiderte Grohe tonlos. In diesem Fall stieß auch er an medizinische Grenzen. Sichtlich frustriert sah er die OP-Schwester an.

»Bitte legen Sie die Verbände an. Wir sehen uns morgen Nachmittag. Wenn sie das Bewusstsein wiedererlangt, keine Aussagen seitens der Krankenschwestern! Absolutes Stillschweigen, das ist eine strikte Anweisung! Ich übernehme das zu gegebenem Zeitpunkt.«

»Scheint eine Dame zu sein, die viel Wert auf ihr Aussehen legt. Die Kleidung, die Schuhe, alles vom Feinsten! Die gepflegte Haut spricht Bände.«

Sebastian Grohe schloss die Augen und atmete tief ein. Er warf einen letzten Blick auf die Patientin und verließ den Operationssaal.

Im Wartebereich der Klinik saß ein zusammengesunkener Mann. Sein Kopf lag auf der Schulter einer drallen Erscheinung, gestützt durch ihren üppigen Busen. Sie hatten einander untergehakt. Der Mann schien eingenickt zu sein.

»Herr Neufeld?« Erschöpft stand Grohe vor den beiden und wartete. Er vergrub die Hände in den Taschen. Die junge Begleitung rüttelte den Schlafenden sanft, der ihn verwirrt ansah. Grohe lächelte gequält.

»Sebastian Grohe, ich habe ihre Frau operiert. Ihr Zustand ist jetzt stabil, sie hat unsagbares Glück gehabt.«

Sven stand auf und reichte ihm die Hand. Er folgte Grohes fragendem Blick und räusperte sich kurz, dann strich er die verknautschte Hose glatt.

»Meine Schwester, Monika Sommer. Ich habe sie gebeten zu kommen«, sagte er und lächelte gezwungen.

Grohe nickte höflich und registrierte dabei Monikas zauberhaftes Lächeln. Wie die meisten Männer erlag er für einen winzigen Moment dem unterschwellig erotischen, mädchenhaften Charme der jungen Frau.

»Wie geht es Viktoria?«

»Sie ist immer noch nicht bei Bewusstsein. Wie gesagt, ihr Zustand ist stabil. Mehr kann ich zu diesem Zeitpunkt nicht sagen. Sie wird wieder voll und ganz genesen, aber es wird Zeit in Anspruch nehmen.«

»Wird sie, ich meine –«, Sven stockte und sah ihn fragend an. Sebastian Grohe schwieg und hielt seinem Blick eine Weile stand, bevor er sich räusperte.

»Ihre Frau hat unglaubliches Glück gehabt. Wir können für den Moment nicht mehr ausrichten. Sie ist außer Gefahr. Gehen sie nach Hause und versuchen Sie, Ruhe zu finden. Sobald ihre Frau bei Bewusstsein ist, melde ich mich.« Er reichte Sven die Hand, der sie wortlos schüttelte.

Mit einem höflichen Nicken verabschiedete Grohe sich und ließ das ungewöhnliche Geschwisterpaar zurück, das ihn davon abgehalten hatte, nähere Auskünfte über die Patientin zu geben. Sven war Frau Neufelds Mann, aber seine Begleitung war nicht dessen Schwester, das sagte ihm sein Bauch. Und der täuschte sich nie. Zudem hatte Sven sich allzu leicht mit den Antworten abgefunden, was ein weiteres Zeichen dafür war, dass hier etwas nicht stimmte.

Im Aufenthaltsraum angekommen sank er auf einen Stuhl, legte den Kopf zurück und stieß einen tiefen Seufzer aus. Es gab Schicksale, die ihn berührten, auch wenn er immer versuchte, sich davor zu schützen, denn Niederlagen gehörten zum Alltag. Viktoria Neufelds Schicksal war eines von ihnen.

Lautlos glitt das Taxi durch die Nacht. Berlin schlief, um vier Uhr morgens waren die Straßen leergefegt. Feiner Nieselregen begleitete die Fahrt.

»Es ist kein gutes Zeichen, dass der Arzt so wenig gesagt hat.«

Sven stöhnte erschöpft und rieb sich mit Nachdruck die Augen.

»Ich bin fix und alle! Erst die Scheißbullen und dann der bekloppte LKW-Fahrer«, er betrachtet sein Handgelenk, an dem sich blaue Flecken bildeten. »Vollidiot! Sagt der doch glatt aus, ich wäre keine große Hilfe gewesen, als die Polizei eintrifft! Ich hätte ihm eine klatschen können, diesem elenden Proleten.« Sven entging der missbilligende Blick des Taxifahrers im Rückspiegel. »Scheißkerl! Ich stand unter Schock, verdammt!«

»Sind noch andere zu Schaden gekommen?«

»Gott sei Dank nicht. Nur Blechschaden, kaum vorzustellen, wenn das auch dazu käme! Der Fahrer vor uns hat gut reagiert. Den Rest erledigt die Versicherung. Sie können mich vorne an der Ecke rauslassen«, befahl er dem Taxifahrer, kramte in der Tasche und zog einen Schein raus. »Lass dir eine Quittung geben.«

Sven reichte Monika das Geld, dann schaute er sie an. Er hätte sie zu gern flachgelegt. Hier und jetzt. Aber das ging natürlich nicht. Eine Tatsache, die er bedauerte. So scharf hatte ihn bisher keine gemacht. Sein Lendenbereich kam bei ihrem Lächeln in Bewegung. Er musste los, sonst geriet er in Gefahr, sich danebenzubenehmen.

»Ich informiere Cora morgen früh, das verschafft dir etwas Ruhe«, hauchte Monika.

»Danke, du bist einfach klasse.« Sven nickte kurz und stieg aus dem Wagen. In der Dunkelheit eilte er zum Hauseingang, so als könnte er dadurch der ganzen Situation entfliehen.

Stille herrschte im Treppenhaus. Sven nahm den Lift und wartete ungeduldig, bis er im obersten Stock ankam. Die Wohnung lag im Dunkeln. Ohne das Licht einzuschalten, lief er schnurstracks ins Badezimmer und streifte seine Sachen ab. Er hasste das Gefühl der Einsamkeit in leeren Räumen. In der Dusche lehnte Sven gegen die Wand und genoss die Hitze des Wassers. Er wusste nicht, wie viel Zeit so verstrich. Später feuerte er das Handtuch zu Boden, ließ sich vollkommen erschöpft ins Bett fallen und schlief binnen Sekunden ein.

Als Sven am Morgen aufwachte, flutete Tageslicht das Zimmer. Benommen öffnete er die Augen und schaute hinaus. Strahlender Sonnenschein blendete ihn. Unbeholfen stand Sven auf. Als sein Blick auf die blauen Flecken am Handgelenk fiel, holten die Geschehnisse der vergangenen Nacht ihn ein. Langsam ging er zum Fenster und sah hinaus. Modisch gekleidete Frauen mit Einkaufstüten der Edelmarken flanierten entlang der Bürgersteige, es musste Nachmittag sein.

»Scheiße, verdammt!«, fluchte Sven und überlegte, wo er sein Smartphone gelassen hatte. Er lief ins Bad und kramte in den Hosentaschen. Das Display meldete zwölf Uhr dreißig. Unzählige verpasste Anrufanzeigen von Cora und Monika reihten sich nacheinander. Keine Neuigkeiten aus der Klinik, ein ziemlich schlechtes Zeichen.

Sven wählte Coras Nummer. Noch bevor das zweite Rufzeichen ertönte, hörte er ihre Stimme.

»Beweg deinen verdammten Arsch hierher und das ohne Umschweife! Was glaubst du eigentlich, was hier los ist!«

Sven wollte etwas erwidern, doch Cora hatte aufgelegt. Kurze Zeit später saß er mit Kaffee und Hörnchen im Taxi.

»Beeilung!«, maulte er den Fahrer an.

Der Mann schüttelte den Kopf und zeigte mit einer vielsagenden Handbewegung auf den Verkehr. »Keine Chance, Meister. Um die Uhrzeit nicht die geringste!«

Sven lehnte sich genervt zurück. Er textete Monika:

»Bin unterwegs. Halt die Schlange in Schach!«

Am Empfang angekommen sah er Cora wild gestikulierend in Viktorias Büro. Sie telefonierte, so viel erkannte er aus der Entfernung. Wie immer empfing Sven die junge Mitarbeiterin an der Rezeption mit einem zuckersüßen Lächeln, das er heute lediglich mit einem kurzen Nicken beantwortete. Auf direktem Weg eilte er zum Büro seiner Frau. Cora hatte sich dem Fenster zugewandt und sah nicht, wie Monika ihm auf dem Weg dorthin einen vielsagenden Blick zuwarf.

Ohne vorheriges Klopfen trat Sven ein. Cora sah sich kurz um, führte die Unterhaltung unbeirrt zu Ende und richtete dann das Wort an ihn.

»Schön, dass du es so zeitig ins Büro geschafft hast, Sven.« Ihre Stimme klang eisig, während sie weiterhin das Spreepanorama beobachtete. »Sei so freundlich und erklär mir jetzt genau, was passiert ist. Den Ausführungen deiner Kollegin kann ich nicht ganz folgen.«

Als Cora sich umdrehte, wurde Sven klar, dass sie nur darauf wartete, ihn ungespitzt in den Boden zu rammen. Er nahm seelenruhig Platz und hielt ihrem Blick eine Weile wortlos stand.

»Es war ein Unfall, Cora. Ein blöder Unfall.«

»Geht es auch etwas genauer?« Finster sah sie Sven an.

»Viktoria ist zu schnell gefahren. Offensichtlich war sie nicht mehr fahrtüchtig. Sie hat einen Wagen gestreift, wir haben uns überschlagen und wurden von einem Zaun unterhalb der Autobahn förmlich aufgespießt.«

Svens Worte hingen im Raum. Cora stand sprachlos da und starrte ihn an. Schließlich ging sie zu ihm, setzte sich, schlug die Beine übereinander und schloss die Augen. Als die Tür aufging und eine Mitarbeiterin eintrat, beförderte Cora sie mit einer abwehrenden Handbewegung wieder vor die Tür.

»Keine Unterbrechungen Milli«, rief sie ihr hinterher. »Weiter!«

Sven überlegte einen Augenblick. »Wie du siehst, hatte ich Glück und blieb unversehrt«, er legte eine sporadische Pause ein. »Viktoria lag blutüberströmt und bewusstlos im Wagen. Ich konnte sie mit Mühe aus dem Auto bergen. Ein LKW-Fahrer hatte Gott sei Dank den Rettungsdienst gerufen. Sie ist sofort notoperiert worden.«

»Ich weiß, ich war schon im Krankenhaus.«

»Ach ja? Hast du Neuigkeiten?«

»Leider nein, der operierende Arzt kommt erst am Nachmittag. Ich hab zwar die Stationsschwester mit viel Mühe dazu gebracht, ihn anzurufen, aber am Telefon wollte er keine Auskunft über ihren Zustand geben. Ein echter Profi.« Nach einer kurzen Pause, in der Cora Sven nicht aus den Augen ließ, fügte sie hinzu: »Wie es scheint, hat Viktoria noch eine Schwester, wusstest du das?«

Sven schluckte schwer, wich Coras eisigem Blick aber nicht aus und lehnte sich im Sessel zurück.

»Interessanterweise schien Dr. Grohe mich zunächst für Monika Sommer zu halten, die dich gestern Abend begleitet hat«, vielsagend sah sie ihn an. Sven hielt die Luft an, Cora war gefährlich. Dass sie diese Information besaß, stellte einen Nachteil für ihn dar.

»Schön, dass du es nicht für nötig gehalten hast, mich umgehend zu informieren, Sven.« Cora räusperte sich. »Viktoria war noch nicht bei Bewusstsein, als ich in der Klinik war. Nur so viel scheint klar: In den kommenden Wochen ist nicht mit ihr zu rechnen.«

»Hast du mit Jason telefoniert?«

»Nein. Das Vergnügen steht mir noch bevor. Sven, du wirst mich entschuldigen müssen, ich habe zu tun. Monika kann es sicherlich kaum erwarten, dich zu sehen.«

Sven stand unvermittelt auf, warf ihr einen vielsagenden Blick zu und schwieg. Ohne ein Wort verließ er das Büro und knallte die Tür hinter sich zu. Unberührt blieb Cora sitzen und sah gedankenverloren aus dem Fenster. Das in der Sonne strahlende Spreepanorama passte nicht zu den Ereignissen der vergangenen Nacht.

Sven wich den fragenden Blicken der Mitarbeiter aus. Er nahm Grüße entgegen, nickte aber nur, ohne den Mund aufzumachen. Im Büro angekommen fand er Monika über Papiere gebeugt. Sie führte ein Telefongespräch. Als Sie ihn eintreten hörte, sah sie kurz auf, um sich dann wieder auf die Unterhaltung zu konzentrieren.

Sven nahm dabei von ihrem Ausschnitt Notiz, der heute besonders aufreizend wirkte. Monika beendete das Gespräch und riss ihn aus seinen Gedanken.

»Wie ist es gelaufen?«, fragte sie. Sven hatte Mühe, sich von diesem grandiosen Ausblick zu verabschieden.

»Sie weiß, dass du in der Klinik warst.«

»Nicht von mir.«

»Nein, vom Arzt. Sie hat kurz mit ihm gesprochen.«

»Ist sie bei Bewusstsein? Gibt es Neuigkeiten?«

»Bis jetzt keine. Nur dass meine Frau zwei Schwestern hat. Gestern war sie noch ein Einzelkind.« Sven nahm Platz und rieb nachdenklich das Kinn. »Cora wird alles daran setzen, diese Information gegen mich auszuspielen. Darauf kannst du wetten! Dümmer hätte das Ganze nicht laufen können.«

»Das ist nicht zu ändern. Die Arbeit stapelt sich, es gibt Probleme mit der Kampagne für Walter Neumeyer. Jason scheint ihm gestern Abend ein paar Flöhe ins Ohr gesetzt zu haben.«

»Wie ich diesen Mistkerl hasse!«

Regine Kolloff lag wach im Bett. Die Ankunft der Patientin hatte sie geweckt.

Nachdem die Pfleger gegangen waren, trat erneut Stille ein. Langsam drehte sich die alte Dame um. Viel konnte sie im dunklen Zimmer nicht erkennen, aber die Umrisse der Gestalt deuteten auf eine zierliche Figur hin. Irgendetwas fiel dabei aus dem Rahmen und ließ ihr keine Ruhe. Vorsichtig knipste Regine ihr Bettlicht an, setzte sich mühsam auf, trat zum Nachbarbett und sah genauer hin. Der Atem der bewusstlosen Frau ging regelmäßig, der Brustkorb hob und senkte sich mit jeder Bewegung. Lange beobachtete die alte Dame stillschweigend die Schlafende.

Schließlich schüttelte Regine den Kopf und kehrte zum Bett zurück. Sie knipste ihr Nachtlicht aus und versuchte zu schlafen, ohne Erfolg. Immer wieder schaute sie in die Richtung der Schlafenden, bis die Müdigkeit sie übermannte.

Um Punkt sechs Uhr ging die Tür auf. Die Stationsschwester erschien mit dem Frühstück, stellte das Tablett neben Regine ab und begrüßte sie mit einem herzlichen Händedruck.

»Guten Morgen Frau Kolloff. Wie ich sehe, schläft der Neuzugang noch. Sie ist heute Nacht erst operiert worden.«

Regine Kolloff blinzelte schlaftrunken. »Was ist mit ihr passiert?«

»Ein Autounfall, mehr kann ich im Moment nicht sagen. Strikte Anweisungen von Dr. Grohe.«

Die alte Dame nickte vielsagend und betrachtete lustlos ihr Frühstückstablett.

»Bitte rufen Sie mich, wenn sie aufwacht. Sie wird Schwierigkeiten haben, die Orientierung zu finden.«

»Natürlich. Ich werde sie nicht stören.«

Die Stationsschwester lächelte und verließ den Raum. Viktoria lag regungslos neben der alten Dame. Noch schützte sie tiefer Schlaf vor den Ereignissen der letzten Nacht und der bevorstehenden neuen Wirklichkeit.

Paul Seeberger betrachtete das Foto. Viktoria lächelte ihn darauf an. So, als wäre sie bei ihm und immer noch sein kleines, unbeschwertes Kind. Er seufzte tief, das Bild verursachte Freude und Trauer zugleich. Freude über die vielen schönen Jahre, in denen die Familie unzertrennlich gewesen war und Trauer über das, was zerbrochen war.

Er stellte das Bild zurück an seinen Platz und bemerkte seine Frau, die am Türrahmen lehnte.

»Sie wird sich melden, glaub mir. Hast du auch im Büro angerufen?«

»Nein, das —« Paul stockte und schüttelte den Kopf. »Ich bin ihr Vater, der Anruf ist privater Natur.«

Seine Frau blickte zu Boden und verschränkte die Arme. »Sie wird sich melden, das weiß ich. Gib ihr Zeit, sei geduldig.«

Paul Seeberger lehnte sich im Sessel zurück und verschränkte die Arme. Er wusste, seine Frau hatte Recht. Viktoria würde sich melden, aber wann?

− 7 −

Jojo rückte Tische und Stühle zurecht. Er sah zum Himmel und spürte die Sonne auf seinem Gesicht. Einer der letzten warmen Tage kündigte sich an. Zeit, die Gunst der Stunde zu nutzen. Viele Gäste saßen gerne draußen, wenn das Wetter es erlaubte, und der Sommer war ein Reinfall gewesen.

»Spar dir die Mühe Kleiner, es kommt sowieso keiner in deinen Saftladen.«

Jojo ignorierte die Bemerkung, die Abneigung seines Vermieters beruhte auf Gegenseitigkeit. Er überging die Provokation und brachte seelenruhig die begonnene Arbeit zu Ende, bevor er den zeternden Alten ansah.

»Herr Herzig, so eine Überraschung. Darf ich Ihnen einen Kaffee anbieten?«

»Lass mal schön stecken, mir ist schon schlecht.«

Wie so oft gab Adolf Herzig seine schlechte Laune zum Besten. Über den Namen musste Jojo immer wieder lachen, eine wahre Bestrafung für den Mann. Der herzige Adolf, wie er ihn nannte. Aber Adolf machte seinem Nachnamen keine Ehre, im Gegenteil, er war verbittert, vermögend und prinzipiell schlecht gelaunt.

»Na Kleiner, wenigstens einer, der ein bisschen Grips in der Birne hat«, begrüßte er Tommy. »Wie hältst du es mit diesen Idioten überhaupt aus?«

»Ich bin Super-Service-Man!«, rief Tommy und strahlte Herzig an.

»Das wird's sein«, brummelte Adolf und ließ sich am nächstgelegenen Tisch nieder. »Bring mir ein Bier, Junge!«

Jojo verdrehte die Augen, der Alte raubte ihm den letzten Nerv. Wie immer würde er nicht zahlen und seine gute Laune hemmungslos an ihnen auslassen. *Ganz große Klasse*, dachte er. *Das hat mir heute noch gefehlt!* Jojo holte das Getränk und stellte es vor Herzig ab.

»Kleiner, wir müssen reden! Komm, setz dich.« Unverblümt deutete er Jojo an, Platz zu nehmen, der widerwillig seiner Aufforderung folgte.

»Wie laufen die Geschäfte, Junge?« Zufrieden nahm Adolf das Bier in Empfang.

»Könnten besser gehen.«

»Das sagen alle! Wenn es danach ginge, wäre ich längst pleite! Ich muss dir schlechte Neuigkeiten bringen, Kleiner«, er wollte fortfahren, doch Max kam in diesem Moment durch die Tür. Der Alte musterte ihn abfällig. Nach einem Schluck Bier hatte Herzig sich wieder gefasst. »Ich werde die Miete erhöhen müssen.«

Jojo sah ihn sprachlos an und wäre ihm am liebsten an die Kehle gesprungen. Als vermögender Mann musste Adolf Herzig gar nichts. Ganze Mietshäuser in Kreuzberg gehörten ihm und über Leerstand klagte er nie. Jojos Vermieter schien das Überbringen dieser Nachricht zu genießen.

»Wie gesagt, die Geschäfte könnten besser laufen«, begann Jojo, doch Adolf ließ ihn nicht weiterreden.

»Kleiner, als du mit deiner Juxbude hier angefangen hast, vereinbarten wir einvernehmlich einen geringen Mietzins, sozusagen als Startkapital. Als guter Mensch gebe ich jungen Leuten gerne eine Chance, das ist das Mindeste, was man heutzutage tun kann«, genüsslich trank er einen Schluck. »Das war vor drei Jahren. Ehrlich gesagt war mir immer klar, dass du dem Untergang geweiht bist.« Adolf sah sich ausgiebig um. »Außer einer

Bande von Opfern hast du nichts vorzuweisen. Und die gibt's gratis an jeder Straßenecke. Etwas mehr muss man den Leuten schon bieten.«

Jojo sah Herzig zu, wie er sein Bier leerte. Er musste Zeit gewinnen, sein Vermieter saß am längeren Hebel. Diese Tatsache schmerzte ihn heute besonders. Unvermittelt stand er auf und holte Nachschub. Wortlos stellte Jojo die Flasche vor dem Alten ab, der zufrieden lächelte.

»Warum tust du dir nicht den Gefallen und schmeißt das Handtuch, Kleiner? Du weißt genauso gut wie ich, dass ich recht habe.«

Die Tür ging auf und Erna trat ein. Adolf verzog sofort das Gesicht. »Ich weiß nicht, was schlimmer ist. Die Kunden oder deine Mitarbeiter.« Kopfschüttelnd schenkte er sich das Bier ein.

Erna stolzierte an Herzig vorbei, hakte Tommy unter und ließ sich von ihm an ihren Stammplatz begleiten. Sie setzte sich, lächelte und ignorierte die anderen Anwesenden.

Jojo suchte fieberhaft nach einem Weg, Zeit zu gewinnen. Zweifellos würde sich die Laune seines Vermieters zunehmend verschlechtern.

»Wie hoch soll der zukünftige Mietzins denn sein?«

Adolf lächelte süffisant. Kein gutes Zeichen.

»Fünfzehn Prozent mehr scheinen mir angemessen.«

»Ganz schön happig.«

»Findest du?«

Die Tür ging auf und eine Gruppe Kinder trat ein. Sie freuten sich über Tommys überschwängliche Begrüßung und nahmen bereitwillig mit ihren Betreuern Platz. Jojo beobachtete sie kurz und glaubte sogar, ein zaghaftes Lächeln auf Ernas Lippen zu erkennen.

»Ich brauche Bedenkzeit.«

»Das kann ich mir denken, Kleiner! Obwohl du deinen Leidensweg nur verlängerst.« Genüsslich trank Adolf das Bier und stand unvermittelt auf. »Ich bin kein Unmensch.

Denk in Ruhe nach! Der neue Mietvertrag wäre ab dem 1. Januar gültig, in knapp vier Monaten also.« Mitleidig blickte er auf Jojo hinab. Ohne ein weiteres Wort drehte Herzig sich um und ließ ihn zurück.

»Lass die Tür gleich auf«, rief Erna ihm hinterher. »Nach dem Jestank brauchen wir dringend frische Luft.«

Die Aussage blieb nicht unbemerkt. Jojo lächelte, sammelte die Bierflaschen samt Glas ein und ging hinter den Tresen. Tommy hatte Kekse und Kakao für die Kinder vorbereitet, die ihn kurz darauf jubelnd in Empfang nahmen. Max stand neben Jojo und trocknete Geschirr mit der Geschwindigkeit einer Schnecke.

»Sieht aus, als ob der Alte dir den Rest gegeben hat«, bemerkte er beiläufig.

»Fünfzehn Prozent Mieterhöhung. Aber er ist kein Unmensch, er lässt uns Bedenkzeit. Der neue Mietvertrag läuft ab dem kommenden Jahr.«

»Vergiss es! Es sei denn, du willst für den Führer arbeiten. Er wäre der Einzige, der daran verdient.« Max prüfte ein Glas auf Schmierstreifen.

»Wir sollten noch einmal die Zahlen durchspielen. Irgendwie muss da was zu machen sein.«

»Negativ. Da gibt's nichts zu drehen! Das Spiel ist dann aus.«

Jojo rieb sich das Gesicht und unterdrückte die aufsteigende Wut, die lachenden Kinder schnürten ihm die Kehle zu. Max sah ihn besorgt an.

»Ok, wir spielen die Zahlen noch mal durch. Vielleicht hab ich ja was übersehen.«

»Dir unterlaufen keine Fehler. Nicht solange ich dich kenne«, gab Jojo mit geschlossenen Augen zurück. »Noch nie!«

»Alter, jeder Mensch irrt sich mal! Selbst ein Genie wie ich«, Max zwinkerte Jojo aufmunternd zu. »Und vielleicht geschieht ja doch ein Wunder.«

»Ein schlechterer Lügner als du ist mir noch nie untergekommen.«

»Ein Versuch war es wert, meinst du nicht?«

Die Plätze vor dem Café füllten sich. Jojos Rechnung, die letzten warmen Tage zu nutzen, schien aufzugehen. Er ging nach draußen und nahm die Bestellungen entgegen, vielleicht würde ja tatsächlich ein Wunder geschehen. *Das wäre zu schön*, dachte er. *Und mir bliebe erspart, auf allen vieren zu kriechen und sie anzurufen.*

Erna brachte Jojo wenig später auf den Boden der Realität zurück. Ihr Blick genügte, um ihm die Laune zu verderben. Genau wie Adolf schien Erna in Bombenstimmung.

»Sach mal, meen Süßer, wie kommt man ausjerechnet zu dem alten Sack als Vermieter? Haste keenen anderen Verbrecher jefunden? Det fraje ick mich schon, seit ick hier meen Käffchen jenieße und Tommy besuche. Det muss man erst mal hinkriegen!«

Kampflustig stand Erna da und prostete Jojo mit ihrem Kaffee zu. Wortlos ließ er sie stehen und ging mit einem leeren Tablett nach draußen. Als Jojo kurz darauf zurückkam, fand er Erna am gleichen Fleck vor. Sie folgte ihm bis zum Tresen, wo Jojo das schmutzige Geschirr an Max übergab. Vielsagend tauschten die beiden Blicke aus. Wenn Erna sich festgebissen hatte, gab es kein Entkommen. Jeder bissige Terrier schnitt im Vergleich schlechter ab.

»Wie lange kennst du ihn schon?«

»So lange ick denken kann, leider! Hat mich vor die Tür jesetzt, als er von seinem Alten allet jeerbt hat. Die Mutter is im Krieg jestorben. Bombenangriff«, Ernas vielsagender Blick unterstrich ihre Worte. »Der alte Herzig war ein totaler Nazi. Der konnte nich oft jenug ›Heil Hitler‹ schreien! In dem Punkt unterscheiden die beeden sich grundlegend. Aber vom Jeiz zerfressen is er och. Je mehr Kohle, desto besser. Pah!«

»Er hat dich vor die Tür gesetzt? Kaum vorstellbar.«

»Det kannste globen! Ick hatte meene Beförderung jekricht, war stolz wie Bolle und denn dette! Alleinstehende Frauen, hat er jesagt, sind een Risiko. Und raus war ick! Früher war det noch viel einfacher als heute. Ick hab wat anderet jefunden, war sojar besser als dem seene Bruchbude. So ist det im Leben. Et jeht immer weiter!«

»Du solltest Life Coach werden, Erna. Du verstehst es, Menschen Mut zu machen.«

»Wat für'n Ding?«

»Schon gut, Erna.«

»Jedenfalls wird et Zeit, sich wat einfallen zu lassen, meen Süßer! Wenn du dem Alten freiwillig een zweetet Bier ausjibst, kann det nix jutet bedeuten.« Mit Schwung stellte sie ihre Tasse ab. »Ick jeb dir 'nen Tipp: Verpass der Bude 'nen neuen Anstrich. Wie sagen se im Fernsehen immer? Pimp det Ding und servier mal wat Jenießbaret! Sonst ist det nächste Herzig-Opfer fällig. Bis denne!« Mit einem letzten Gruß an Tommy war Erna verschwunden.

»Ganz unrecht hat sie nicht«, bemerkte Max, der konzentriert ein Glas wienerte. Jojo kniff die Augen zusammen und schnappte sich das Tablett. Noch bevor Max etwas sagen konnte, war er außer Hörweite.

An der U-Bahn-Station Podbielskiallee war es ruhig. In der nahe gelegenen »Eierschale« herrschte zwar reger Publikumsverkehr, doch im Vergleich zu Kreuzberg sagten sich in diesem Stadtteil Berlins die Hasen gute Nacht. Jojo stand für einen Moment unschlüssig am Straßenrand.

Im nahe gelegenen Dahlemer Tennisclub war er als aufmüpfiger Knirps kurzerhand rausgeflogen. Der erste Meilenstein auf dem Weg zum totalen Zerwürfnis mit seinem Vater. Der Notar Heinrich Richter hatte keinen Widerspruch geduldet, wenn es um die Zukunft der

Kinder ging. Seine Sprösslinge sollten ebenso erfolgreich und einflussreich werden, wie er selbst. Mehr erwartete er nicht. Der jüngste Sohn hatte ihm die Stirn geboten. Von Anfang an.

In der nahe gelegenen Königin-Louise-Stiftung hatte Jojo nur deswegen bleiben dürfen, weil sein Vater Einfluss genommen hatte. Einen Rausschmiss hatte er zu verhindern gewusst, obwohl Jojo sich jede erdenkliche Mühe gegeben hatte, das Gegenteil zu bewirken. Bei diesem Gedanken musste Jojo lächeln. Der Direktor hatte seinen Eltern mehr als einmal sagen müssen, dass ihr Sohn ein hoffnungsloser Fall sei. Heinrich Richter hatte getobt. Zur Freude seines Sohnes und zum Leid seiner Frau.

Jojo lief langsam los, er kannte den Weg auswendig. Im Dol regte sich wenig. Totentanz, wohin er sah. In den edlen Häusern und Villen brannte Licht und doch herrschte Ruhe. Vereinzelt gingen Anwohner mit ihren Hunden spazieren, der ein oder andere Jogger kam ihm entgegen. Das Leben in diesem Teil Berlins verlief geregelt. Kurze Zeit später hielt Jojo vor seinem Elternhaus.

»Warum bin ich gekommen? Was für eine idiotische Idee«, sagte er sich und bereute seinen Entschluss für einen überraschenden Besuch.

»Sieh einer an!«, ertönte hinter ihm eine tiefe Stimme. »Der verlorene Sohn kehrt zurück.«

Jojo schnellte herum und stand unerwartet seinem Vater gegenüber. Er war gealtert, wie Jojo mit Schrecken feststellte. Aber mit den silbergrauen Schläfen sah Heinrich Richter elegant, fast würdig aus, und die markanten Gesichtszüge wirkten weniger streng. Der junge Jack Russel an seiner Leine begann, unruhig zu werden. Ein einziger Befehl genügte, um ihn zur Ruhe zu bringen.

»Guten Abend, Vater.«

»Guten Abend, Jonas. Wie ich sehe, hast du dein Äußeres deinem Umfeld angepasst. Wie bedauerlich! Ich hätte dich fast nicht wiedererkannt. Darf ich fragen, was dich hierher führt? Es ist ein ziemlicher Weg von Kreuzberg. Wohl kaum die Sehnsucht nach deinem alten Vater?«

»Ich —« Jojo brach ab. Die überraschende Begegnung hatte ihn aus der Bahn geworfen.

»Verstehe«, lachte Heinrich Richter und sah seinen Sohn abfällig an, »wir stecken mal wieder in Schwierigkeiten. Etwas ganz Neues! Da du dir sogar die Mühe machst, persönlich aufzukreuzen, muss dir das Wasser bis zum Hals stehen. Sonst rufst du deine Mutter doch immer an?«

Schweigend sahen die beiden einander an. Der junge Jack Russel blickte aufmerksam vom einen zum anderen, blieb aber brav sitzen. Nicht einmal das Eichhörnchen, das von Ast zu Ast hüpfte, konnte ihn abzulenken.

»Sag mal Jonas, hast du keinerlei Schamgefühl? Keinen Funken Respekt vor dir selbst?« Er schüttelte langsam den Kopf. Fast glaubte Jojo, so etwas wie Mitgefühl im Blick seines Vaters zu erkennen, doch der nächste Satz strafte den Gedanken Lügen.

»Du wirst dich unterstehen, deine Mutter heute oder an irgendeinem Tag wie ein billiger Lump um Geld anzubetteln, Jonas. Nie wieder! Das verbitte ich mir! Werde endlich erwachsen Junge, wir mussten es alle! Ich meine es ernst!«

Heinrich Richter öffnete das Tor zum Anwesen und ging hinein. Der junge Hund wagte nicht zurückzuschauen, sondern trottete eifrig neben ihm her. Jojo sah seinem Vater nach und schwieg. Er vergrub die Hände in den Taschen und überlegte. Der Ausgang des Treffens war vorhersehbar gewesen, was für eine absolut schwachsinnige Idee! Hatte er tatsächlich gehofft, sein Vater würde ihn mit offenen Armen empfangen? Wütend stand Jojo und ärgerte sich über seine Dummheit, machte sich schließlich Richtung Pacelliallee auf den Weg und bog in die Miquelstraße ein.

Als Kind war er mit dem Fahrrad wie ein Irrer durch diese Straßen geheizt. Das Gefühl der Freiheit hatte nie lange angedauert, spätestens zurück am Esstisch unter den strafenden Blicken des Vaters und den hänselnden Worten des älteren Bruders war er wieder zum Gefangenen geworden.

Wie ein Besessener lief Jojo fluchend den Hohenzollerndamm entlang. In der U-Bahn herrschte kaum Betrieb, der schöne Altsommer hielt die Berliner im Freien. Ein fast leeres Abteil erwartete ihn. Gedankenverloren saß er und starrte verdrossen vor sich hin.

Als Jojo am U-Bahnhof Mehringdamm ausstieg und das rege Treiben in Kreuzberg ihn empfing, ging es ihm besser. Ein kurzer Halt in seiner Stammkneipe erledigte den Rest, den Heimweg ein paar Stunden später legte Jojo beschwingt zurück. Die Bars und Restaurants verzeichneten Hochbetrieb, in den Straßen tobte das Leben. Jojo atmete tief ein, er war wieder zuhause.

– 8 –

Cora lief von der Lehnbachstraße Richtung Agentur, die unweit entfernt der Oberbaumbrücke lag. Die passende Wohnung in Fußnähe zu finden war nicht leicht gewesen. Cora schätzte den Kiez von Friedrichhain, in dem genügend Cafés und Bars für Entspannung sorgten. So kam sie nie auf die fatale Idee, sich in einem Fitness-studio anzumelden. Ein gut gemixter Cocktail hatte den gleichen Entspannungseffekt, im Notfall auch mehrere davon. Und wenn Cora tatsächlich der Sinn nach Bewe-gung stand, gab es eine Vielzahl von Swinger Clubs in Berlin, in denen sie sich als gern gesehener Gast ausrei-chend austoben konnte.

Ihre langen, schlanken Beine eilten einen Schritt schneller den Gehweg entlang. Seitdem in der Agentur die Nachricht von Viktorias Unfall bekannt geworden war, tobte der Bär. Coras kupferfarbenes Haar hing of-fen von den Schultern und verdrehte zahlreiche Köpfe. Unbeirrt lief sie weiter. Sie hatte früh gelernt, die Bli-cke der Gaffer zu ignorieren und sich den notwendigen Panzer zugelegt, als sie mit dreizehn Jahren eine Größe von knapp einem Meter achtzig erreicht hatte. Gepaart mit ihrer Haarfarbe und zu allem Übel Sommersprossen, war sie unzähligen Hänseleien ausgesetzt gewesen. Cora hatte sich davon nicht unterkriegen lassen, aber geheult wie ein Schlosshund hatte sie mehr als einmal. Und sich geschworen, es allen zu zeigen.

Sie hatte Wort gehalten. Das Studium der Medienwissenschaften hatte Cora mit Bravour abgeschlossen und kurze Zeit später den Posten in der renommierten Green Field Agency ergattert. Die Stelle war heiß begehrt gewesen, auch wenn Viktorias Ruf in der ganzen Branche längst bekannt war: ein Workaholic. Erbarmungslos, mit klar abgesteckten Zielen. Gefürchtet und mit dem Ruf, die Fehler der Mitarbeiter niemals durchgehen zu lassen und sie gnadenlos abzustrafen.

Cora hatte sich gleich beim ersten Treffen in Viktoria verliebt, denn sie hatte ihrer Meinung nach etwas, das den meisten Männern fehlte. Einen Arsch in der Hose. Und Cora wusste, eine solche Lehrmeisterin konnte sie nur vorwärts katapultieren. Die Rechnung war aufgegangen, in kurzer Zeit avancierte Cora zu Viktorias rechter Hand, die Angst vor ihrer Vorgesetzten überließ sie den anderen.

Nur wenige Schritte trennten sie vom Gebäudeeingang. Cora eilte die fünf Stockwerke nach oben, den Lift konnten gerne die angehenden Rentner nehmen. Als sie die Tür zur Agentur aufriss, ging im gleichen Moment die Fahrstuhltür auf. Monika und Sven traten heraus.

»Cora, ich habe Monika gerade erzählt, dass Viktoria aufgewacht ist. Gestern, am späten Nachmittag.«

Die Nachricht brachte sie zum Stehen. Cora musterte die beiden eindringlich. Wie an jedem Tag fragte sie sich, was Viktoria an Sven fand.

»Der Arzt sagt, sie ist soweit stabil. Ich fahre nachher in die Klinik.«

»Mit oder ohne ihre Schwester?«

Monika stieg die Röte ins Gesicht. Nervös fummelte sie am Ausschnitt, der ihre körperlichen Vorteile betonte. Sven sah Cora mit versteinerter Miene an, die abfällig lächelte und die beiden wortlos stehen ließ.

In Viktorias Büro angekommen knallte sie ihre Handtasche auf den Tisch und ärgerte sich über die Tatsache, dass Sven mehr in Erfahrung gebracht hatte, als sie. Cora hatte am Vortag mehrfach erfolglos versucht, zu Viktoria vorzudringen.

Um sich abzulenken, warf sie einen Blick auf den Tagesplan und ging zur Kaffeemaschine. Die Tür ging kurz darauf mit einem Ruck auf und Sven trat ein. Cora hatte den Besuch erwartet und stand gewappnet mit einem Kaffee, den sie bitter nötig hatte.

»Ich verbitte mir diese Art und Weise!« Mit wutverzerrtem Gesicht sah Sven sie an.

»Tut mir leid, Sven, ich bin nicht beeindruckt. Jeder aufgebrachte Fünftklässler wirkt bedrohlicher als du! Und wenn du solche Bemerkungen vermeiden möchtest, trag deinen Teil dazu bei, es lässt sich durchaus verhindern.« Cora betrachtete ihn eingehend. Es war so einfach, ihn zum Schweigen zu bringen, eigentlich schon langweilig. Zufrieden nahm sie einen Schluck Kaffee.

»Wilde Gerüchte! Die Leute haben scheinbar nichts Besseres zu tun!«

»Natürlich«, Coras süffisantes Lächeln verfinsterte Svens Miene erneut, »mir mangelt es nicht an Aufgaben. Da Viktoria dir die kreative Leitung der Agentur übertragen hat, geht es dir sicherlich kaum anders. Falls es nichts weiter zu besprechen gibt, würde ich mich gerne auf die Arbeit konzentrieren, danke!«

Sven warf ihr einen bösen Blick zu und trat die Flucht an. »Braves Kind«, lobte Cora ihn im Stillen und dachte an das Gewitter, das ihr bevorstand. Jason Greenfield über den Unfall zu informieren, ließ sich nicht länger hinauszögern.

Zwei Tassen Kaffee später und mit klarem Kopf fühlte sie sich dazu in der Lage. Cora wartete auf das Rufzeichen und kam auf die Füße. Solch ein Gespräch führte sie gern im Stehen.

»Viktoria, Darling! Was gibt es?«

»Guten Morgen Jason, Cora am Apparat. Ich hoffe, Sie hatten eine angenehme Rückreise?«

»Danke. Darf ich nach dem Grund Ihres Anrufes fragen? Ich bin etwas in Eile.«

»Es wird nicht viel Zeit in Anspruch nehmen.« Die Leitung blieb für einen kurzen Moment still. Cora zögerte.

»Ich höre.«

»Viktoria hat einen Unfall erlitten, auf dem Heimweg vom Empfang überschlug sich ihr Auto. Sie wurde noch in der Nacht notoperiert. Ihr Zustand ist stabil und sie ist aufgewacht.«

Cora vernahm Jasons leises Fluchen und wartete angespannt auf eine Antwort. Schließlich meldete er sich zu Wort.

»Haben Sie sie gesehen?«

»Nein, ich —«

»Cora, Sie müssen hier näher am Ball sein! Verdammt! Ich bestehe darauf, unverzüglich über alle weiteren Entwicklungen informiert zu werden. Ist das klar?«

»Selbstverständlich.«

»Sie fahren sofort in die Klinik und versuchen, nähere Informationen zu bekommen. Ich muss wissen, was los ist! Ich höre später von Ihnen!«

Cora blieb nicht die Zeit zu antworten, die Leitung war tot. Sie schloss die Augen. Nachdem sie die wichtigsten Anweisungen erteilt hatte, eilte sie die Stufen des Gebäudes hinunter und stieg in das wartende Taxi.

In der Charité ging es zu wie in einem Bienenstock. Cora lief auf direktem Weg zum Zimmer der Stationsschwester.

»Guten Tag, ich möchte zu Viktoria Neufeld. Wie mir gesagt wurde, ist sie bei Bewusstsein?«

»Sie sind verwandt?«, fragte die Krankenschwester ungerührt.

»Ich bin ihre Schwester. Ich war gestern mehrfach da, konnte den zuständigen Arzt aber nicht antreffen. Ihre Kollegin war so freundlich mich telefonisch mit ihm sprechen zu lassen.«

Die Stationsschwester schwieg und richtete den Blick auf eine Person, die hinter Cora erschien.

»Dann können Sie das Gespräch gleich fortführen, Herr Dr. Grohe führt jetzt die Visite durch. Herr Dr. Grohe! Die Schwester von Frau Neufeld ist hier und möchte sie sehen.«

Ein hochgewachsener, drahtiger Mann mit ernster Miene musterte Cora. Resolut streckte sie ihm die Hand entgegen und setzte ein selbstbewusstes Lächeln auf.

»Cora Löwendorff, guten Tag. Ich bin Viktorias Schwester, wir haben gestern telefoniert.« Grohes prüfenden Blick hielt sie mühelos stand.

»Frau Neufeld hat wenig Ähnlichkeit mit ihren Schwestern, das muss ich schon sagen.«

»Das liegt an verschiedenen Vätern. Sie wissen ja, was die alten Römer sagten: Allein die Mutter steht fest.«

Grohe stimmte in Coras verlegenes Lachen ein und schwieg für einen Moment. »Verstehe. Ihre Schwester war gestern kurz bei Bewusstsein. Der Zustand ist unverändert stabil. Sie ist noch nicht ganz bei Kräften. Sie hat viel Blut verloren.«

»Hat sie Verletzungen erlitten?«

Grohe zögerte mit einer Antwort. »Sie hat, wie ich Ihnen schon sagte, großes Glück gehabt. Aber sie hat Verletzungen davongetragen, ja. Sie sind nicht lebensbedrohlich, aber damit umzugehen, wird eine Umstellung für sie.«

»Wie ist das zu verstehen? Ich meine, kann ich sie sehen?«

»Nein, tut mir leid. Sie ist noch nicht in der Verfassung, Besuch zu empfangen.«

Cora schluckte schwer. »Natürlich. Wird sie, ich meine —« Sie brach ab, die Farbe war aus ihrem Gesicht gewichen, sie wankte leicht.

»Ich kann Ihre Sorge verstehen, Frau Löwendorff. Aber für konkrete Aussagen ist es noch zu früh. Sie müssen Geduld üben und ihr genügend Zeit für die Genesung lassen.« Nach einer kurzen Pause fügte er hinzu. »Ich melde mich, sobald es Neuigkeiten gibt, einverstanden?«

Die Tür zu einem nahegelegenen Zimmer ging auf und eine sichtlich nervöse Schwester eilte in den Flur. Aus dem Raum kam ein Wimmern. Cora erkannte Viktorias Stimme problemlos. Die Laute versetzten ihr einen Schlag in die Magengrube.

»Dr. Grohe!«, rief die Krankenschwester.

»Ich komme sofort! Sie müssen mich jetzt entschuldigen, Frau Löwendorff.« Eilig lief er zum Zimmer. Cora machte ein paar zaghafte Schritte in die Richtung.

»Die Anordnungen des Arztes sind strikt zu befolgen!« Der Blick der Stationsschwester ließ keinen Zweifel an ihren Worten. Cora blieb stehen und versuchte, den aufkommenden Schwindel in den Griff zu bekommen.

»Natürlich! Vielen Dank für Ihre Hilfe. Auf Wiedersehen.«

Strahlender Sonnenschein empfing Cora in der Invalidenstraße. Unfähig einen Gedanken zu fassen, blieb sie stehen und suchte halt an einem Straßenschild. Weder der Straßenlärm, noch vorbeilaufende Passanten drangen zu ihr vor. Die Worte des Arztes klangen nach, aus denen sie nicht schlau wurde. Schließlich winkte sie ein Taxi herbei und stieg ein. Cora gab dem Fahrer die Adresse, schloss die Augen und überlegte fieberhaft, wie sie Jason erklären sollte, dass sie nicht wirklich mehr wusste als vorher.

Cora begegnete Sven mittags auf dem Flur der Agentur.

»Ich fahre jetzt in die Klinik, ich melde mich später bei dir«, sagte er im Vorbeigehen.

»Gibt es Neuigkeiten?«

»Nein, aber ich fahre trotzdem. Sie ist meine Frau, verdammt!« Sven hielt kurz inne. »Monika muss dich sprechen. Es gibt Komplikationen mit der Neumayer-Kampagne.«

»Dann findet eine Lösung dafür.«

»Viktoria würde sofort einschreiten!«

Ungerührt sah Cora ihn an. »Ich bin nicht sie, Sven. Löst das Problem! Das ist euer Job.«

»Zusammenhalten ist jetzt überlebenswichtig! Wir dürfen so wenig wie möglich nach außen hin preisgeben!«

»Richtig! Also sorgt dafür, dass ihre Abwesenheit unbemerkt bleibt. Stellt das ein Problem für dich dar?«

»Natürlich nicht.«

»Hervorragend! Bereitet eure Lösung bis morgen Mittag vor. Wir gehen dann alles gemeinsam durch.«

»Hast du mit Jason gesprochen?«

»Allerdings.«

»Spann mich nicht auf die Folter, Cora! Was hat er gesagt?«

»Seine Begeisterung kannte keine Grenzen. Noch Fragen?« Sie ging in Viktorias Büro und widmete sich wieder ihrem Aufgabenberg. Als sie kurze Zeit später aufblickte, sah sie Sven am Empfang stehen. Wild gestikulierend führte er eine Unterredung mit Monika. Cora lächelte. *Lange kannst du ihre Abwesenheit nicht mehr überspielen. Ohne sie werden deine Schwächen für alle sichtbar. Ein bisschen lasse ich dich noch zappeln*, dachte sie, griff zum Hörer und wählte Jasons Nummer. Die Mailbox antwortete. Sie hinterließ zum wiederholten Mal eine Nachricht und legte auf, es gab genügend zu tun.

Am späten Nachmittag rief Jason zurück. Seine Tonlage konnte Cora nicht einordnen. Viktoria hatte mehr Erfahrung im Umgang mit ihm, aber die hörbare Gleichgültigkeit beunruhigte sie.

»Cora, Jason am Apparat. Was haben Sie herausfinden können?«

»Viktorias Zustand ist stabil. Das sind die guten Neuigkeiten.«

»Weiter?«

»Sie benötigt Zeit, um zu genesen, so drückte es der Arzt zumindest aus.«

»Geben Sie mir eine Zahl, diese Aussage ist mir zu vage.«

»Genaue Angaben hat er nicht gemacht, das Gespräch war nur von kurzer Dauer, leider.« Cora zögerte einen Moment, stand auf und verschränkte die Arme. »Ich bin aus seinen Worten nicht wirklich schlau geworden. Der Arzt sagte, dass Viktoria Verletzungen erlitten hat, keine lebensbedrohlichen, aber mit ihnen umzugehen wird eine Umstellung für sie.«

Die Leitung blieb stumm. Die Unterhaltung nahm keinen guten Lauf, das spürte Cora mit zunehmender Übelkeit.

»Mehr hat er nicht gesagt?«

»Nein, leider. Der Arzt betonte, dass Viktoria Zeit benötigt, um zu genesen. Jason?«, fragte Cora, als sie bereits glaubte, das Gespräch sei unterbrochen worden.

»Ich bin noch da! Das ist kein gutes Zeichen. Ich glaube, ich weiß, was er damit sagen will.« Wieder wurde es still in der Leitung. Das Warten war nervenzehrend. »Viktoria Neufeld repräsentiert mich! Sie leitet die Agentur, sie ist deren Gesicht, meine Repräsentanz in der Öffentlichkeit! Wenn ihr Aussehen gelitten hat, was ich vermute, habe ich ein Problem damit! Bedauerlich, aber wahr. Die Green Field Agency strahlt etwas aus! Halten Sie mich auf den Laufenden! Diese Sache gefällt mir immer weniger.

Ich kann es mir nicht leisten, auf Verlierer zu setzen, mein guter Ruf wäre dahin! Schließlich bin ich nicht irgendjemand.«

Die Leitung war tot. Fassungslos starrte Cora ins Leere, sank in den Sessel und legte den Hörer beiseite. *Ich kann es mir nicht leisten, auf Verlierer zu setzen.* Der Satz hallte in ihrem Kopf. Coras Atem raste. *Ich kann es mir nicht leisten, auf Verlierer zu setzen.* Immer lauter dröhnte die Aussage durch die Stille. Wie benommen saß sie da, bis Cora es nicht länger aushielt. Sie sprang auf, eilte zur Toilette und übergab sich. Kalter Schweiß brach in ihr aus. Frösteln stand sie vor dem Spiegel und starrte ungläubig hinein. Hatte sie ihn richtig verstanden? Spielte er mit dem Gedanken Viktoria zu ersetzen? Einfach so, ohne die Fakten zu kennen und ihr die geringste Chance zu geben? »Nein«, sagte sie sich, »das kann er nicht tun!« Doch das schleichende Gefühl der Angst verstärkte sich, während Cora wie versteinert dastand und das Hämmern in ihrem Kopf zunahm. Jason Greenfield suchte nach einem passenden Nachfolger, daran bestand für sie kein Zweifel mehr.

– 9 –

Auf Berlins Stadtautobahn stand der Verkehr. Pendler, Lieferanten und Reisebusse drängten wie an jedem Werktag in die Stadt, die bereits die alltägliche Hektik aufwies. Regelmäßiges Hupen ertönte, Fahrradfahrer zeigten Autofahren genervt den Mittelfinger, Fußgänger beschimpften Autos, die sie nicht passieren ließen, obwohl die Ampeln auf Grün standen. Vereinzelt lächelte jemand. Der Großteil lief vertieft in die Nachrichten ihrer Smartphones oder telefonierte. Ein normaler Arbeitstag nahm seinen Lauf.

Viktoria lag reglos im Krankenbett und kam allmählich zu sich. Der sterile Geruch biss in den Nasenflügel, ihr Körper schrie vor Schmerzen. Wo, verdammt nochmal, war sie? Sie stöhnte verzweifelt.

»Ich rufe die Schwester«, rief eine gebrechliche Stimme neben ihr. Kurz darauf ging die Tür auf. Ein Schwindelgefühl überkam Viktoria, ihr Mund klebte, der Kopf brüllte.

»Frau Neufeld?« Die Krankenschwester sah sie fragend an. »Frau Neufeld, können Sie mich hören?«

Benommen schaute Viktoria die Frau an. Immer noch verstand sie nicht, wo sie war. Der fremde Geruch, die weißen Wände, das unbekannte Gesicht. Ein Gefühl der Panik verstärkte sich. Ihr Herz begann zu rasen, ihr Atem wurde unruhig.

»Frau Neufeld, Sie sind im Krankenhaus! Sie hatten einen Autounfall. Frau Neufeld?«

»Ja«, brachte sie kaum vernehmbar hervor und stöhnte.

»Frau Neufeld, bitte beruhigen Sie sich, ich hole einen Arzt!« Mit diesen Worten eilte sie aus dem Zimmer.

Viktorias Atem ging keuchend, ihr Herz hämmerte. Sie spürte Tränen auf der linken Gesichtshälfte.

»Kindchen, Sie müssen sich beruhigen, der Arzt kommt gleich!«

Viktoria wollte ihren Kopf drehen, aber blieb erfolglos, ein schwerer Verband hinderte sie daran. Vor Schreck fing sie an zu wimmern. Die Schmerzen nahmen mit steigender Angst zu.

Als die Tür aufschwang, hatte blanke Panik sie erfasst. In der Ferne vernahm sie Stimmen, das Zimmer drehte sich wie eine außer Kontrolle geratene Achterbahn. Grelles Licht blendete ihr linkes Auge. Sie konnte den Schrei kaum noch unterdrücken. Ihr Name hallte wie eine Blechtrommel durch den Raum. Sie spürte einen Einstich im Arm, während das Stimmengewirr immer lauter anstieg und für kurze Zeit das Hämmern ihres Herzschlages übertönte.

Wenig später schloss Viktoria erschöpft die Augen. Die Stimmen verhallten, das Zimmer drehte sich nicht länger. Ihr Körper wurde von einer Leichtigkeit erfasst, als sie in einen Zustand der Bewusstlosigkeit glitt. Wieder umgab Stille Viktoria. Dunkelheit und bleierne Stille.

In der Nacht erwachte sie. Benommen lag sie im Bett und hörte ein sanftes Schnarchen. Für einen Augenblick glaubte Viktoria, es sei Sven, doch der fremde Geruch des Zimmers und ihr schmerzender Körper erinnerten sie an die Worte der Krankenschwester. *Sie hatten einen Autounfall.* Lange Zeit lag Viktoria reglos da. Vorsichtig versuchte sie, eine Hand zu heben, und ignorierte die aufkommenden Schmerzen. Alles schien in Zeitlupe zu geschehen. Die linke Gesichtshälfte lag frei, die rechte trug einen Verband, der einen Großteil des Kopfes bedeckte. Darunter ertastete sie eine Krause. Sie tastete weiter und bewegte zuletzt die Zehen. Ihr Körper gehorchte, wie sie mit einem Anflug von Erleichterung feststellte.

Erneut berührte sie die Bandagen. Ihr Hals fühlte sich trocken an. Viktoria atmete tief ein. Was ist nur passiert? Die Erinnerung an das Geschehene fehlte noch immer. Sie unterdrückte die aufsteigende Panik, denn das leise Schnarchen erinnerte sie daran, dass jemand neben ihr lag. Erschöpft ließ sie die Hand fallen. Die Müdigkeit übermannte sie kurz darauf. Unruhig zuckte ihr Körper, während die Bilder des Albtraums wie Blitze einschlugen. Sie kamen und gingen, bis Viktoria in einen tiefen, traumlosen Schlaf hinüberglitt.

Die Visite am nächsten Tag weckte Viktoria. Ihr Wimmern erstaunte sie selbst. Die Krankenschwester war sofort da. »Frau Neufeld? Der Arzt wird gleich hier sein. Es ist alles in Ordnung!« Viktoria lag bewegungslos im Bett und versuchte, Ruhe zu bewahren. Wenig später hörte sie Schritte.

»Frau Neufeld, ich bin Dr. Grohe. Wie geht es Ihnen heute Morgen? Sie hatten gestern einen schwierigen Start.«

Viktoria sah in das Gesicht des Arztes, der sie aufmerksam betrachtete. Bereitwillig nahm sie den Strohhalm entgegen, den ihr die Krankenschwester mit einem Glas Wasser reichte, und trank vorsichtig einen Schluck. Sie ließ den Mann nicht aus den Augen und ertrug die kurze Untersuchung schweigend. Dr. Grohe schien zufrieden.

»Sie hatten einen ziemlich bösen Autounfall, Frau Neufeld. Und doch unsagbares Glück! Dieser Unfall hätte auch anders ausgehen können. Ihr Wagen wurde förmlich aufgespießt.«

»Mein Kopf«, brachte Viktoria mühsam hervor. »Was ist mit meinem Gesicht?«

»Sie haben Verletzungen erlitten, mehr kann ich vorerst nicht sagen. Sie müssen zunächst zu Kräften kommen. Haben Sie Schmerzen?«

Viktoria nickte. Der Arzt gab Anweisung und berührte sanft ihre Hand.

»Bitte Frau Neufeld, lassen Sie sich Zeit! Sie sind hier bestens versorgt.« Er lächelte aufmunternd und verließ den Raum.

Die Krankenschwester betrat kurz darauf erneut mit einem Tablett das Zimmer. Den Tee trank Viktoria bereitwillig mit Hilfe des Strohhalms. Die Schwester goss nach und versuchte, sie zum Essen zu bewegen.

»Frau Neufeld, Sie müssen zu Kräften kommen!«

Viktoria ignorierte die Ermahnung und schaute zur Decke. »Wie schlimm ist es?«, flüsterte sie tonlos.

»Das kann ich nicht beurteilen.«

»Wie schlimm ist es?«, fragte Viktoria mit Nachdruck. Die Krankenschwester sah sie besorgt an.

»Frau Neufeld, ich kann es Ihnen beim besten Willen nicht sagen! Sie müssen sich Zeit geben, um zu Kräften zu kommen. Dr. Grohe ist ein exzellenter Arzt. Vertrauen Sie ihm!«

Viktoria lächelte bitter. »Zeit ist das Einzige, was ich nicht habe.«

Am Nachmittag schlief Viktoria tief und fest. Die Tür ging lautlos auf und Svens Kopf erschien im Türrahmen. Suchend trat er ein. Die alte Dame im Nebenbett schaute von ihrer Lektüre auf und ließ ihn nicht aus den Augen. Langsam führte sie den Zeigefinger zum Mund. Sven nickte und schritt zu Viktorias Bett. Beim Anblick der Verbände verfinsterte sich sein Blick. Lange starrte er seine Frau schweigend an und verließ schließlich den Raum ebenso lautlos, wie er eingetreten war. Den Blumenstrauß, den er mitgebracht hatte, hielt er noch immer in den Händen. Auf direktem Weg lief er zur Stationsschwester.

»Guten Tag, Sven Neufeld. Meine Frau ist in einem Doppelzimmer untergebracht. Darf ich fragen, wie es dazu kommt? Ihr steht ein Einzelzimmer zu.«

»Das ist uns bewusst, Herr Neufeld. Allerdings sind wir völlig überlastet und Frau Kolloff wird bald entlassen.« Die Krankenschwester lächelte beruhigend bei diesen Worten.

Sven rieb sich die Augen. Mit gequältem Gesichtsausdruck erwiderte er ihr Lächeln. »Sie verstehen nicht, meine Frau ist Privatpatientin und zahlt eine horrende Versicherungssumme. Auch und besonders dafür, dass sie in einem Einzelzimmer untergebracht wird! Ich möchte den zuständigen Arzt sprechen.«

»Tut mir leid. Er ist in einer Besprechung.«

Wieder lächelte Sven gequält und reichte ihr eine Visitenkarte. »Ich erwarte umgehend einen Anruf, um diese Angelegenheit mit ihm zu klären! Guten Tag, die Damen.« Ohne auf eine Antwort zu warten, ließ er die beiden Krankenschwestern zurück, den Blumenstrauß hielt er weiterhin fest umklammert.

»Wenn ich etwas hasse, dann Typen wie ihn«, sagte die Stationsschwester. »Meine Frau ist Privatpatientin«, bei den Worten verdrehte sie die Augen, »elender Schnösel! Hält sich für was Besseres. Na warte nur, Freundchen! Wir beide lernen uns noch kennen.«

Am frühen Abend betrat die Krankenschwester ein letztes Mal das Zimmer, um das Abendessen abzuräumen. Viktorias Tablett war unberührt geblieben. Außer Flüssigkeit hatte sie nichts zu sich genommen. Den Großteil des Tages hatte sie geschlafen. Jetzt tat sie das, was sie am besten konnte. Sie gab Anweisungen.

»Bitte unterbinden Sie jeden Besuch.« Viktoria schluckte irritiert, als ihre Stimme den gewünschten Tonfall verfehlte.

»Wie Sie wünschen. Ihre Schwester war hier und wollte zu ihnen.«

»Meine Schwester?«

»Ja. Sie war die Erste vor Ort.«

Viktoria überlegte einen Augenblick und lächelte. Nur eine Person kam in Frage, Cora wusste sich zu helfen. Sie erwartete nichts anderes von ihr.

»Was haben Sie ihr gesagt?«

»Dr. Grohe hat mit ihr gesprochen und Besuche zunächst ausgeschlossen. Ihr Mann war ebenfalls da, sie schliefen zu dem Zeitpunkt.«

»Er war hier?« Plötzliche Hitze erfasste Viktoria. Sie spürte den besorgten Blick der Schwester. Fragend schauten die beiden sich für einen Moment an.

»Wir sind davon ausgegangen, dass Ihr Mann zu Ihnen darf.«

»Natürlich. Hat er etwas gesagt?«

»Er wollte den Arzt sprechen. Dr. Grohe war leider nicht verfügbar.«

Für einen Moment schwieg Viktoria. Sie dachte an Sven und Monika. Monika Sommer. Jung, drall und unsagbar scharf darauf, ihm den Kopf zu verdrehen. Sie schien damit Erfolg zu haben, er war ihr bis in die Damentoilette gefolgt. Viktoria schob den Gedanken beiseite, die Erinnerung an die peinliche Situation war unerträglich.

»Sagen Sie ihm, dass ich keinen Besuch wünsche! Zumindest nicht auf Weiteres. Er soll sich um die Firma kümmern, ich kann hier kaum etwas ausrichten«, sie schluckte schwer. »Cora wird ihn dabei unterstützen.«

»Natürlich, Frau Neufeld. Und jetzt, bitte, essen Sie!«

Abfällig betrachtete Viktoria das Tablett in den Händen der Krankenschwester. Diesen Fraß konnte man keinem Menschen zumuten. Das Knurren ihres Magens ließ sie schließlich einlenken.

»Lassen Sie mir den Brei da. Ich nehme später etwas zu mir.«

»Und die Kekse?«

»Auf keinen Fall!«

Die Krankenschwester verdrehte die Augen und ließ sie allein. Behutsam führte sie den Löffel zum Mund. Das Kauen verursachte ihr Schmerzen. Viktoria stöhnte leise und schluckte schwer, mit etwas Tee spülte sie nach. Sie verzehrte schließlich die gesamte Portion. Ihr Magen forderte noch immer mehr und sie bereute, die Kekse abgelehnt zu haben. Sie trank so viel Tee, bis sich ein Völlegefühl einstellte.

»Das ist der erste Schritt zur Genesung«, hörte sie die alte Dame sagen. Viktoria brachte ein gequältes Lächeln zustande. »Wenn Sie nachts aufwachen und etwas brauchen, fragen Sie mich ruhig! Ich finde hier sowieso keinen Schlaf.«

Viktoria nickte wortlos, schloss die Augen und spürte ein leichtes Bedürfnis aufkommen. Der Gedanke an die Bettpfanne schnürte ihr die Kehle zusammen. Sie weigerte sich, diese Prozedur zu wiederholen. Vehement schob sie die Erinnerung daran beiseite und schlief wenig später ein.

In der Nacht weckte sie der Druck ihrer Blase, der kaum auszuhalten war. *Keine Bettpfanne, alles, nur nicht das!* Die alte Dame schnarchte friedlich. Vorsichtig versuchte Viktoria, die Nachtlampe anzuknipsen. Nach mehreren Anläufen hatte sie Erfolg.

Mit großer Anstrengung drehte sich Viktoria auf die linke Seite und ignorierte aufkommenden Schmerzen, denn ihre Blase drohte zu platzen. Alles geschah wie in Zeitlupe. Der zunehmende Schwindel ließ sie fast zurück in die Kissen sinken. Sie schloss die Augen und versuchte ihre Atmung zu kontrollieren. Entschlossen stand sie auf und wankte unsicher zur Toilettentür. Viktoria fand den Lichtschalter und trat ein. Die Toilette war direkt vor ihr. Unter großer Anstrengung nahm sie Platz und suchte dabei Halt. Ihr Kopf brüllte, das Schwindelgefühl war kaum zu ertragen. Sie schluckte und fühlte den Druck schwinden, als sie sich entledigte. Jeder Griff, jede Bewegung war ein Kampf mit dem eigenen Körper.

Als Viktoria endlich wieder stand und zum Waschbecken gehen wollte, erfasste das linke Auge ihr Spiegelbild. Der Anblick erwischte sie ohne Vorwarnung. Die bandagierte Gesichtshälfte ließ sie wie eine unvollendete Mumie aussehen. Die freiliegende Seite wies blaue Flecken auf, das Auge war leicht geschwollen, die Lippen spröde und aufgesprungen. Fassungslos stand sie, unfähig den Blick abzuwenden. Erneut ergriff sie Schwindel. Binnen Sekunden brach Viktoria zusammen.

Das Geräusch schreckte Regine Kolloff auf. Sie sah das Nachtlicht und das leere Bett. Sie rappelte sich auf und lief zum Badezimmer, wo Viktoria reglos am Boden lag.

»Ach, Dummerchen!«, stieß sie hervor und eilte aus dem Zimmer, um Hilfe zu holen.

– 10 –

Cora saß am Schreibtisch und dachte über die verstrichenen Tage nach, die ihren Zoll gefordert hatten. Jason belagerte sie mit Anrufen und Viktoria schloss Besuche kategorisch aus, sie war unerreichbar. Die Enttäuschung darüber machte ihr zu schaffen, so kannte sie ihre Vorgesetzte nicht. Schwarze Ränder unter den Augen zeichneten Coras sonst so frisches Aussehen. Sie fühlte sich müde, schlaff, antriebslos und ja, allein gelassen.

Sieben Prozent Umsatzsteigerung, dachte Cora entnervt. *Ohne Viktoria ist das nicht zu schaffen! Und Sven wird immer nachlässiger darin, seine Vorliebe zu Monika zu verbergen. Der Typ widert mich an!* Lustlos prüfte sie die Flut von E-Mails.

Kurze Zeit später klopfte es an der Tür.

»Herein!« Cora sah nicht auf. Da die Person wortlos vor ihr stand, schaute sie entnervt auf. Ihre Laune verschlechterte sich, als sie Sven sah.

»Mach's kurz, ich habe zu tun.«

»Viktorias Verbände werden Ende der nächsten Woche entfernt.«

Cora sah ihn eindringlich an. Sven sah besser aus als noch vor ein paar Tagen. *Muss an Monikas guter Pflege liegen,* dachte sie. Wieder ärgerte sie sich darüber, dass er mehr erfahren hatte, als sie.

»Hast du sie gesehen?«

»Nein. Sie lehnt Besuche weiterhin ab. Der Arzt rief mich gerade an. Ich war einige Male da, genauso oft wie du, aber sie verweigert sogar mir den Zutritt.«

»Na wenigstens eine weise Entscheidung«, dachte Cora entnervt. Sie hatte zunehmend Probleme, Svens Anwesenheit und sein zu stark aufgetragenes Parfüm zu ertragen.

»Hat der Arzt schon was gesagt?«

»Nein, er lässt nichts durchblicken, wobei ich mittlerweile glaube, dass er Viktorias Anweisungen strikt befolgt.«

»Sollte sich etwas ändern, gib mir Bescheid.«

Cora wartete, bis Sven gegangen war, und schloss die Augen. *Ich muss Jason darüber informieren*, dachte sie angespannt. Sie brachte ihre Arbeit in Ruhe zu Ende und holte einen Kaffee. Der Zehnte an diesem Tag. Mit genügend Keksen gewappnet setzte sie sich und wählte die Nummer.

»Cora, was gibt es?«

»Guten Tag, Jason. Sven berichtete mir gerade, dass Viktorias Verbände nächste Woche abkommen.« Sie hörte den Abschlag eines Golfschlages. In der Leitung blieb es still, kurz darauf erklang unterdrücktes Fluchen.

»Jason?«

»Ich Idiot habe meinen Abschlag verpatzt! Danke für die Info! Sie halten mich weiterhin auf dem Laufenden.«

Natürlich, hatte sie sagen wollen, doch die Verbindung war unterbrochen. Verständnislos sah Cora den Hörer an und legte ihn zurück in die Station. Sein Verhalten berührte sie peinlich, die Art und Weise, wie er mit der Neuigkeit umging, war erschreckend. Sie wollte sich den Keksen widmen, als die Tür ohne vorheriges Anklopfen aufging. Monika erschien im Türrahmen. Ihr Anblick ließ Cora für einen Moment schwächeln.

Monikas fülliger Busen steckte in einem schwarzen BH unter einer blütenweißen, leicht durchsichtigen Bluse.

Die Haare hatte sie zu einem strengen Zopf zusammengebunden und ihr dunkler Bleistiftrock hatte in der Mitte einen bis zur Hüfte reichenden durchgängigen goldenen Reißverschluss. Plateau-Pumps aus Lackleder verwandelten Monika in eine regelrechte Domina-Erscheinung, kein Lächeln war auf den tiefroten Lippen zu erkennen.

Wie gerne würde ich dich mal so richtig auf Touren bringen und dir zeigen, was alles so geht, schoss es Cora bei dieser Augenweide durch den Kopf. Im Gegensatz zu Sven wusste sie Arbeit und Vergnügen prinzipiell strikt zu trennen. Resolut schob sie den Gedanken daher beiseite.

»Was gibt's?«

»Wir sollten uns kurz zusammensetzen. Es geht um die Probleme mit der Neumayer-Kampagne.«

»Schon wieder? Das hatten wir doch erst letzte Woche geklärt!«

Monika stand schweigend im Türrahmen und spielte sichtlich nervös mit dem Knopf ihrer Bluse. Cora schloss die Augen, um der Versuchung zu entgehen, und erhob sich entschlossen.

»Ich komme.«

Sie ging an ihr vorbei und eilte voraus, um Monikas Anblick zu entgehen. In Svens Büro warteten alle Mitarbeiter, die an diesem Projekt arbeiteten. Nervös sahen sie Cora an.

»Ah, Cora! Gut, dass du da bist. Es gibt ein Problem.«

»Was denn nun schon wieder? Soweit ich weiß, war Neumayer mit der Präsentation letzte Woche zufrieden.«

»Das stimmt. Aber eben rief er an und sagte, wir müssen umgehend an einer neuen, verbesserten Idee arbeiten. Sonst vergibt er den Auftrag anderweitig.«

»Das kann nicht sein!«

»Scheint aber so.«

Monika, noch immer mit dem Knopf an ihrer Bluse beschäftigt, trat zaghaft neben Sven.

»In Neumayer ist eine deutliche Veränderung zu erkennen, seitdem er am Abend des Empfangs ausgiebig mit Jason gesprochen hat.«

»Was soll das heißen?«

»Dass er es darauf anlegt, uns das Leben schwer zu machen.«

»Warum sollte er das tun? Völliger Schwachsinn! Er schadet sich damit selbst.«

Cora sah die beiden irritiert an. Offensichtlich hatte Monikas Erscheinung Svens Verstand vernebelt. Sie verschränkte die Arme vor der Brust und überlegte. Oder spielte Jason mit ihnen, wie Viktoria es noch am Tag vor ihrem Unfall angedeutet hatte? Cora verwarf die Idee als idiotisch, auch wenn ihm alles zuzutrauen war. Es musste einen anderen Grund dafür geben.

»Wie viel Zeit hat er uns für den verbesserten Vorschlag gegeben?«

»Bis Freitag. Er erwartet die Präsentation bei sich im Haus in München.« Sven wich Coras Blick aus. »Die Tickets sind gebucht. Ich begleite Monika.«

Cora ließ Sven nicht aus den Augen. Keiner der Anwesenden im Raum wagte es, einen Ton zu sagen. Coras Gesichtsausdruck verriet nichts, während Monika es darauf anlegte, den Knopf von der Bluse zu popeln, so sehr fummelte sie daran herum. Sven hatte die Hände in den Taschen vergraben und lächelte.

»Verstehe. Euch bleiben dreieinhalb Tage für die verbesserte Version. Ganz schön sportlich. Na dann, viel Erfolg! Ich sehe sie mir Donnerstag an.«

Mit einem prüfenden Blick verließ Cora den Raum und ging zurück in ihr Büro, stürzte sich auf die Kekse und spülte den lauwarmen Kaffee hinterher. Ihr Gehirn veranstaltete Purzelbäume. Jemand spielte hier ein Spiel, nur wer? Jason? Oder Sven und Monika? Nach einer weiteren Tasse hielt sie die Ungewissheit nicht mehr aus, wählte kurzerhand eine Nummer und wartete auf das Rufzeichen.

»Guten Tag, Cora Löwendorff am Apparat, Green Field Agentur. Ist Herr Neumayer im Haus? Ja natürlich, ich warte.« Gespannt blieb sie in der Leitung.

»Neumayer.«

»Herr Neumayer, Cora Löwendorff. Ich hoffe, ich störe nicht?«

»Absolut nicht! Sehr bedauerlich, die Nachricht über Viktorias Unfall. Einfach schrecklich! Wird sie wieder vollständig genesen?«

»Wir gehen davon aus, Herrn Neumayer.«

»Dennoch muss ich sagen, man sieht jetzt, dass sie die Agentur im Griff hat. Sie zeigen alle weiterhin ausgezeichnete Leistung, ein Unterschied ist nicht erkennbar.«

»Danke. Ich habe gerade einen Blick auf Ihre Kampagne geworfen, Monika zeigt sich in Höchstform!«

»Da stimme ich Ihnen zu! Ich hatte ein paar Verbesserungswünsche, an denen wohl noch gearbeitet wird, aber sie scheinen kein Problem darzustellen. Natürlich war ich von Svens Vorschlag begeistert, die Präsentation hier in München vorzunehmen. Das nenne ich Dienst am Kunden! Auf Green Field ist Verlass, das muss ich sagen!«

Cora spielte mit den restlichen Kekskrümeln, ihr Lächeln erstarrte bei Neumayers Worten.

»Das freut mich! Sie wissen ja, wie sehr wir Sie als langjährigen Kunden schätzen. Ich will Sie nicht weiter aufhalten, vielen Dank für das Gespräch. Einen schönen Tag noch!«

Wütend legte Cora auf und kam auf die Füße. *War Sven übergeschnappt? Was zum Teufel dachte er sich dabei?* Sie wollte in sein Büro stürmen, als der Gedanke sie wie ein Blitzschlag traf. *Natürlich!* Cora blieb wie angewurzelt stehen und starrte auf das Telefon. Die Lösung des Rätsels traf sie wie ein Schlag. *Eins muss man dir lassen, Sven,* schoss es ihr durch den Kopf, *du planst voraus! Alle Achtung, du kleine Ratte!*

Das »Grill Royal« war ausgebucht. Die Berliner Szene der Schönen und Einflussreichen und allen, die sich gerne als solche sahen, war in geballter Formation vertreten. Begeistert stellte Sven fest, die richtige Wahl getroffen zu haben, als der Maître d' ihn mit einem strahlenden Lächeln begrüßte.

»Herr Neufeld, wie schön Sie zu sehen, Ihr Lieblingstisch erwartet Sie, nach so langer Zeit!«

»Mein Bester, Sie wissen doch, meine Frau bevorzugt zu allem Unglück das Borchardts! Und wir Männer tun gut daran, dem Wunsch unserer Liebsten zu entsprechen.«

Verständnisvoll sah der Mann Sven an, dann verlagerte er sein Augenmerk auf Monika, die lächelnd neben Sven stand.

»Arbeit geht vor, daher habe ich mich kurzerhand entschlossen, meine Kollegin heute hierher auszuführen.« Galant präsentierte Sven seine Begleitung, die artig nickte.

»Folgen Sie mir bitte«, mit diesen Worten eilte er voraus, Sven und Monika folgten in gebührendem Abstand. Alle Blicke waren auf sie gerichtet, wie Sven mit Wohlwollen feststellte, auch dann noch, als beide saßen.

»Du siehst fabelhaft aus. Und wie dir sicherlich aufgefallen ist, bin ich nicht der Einzige, der so zu denken scheint.«

Monika lächelte zuckersüß. Sven zerfloss förmlich bei ihrem Anblick, wie so oft fand er die mädchenhafte Erotik, die sie ausstrahlte, belebend. Er lehnte sich zurück und bedachte sie mit einem gönnerhaften Lächeln.

»Es ist ganz schön gewagt, mit Cora ein Spiel zu spielen«, hauchte Monika, während sie dankend Wasser vom

Kellner annahm, der zügig seine Arbeit verrichtete und verschwand.

»Wie meinst du das?«

» Na ja, wir haben vorgeschlagen, die Präsentation in München zu machen, nicht umgekehrt.«

»Das ist richtig.« Monikas Worte holten Sven aus seinen Tagträumen zurück, die sie bei ihm auslöste. »Cora ist gefährlich und ich gehe davon aus, dass sie mit Neumayer gesprochen hat«, erwiderte er, ohne den Blick von ihr zu nehmen.

»Was bezweckst du damit?«

Sven räusperte sich, immer noch bemüht, sich auf die Unterhaltung zu konzentrieren. »Cora ist ambitioniert. Sie weiß jetzt, dass sie vor mir auf der Hut sein muss. Wir beide sind ein Team, du und ich. Ein verdammt gutes! Wir können Viktorias Lücke füllen, ohne dass die Agentur darunter leidet.«

»Alle glauben mittlerweile, dass wir eine Affäre haben.«

»Wäre das so schrecklich?«

Svens Blick war jetzt offener, fordernd. Monika stieg die Röte ins Gesicht, während er sie mit seinen Augen auszog. Die Spannung zwischen den beiden war nicht zu leugnen, was den Kellner dazu brachte, galant eine Ehrenrunde zu drehen.

»Lass die Leute reden. Wir beide konzentrieren uns derweil auf die Arbeit«, fügte er mit einem geschmeidigen Lächeln hinzu.

»Gibt es Neuigkeiten von Viktoria?«

Die Erwähnung ihres Namens störte Svens Gedankengang. Er nahm einen Schluck Wasser und versuchte, sich wieder auf die Unterhaltung zu konzentrieren.

»Nein. Die Verbände kommen nächste Woche ab, aber das weißt du bereits.«

»Wie schlimm sind die Verletzungen?«

»Der Arzt hüllt sich in Schweigen. Wahrscheinlich, weil Viktoria darauf besteht. Es wird eine Umstellung für sie, für uns alle.« Mit einem vielsagenden Blick nahm er einen weiteren Schluck Wasser.

»Sie tut mir leid. Ich habe nicht viel übrig für sie. Mit ihrer spitzen Zunge kann sie wirklich verletzend sein. Trotzdem wünsche ich niemandem so etwas.«

»Mach dir um Viktoria keine Gedanken. Sie ist eine verdammt starke Frau. Sie wird das alles meistern, das tut sie immer.« Sven lächelte geschmeidig, setzte sich aufrecht und fixierte Monika mit seinem Blick, überzeugt davon, dass sie an seiner Zunge viel mehr Gefallen finden würde. Gelassen winkte er den wartenden Kellner herbei. Diesen Abend hatte er vor, zu genießen.

Regine Kolloff klappte hörbar ihr Buch zu, legte es beiseite und setzte sich mühsam aufrecht. Viktoria sah zum ersten Mal an diesem Tag auf, sie mochte die alte Dame. Regine war für sie der einzig erträgliche Mensch im gesamten Krankenhaus. Ihre stille, resolute Art zog alle in den Bann, auch Viktoria.

Die alte Dame besaß eine erhabene Eleganz und ihr kaum vernehmbarer französischer Akzent verlieh ihr einen wunderbaren Charme. Wenn sie leise alte Lieder aus der Heimat sang, konnte Viktoria nicht anders, als ihr gebannt zuzuhören. Regine Kolloff verstand es zudem, sie zu besänftigen, was nur wenigen Menschen gelang. So hatte Viktoria kurzerhand auf die Verlegung in ein Einzelzimmer verzichtet.

»Machen Sie sich nicht zu viele Gedanken«, sagte Regine und betrachtete ihre Hände.

»Das sagen Sie so leicht dahin. Mein Aussehen ist Teil meines Erfolgs. Ich repräsentiere eine erfolgreiche Firma, einen Namen!«

»Natürlich, aber sie leiten diese Agentur mit ihrem Kopf, ihrer Entschlossenheit und nicht mit ihrem Aussehen.«

Viktoria lachte nervös, die innere Anspannung brachte sie fast um. Endlos erscheinende Wochen lagen hinter ihr, in denen sie sich von der Außenwelt abgeschottet hatte. Fieberhaft erwartete sie bereits den ganzen Morgen Dr. Grohe.

Das endgültige Entfernen der Verbände an diesem Tag stellte für Viktoria den Punkt dar, an dem sie in ihr altes Leben zurückkehren konnte, so als wäre der Unfall nie passiert. Sie hatte ihm entgegengefiebert wie ein Kind dem Öffnen der Geschenke an seinem Geburtstag.

Viktorias Beziehung zu Dr. Grohe blieb angespannt, heftige Konfrontationen hatten sie von Anfang an geprägt. Anders als ihre Mitarbeiter verstand er es, Viktoria auf ruhige aber bestimmte Art Paroli zu bieten. Das hatte der erste Verbandswechsel gezeigt.

»Ich will einen Spiegel«, hatte sie gefordert.

»Ausgeschlossen!« Viktorias Einwände hatte er gelassen aber mit Nachdruck unterbunden. »Frau Neufeld, was sie heute sehen, steht nicht im Verhältnis zu ihrem Gesicht, wie es in ein paar Wochen aussehen wird und ich möchte es vermeiden, Sie unnötig zu beunruhigen. Sie brauchen Zeit und Ruhe, um zu Kräften zu kommen, alles Weitere besprechen wir zu einem späteren Zeitpunkt.«

»Ich habe weder Zeit, noch werde ich Ruhe in einer solchen Ungewissheit finden! Ich entscheide verdammt noch mal selbst, was mit mir geschieht! Ich will einen Spiegel!« Sie hatte sich aufgesetzt, bereit, sich notfalls einen Handspiegel aus dem Bad zu holen.

»Frau Neufeld, als Ihr zuständiger Arzt habe ich auch eine Sorgepflicht und die nehme ich ernst, ob es Ihnen gefällt oder nicht.«

Unter Regine Kolloffs eindringlichem Blick hatte sich Viktoria wie ein aufmüpfiges Kind gefühlt. Noch fehlte ihr die übliche Kraft, sich durchzusetzen, die neue Situation überforderte sie. So hatte sie sich letztendlich resigniert zurückgelehnt und den Arzt gewähren lassen.

Während des Verbandswechsels hatten Viktoria und Grohe sich erfolgreich angeschwiegen. Kritisch hatte er jeden Schritt verfolgt. Die Schmerzen hatte sie wortlos ertragen und den Arzt strafend angesehen.

»Fürs Erste bin ich zufrieden. Keine Entzündungen oder sichtbaren Komplikationen. Wir müssen die Verbände noch mehrfach wechseln und ich verlasse mich auf Ihre Kooperation. Einen Spiegel gibt es zu gegebenen Zeitpunkt.«

»Das werden wir sehen«, hatte Viktoria schnippisch geantwortet und die Krankenschwester angefaucht, wenn sie ihr Schmerzen verursachte.

Überhaupt hatte sie es binnen kürzester Zeit geschafft, die gesamte Belegschaft zu verärgern. Sie beschwerte sich über das Essen, den Geruch, das frühe Wecken und anfangs darüber, dass sie kein Einzelzimmer hatte.

»Frau Neufeld, wir leiden unter Überbelegung! Dies ist die einzige Lösung, die uns derzeit zur Verfügung steht. Sie sollten dankbar sein, dass Frau Kolloff hier war, als sie im Bad gestürzt sind! In einem Einbettzimmer hätten wir Ihnen nicht so schnell helfen können. Vielleicht betrachten Sie es einmal aus dieser Perspektive?«

Viktoria hatte widersprechen wollen, entschied aber dagegen, denn die beruhigende Wirkung der alten Dame tat ihr auf eine seltsame Art gut. Und zum ersten Mal in ihrem Leben fürchtete sie sich vor der Einsamkeit in diesem kalten, spartanisch eingerichteten Zimmer.

Die Tür ging auf. Dr. Grohe, ein Assistenzarzt und eine Krankenschwester traten ein. Lächelnd bewegte er sich auf Viktoria zu.

»Guten Morgen Frau Neufeld, bereit für den großen Moment?« Er reichte ihr die Hand.

»Ich weiß gerne, woran ich bin. Von daher, ja!«

»Denken Sie an meine Worte! Es wird eine Umstellung für Sie. Auch der heutigen Medizin sind Grenzen gesetzt. Und Wunden brauchen Zeit, um zu heilen.«

»Die habe ich nicht, Dr. Grohe. Das sagte ich Ihnen bereits wiederholt.« Er sah sie kurz mit Besorgnis an.

»Nun gut. Fangen wir an.«

Der Assistenzarzt machte sich an die Arbeit. Das Klappern der Instrumente begleitete die Anweisungen des Oberarztes. Grohe prüfte das Gesicht eindringlich und nickte zufrieden.

»Die Narben verheilen gut. Aber sie sind noch frisch, bitte bedenken Sie das!«

»Ich will jetzt den Spiegel.«

»Frau Neufeld, vergessen Sie nicht, die Dinge im Verhältnis zu sehen«, wieder sah er sie eindringlich an.

»Ich will einen Spiegel, sofort! Seit Wochen wird mir dieses Recht verwehrt! Jetzt, sofort!«

Regine schaffte es nicht, Blickkontakt mit Viktoria herzustellen und Einfluss auf sie zu nehmen, zu groß war mittlerweile die innere Anspannung. Grohe zögerte, dann nahm er einen Spiegel und reichte ihn ihr. Im Raum herrschte Totenstille. Der Assistenzarzt räusperte sich leise.

Der erste Anblick traf Viktoria wie ein Peitschenhieb, ihr blieb die Luft weg. Das Antlitz des Albtraums schrie ihr entgegen, verängstigt und fassungslos. Ein zweigeteiltes Gesicht mit einer unversehrten und einer vernarbten Hälfte. Sie betrachtete die breite Narbe, die wie eine rote Schneise schlangenförmig vom Hals bis zum Haaransatz verlief. Kleinere, spinnenförmige lagen verstreut auf der restlichen Gesichtshälfte. *Ein Flickenteppich, ich sehe aus wie ein elender Flickenteppich!* Fassungslos sah Viktoria Grohe an.

»Das kann nicht Ihr Ernst sein«, stieß sie tonlos hervor und zog das Bettlaken bis unters Kinn. Perplex starrte sie den Arzt an, ihr war speiübel. Noch immer herrschte Totenstille im Raum. »Das kann nicht Ihr Ernst sein!«, wiederholte sie kaum hörbar.

»Frau Neufeld, bitte beruhigen Sie sich! Sie hatten unsagbares Glück! Außer diesen Narben tragen sie keinen weiteren Schaden davon. Das grenzt fast an Wunder!«

»Keinen weiteren Schaden«, schrie Viktoria ihn an. »Keinen weiteren Schaden? Ich bin entstellt! Vollkommen entstellt! Wie soll ich meiner Arbeit nachgehen, meinem Leben? Mit so einem Gesicht! Einer Grimasse! Das kann verdammt nochmal nicht ihr Ernst sein!«

Viktoria nahm den Spiegel und feuerte ihn mit voller Wucht durch den Raum. Er zerschellte an der gegenüberliegenden Wand. Das Klirren der Scherben klang schrill und eindringlich. Alle Augen ruhten auf Viktoria.

»Frau Neufeld, Sie sind arbeitsfähig. Natürlich müssen Sie lernen mit ihrem neuen Aussehen umzugehen, doch das liegt an Ihnen. Geben Sie sich Zeit!«

»Ich habe keine Zeit! Verstehen Sie nicht, wie wichtig mein Gesicht in einer solchen Position ist, oder können Sie das nicht? Ich repräsentiere ein ganzes Firmenbild! Wie soll das gehen? Wie verflucht noch mal soll das gehen!« Ihre Stimme überschlug sich.

Die Tür des Zimmers ging auf. Das Scharren der Scherben, die beiseitegeschoben wurden, ließ alle aufblicken. Ein großer, imposanter Blumenstrauß erschien im Türrahmen, dahinter kam Sven zum Vorschein. Er sah verwundert zu Boden, wo die Überreste des Spiegels lagen.

»Wer hat ihm erlaubt zu kommen?«, zischte Viktoria den Arzt an.

»Ihr Mann kann Ihnen Beistand leisten. Sie können ihn nicht für immer ausschließen!«

Es blieb keine Zeit mehr für eine Antwort, zögernd kam Sven auf sie zu. Viktoria ließ ihn nicht aus den Augen. Es kam ihr wie eine Ewigkeit vor, bis er vor ihr stand.

Svens Gesicht spiegelte blankes Entsetzen wieder, ungläubig starrte er seine Frau an. *Sag doch was*, flehte Viktoria panisch. *Sag verdammt noch mal was!*

Sven schwieg, legte wortlos die Blumen ab und vermied es dabei, die verletzte Gesichtshälfte anzuschauen. Betreten blickte er zur Seite.

»Sag etwas! Bitte sag etwas! Sven!«

»Viktoria«, stammelte er. »Die Firma, ich meine, kannst du dir vorstellen, wie das gehen soll?«

»Herr Neufeld, ich bitte Sie! Das ist nicht Ihr Ernst! Ihre Frau trägt Narben davon, keine Behinderung!«

Dr. Grohe war sichtlich entrüstet. Regine Kolloff schnaufte verächtlich aber deutlich vernehmbar und strafte Sven mit einem abfälligen Blick. Die Krankenschwester und der Assistenzarzt schlugen betreten die Augen nieder.

»Da haben Sie's!« Tränen strömten über Viktorias Gesicht, als sie die Worte hervorstieß, die auf den frischen Narben brannten. »Da haben Sie's!«

»Frau Neufeld, seit langem versuche ich, Sie auf diese Veränderung vorzubereiten. Bedauerlicherweise bin ich auf taube Ohren gestoßen! Ich verstehe, dass Ihr neues Aussehen eine Umstellung für Sie bedeutet. Aber ich betone nochmals: Es sind Narben und keine Behinderung! Nach solch einem Unfall kann ein Leben völlig anders aussehen. Sie könnten gelähmt sein! Sie hätten einen Schädelbasisbruch erleiden können, oder ein Auge verlieren! Versuchen Sie trotz des Schocks, die Dinge im Verhältnis zu sehen! Ich bitte Sie!«

Steigende Panik schnürte Viktoria die Kehle zu. Sie schenkte den Worten des Arztes keine Beachtung. Verzweifelt suchte sie erfolglos den Blickkontakt zu Sven, der geistesabwesend die Blumen betrachtete.

Schließlich hielt sie es nicht mehr aus. Ein markerschütternder Schrei zerriss die peinliche Stille des Raumes.

Das Büro lag im Halbdunkel. Sven saß Cora gegenüber und versuchte mit Worten zu beschreiben, was er im Krankenhaus erlebt hatte. Sie ließ ihn nicht aus den Augen und hatte wie so oft Schwierigkeiten, sein zu stark aufgetragenes Parfüm zu ertragen. Ihr Kopf dröhnte, sie konnte keinen klaren Gedanken fassen.

»Cora, ihr Gesicht, es –, ich meine –«, erneut kam er ins Stottern. »Es ist so unsagbar tragisch.«

Cora hielt Svens Blick stand, räusperte sich, verschränkte die Arme und schwieg.

»Sie ist völlig ausgerastet, geschrien hat sie, wie eine Wahnsinnige. Es war schrecklich, einfach unerträglich! Der Arzt verabreichte ihr letztendlich ein starkes Beruhigungsmittel und die Schwester musste sie dabei festhalten. Es war entsetzlich!«

»Angesichts des Umstands nachvollziehbar, meinst du nicht?«

Betreten schaute Sven zu Boden, rieb sich ausgiebig die Augen und dann die Schläfen.

»Sie wird es nicht schaffen, Cora. Niemals! Sie legt so viel Wert auf ihr Aussehen, es ist fast schon krankhaft!«

»Und daran hast du keine Schuld? Dir zu gefallen war immer ein ausschlaggebender Punkt, wenn ich mich recht erinnere. Oder etwa nicht?«

»Klar finde ich es fabelhaft, eine so sagenhaft schöne Frau an meiner Seite zu haben, welcher Mann tut das nicht?«

»Das wird zukünftig wohl kaum der Fall sein. Es geht mich nichts an, aber wird das für dich etwas ändern?«

Sven schwieg und betrachtete in Ruhe seine Hände, bevor er sie sorgfältig im Schoß faltete.

»Das lass meine Sorge sein. Wichtiger ist, wie Jason damit umgeht. Hast du mit ihm reden können?«

Cora stand auf und ging zum Fenster. Die Lichter der Stadt spiegelten sich auf der Spree, während Fußgänger über die Straßen eilten.

»Nein, aber ich kann es nicht länger hinauszögern. Du weißt genau, wie sehr er es hasst, wenn man ihn hinhält. Am besten, ich erledige es gleich.« Sven blieb unbeirrt sitzen. Cora nahm den Hörer in die Hand und sah ihn an. »Ich lasse dich später wissen, wie es gelaufen ist.«

Während er zögerlich aufstand und das Zimmer verließ, wählte sie die Nummer. Die Tür fiel ins Schloss. Zeitgleich vernahm sie Jasons ungehaltene Stimme.

»Jason, guten Abend. Ich fürchte, es gibt schlechte Nachrichten.«

Tief in der Nacht starrte Viktoria in die Dunkelheit, nachdem die Wirkung des Beruhigungsmittels nachgelassen hatte. Sie versuchte, die Leere zu ertragen, die sich zunehmend in ihr verankerte und sie fast erdrückte. Ihre Gedanken kreisten unentwegt um ihr Aussehen.

Viktoria Neufeld gibt es nicht mehr, dachte sie. Es wäre besser gewesen, an diesem Unfall zu verrecken! Ich kann so nicht leben, ich will es nicht! Alles, wofür ich gekämpft habe, ist dahin! Jason wird einen Weg finden, mich loszuwerden. Ein leises, zynisches Lachen entwich ihr. *Er wird keine Zeit verlieren, genauso wenig wie Sven!*

Der Gedanke versetzte Viktoria einen Stich. Sie erinnerte sich an seinen Gesichtsausdruck: fassungslos, betreten. Er hatte es vermieden, sie anzuschauen. *Er wird mich verlassen! Wahrscheinlich hat er das schon. Sven und Monika,* schoss es ihr durch den Kopf. Viktoria rang nach Luft. *Sie wird ihn bekommen! Sie ist jung, sie versteht es, Männer scharfzumachen! Sicherlich ist sie längst am Ziel!* Viktoria weinte vor Wut.

»Sie können es nicht mehr ändern, meine Liebe. Es ist, wie es ist.« Regine Kolloffs sanfte Stimme war kaum vernehmbar.

»Ich kann es nicht!«

»Sie werden es müssen.«

»Sie verstehen nicht, wie ein solcher Gesichtsverlust sich anfühlt. Sie haben ja keine Ahnung!«

»Glauben Sie mir, meine Liebe, ich weiß es sehr wohl.«

»Unsinn! Sie sind eine unglaublich attraktive Frau, Sie begeistern alle, die Ihnen begegnen!«

Regine Kolloff lachte leise. »Das war nicht immer so. Sie müssen lernen, einen Blick hinter die Fassade zu werfen. Dort spielt sich das wahre Leben ab.«

»Für mich gibt es kein Leben mehr, Viktoria Neufeld ist tot!«

Die alte Dame seufzte. »Sie sind mehr als ein Gesicht. Ich habe sie als willensstarke Persönlichkeit kennengelernt. Nutzen Sie diese Fähigkeit! Nur dann können Sie die Zukunft meistern. Kämpfen Sie nicht gegen sich selbst, genügend andere werden es tun.«

Viktoria schwieg. Regines Aussage erinnerte sie an ihren Vater, der immer das Gleiche betont hatte – *du bist mehr als ein Gesicht*. Sie hatte seinen Worten niemals Aufmerksamkeit geschenkt.

Er hatte in den zurückliegenden Wochen mehrfach versucht, sie anzurufen. Viktoria hatte es nicht fertiggebracht, zurückzurufen. Der Unfall hatte sie zu sehr aus der Bahn geworfen, um einen weiteren wunden Punkt zu richten, zudem fühlte sie sich als Verliererin und als solche wollte sie keinen Kontakt mit ihm aufnehmen, Hilfe suchend, verletzt. Und doch sehnte sie sich in diesem Moment mehr denn je nach ihm, nach seiner ruhigen, resoluten Art.

»Ich bin erledigt«, dachte sie und wickelte verbissen die Decke um sich. »Ich kann das nicht! Ich will so nicht leben! Nicht mit so einem Gesicht!« Stunden später schlief sie erschöpft ein.

Cora saß an Viktorias Schreibtisch und starrte in die Luft. Das Gespräch mit Jason ließ ihr keine Ruhe. *Das hat sie nicht verdient*, dachte sie wütend. *Sie hat alles getan, um die Agentur nach vorne zu bringen! Und so dankst du Mistkerl es ihr!*

Jasons Stimme hatte kühl und reserviert geklungen, als Cora ihn über den neusten Stand informiert hatte.

»Um ehrlich zu sein, ist das keine Überraschung für mich, damit hatte ich längst gerechnet! In meiner Position kann ich es mir nicht leisten, von solchen Neuigkeiten eingeholt zu werden. Man muss immer einen Schritt voraus sein! Jeder ist in einer Firma ersetzbar, ausnahmslos. Es gilt jetzt, eine Lösung herbeizuführen, die allen gerecht wird. Und zwar ohne weitere Verzögerungen, wir haben bereits zu viel Zeit verloren! Das ist die Aufgabe der nahen Zukunft. Machen Sie sich Gedanken, ich melde mich.«

Cora hielt noch immer den Hörer in der Hand. Hatte sie ihn wirklich richtig verstanden? Ungläubig starrte sie wieder auf das Telefon. Für Jason war Viktoria ein kaputter Gegenstand, unbrauchbar und ohne Wert. In Greenfields Kopf hatte Viktoria Neufeld aufgehört zu existieren. Der Unfall hatte sie aus seiner Laufbahn katapultiert und aus dem Spiel geworfen. Und auf Verlierer setzte Jason nie, und das meinte er so, wie er es zuvor betont hatte, wie Cora in diesem Moment entsetzt feststellte.

– 12 –

Der kleine, elegante Koffer stand gepackt. Viktoria stellte ihn neben Regine Kolloffs Bett. Die alte Dame war für ihre Abreise am kommenden Tag vorbereitet.

»Bald sind sie dran, meine Liebe. Sie werden sehen, in den eigenen vier Wänden wird alles gleich ganz anders aussehen.«

Viktoria lächelte bitter. Als die Tür aufging, sahen beide auf. Ein schlecht gekleideter, groß gewachsener Mann mit einem beachtlichen Bierbauch erschien im Türrahmen. In der Hand hielt er einen Strauß Feldblumen, die einen herrlichen Duft versprühten. Zaghaft trat der Riese ein.

»Hallöchen, die Damen! Ick wollte mal nach der Patientin schauen.« Zögernd lief er auf Viktoria zu und reichte ihr die Blumen. Sie erwiderte seinen Gruß und sah ihn verständnislos an.

»Ralf Knolle mein Name, nördliche Halbkugel«, er lachte verlegen. »Spaß! Det sage ick immer, wenn ick nich weiter weiß.«

»Verzeihen Sie, aber wer sind Sie?« Viktoria betrachtete zuerst die Blumen, dann den Besucher, der wie ein großer Junge vor ihr stand.

»Ick hab Sie aus dem Auto geholt, nach dem Unfall! Als der Kerl, der dabei war, versucht hat, sich aus dem Staub zu machen. Ick hab ganz schön kämpfen müssen, um ihn daran zu hindern. Hat wahrscheinlich gedacht, dass Sie tot wären! Trotzdem, nicht gerade sehr fein von ihm.« Er legte eine verlegene Pause ein. »Aber wie ick sehe, sind Sie wohlauf. Und alles ist noch dran!« Knolle grinste stolz.

Viktoria starrte ihn fassungslos an. Regine Kolloff legte behutsam die Hand auf ihren zitternden Arm, nahm wortlos die Blumen und suchte eine Vase.

»Der Kerl ist mein Mann. Er wollte mich zurücklassen? Sind Sie sicher?«

Die Antwort schien Ralf Knolle zu erstaunen. Sichtlich betreten schwieg er einen Augenblick.

»So sicher, wie ick hier stehe. Ick wollte Sie nicht verletzen, det können Sie mir glauben!«

»Setzen Sie sich, erzählen Sie mir von der Unfallnacht. Bitte!« Ohne zu zögern, gehorchte der Riese.

»Wie ick schon sagte, der Kerl, also Ihr Mann, hat versucht, fluchtartig det Weite zu suchen. Der ist gelaufen wie 'n Hase. Ick hab ihn gerade noch so erwischt. Als ick det aufgespießte Autowrack gesehen hab, war ick sprachlos! Det war ja ein unglaublicher Stunt! Dann hab ick Sie entdeckt. Sie lagen blutüberströmt im Wagen. Ick hab Polizei und Feuerwehr gerufen und Sie aus'm Auto geholt, Ihr Mann war keine große Hilfe. Eigentlich hat er nur wie 'n begossener Pudel rumgestanden. Die Feuerwehr war schnell, wie immer schneller als die Bullen, aber det ist ja Standard! Na ja, und dann waren Sie auch schon weg!«

Viktoria schwieg. Die Neuigkeit über Svens versuchte Flucht und sein Verhalten war ein weiterer Schlag, der sie mit unerwarteter Härte traf. Sie sah den Strauß Blumen, den Regine auf dem Nachttisch abstellte. Der liebliche Duft kämpfte gegen die bittere Nachricht an, die Knolle überbracht hatte. Sie sank auf ihr Bett.

»Ick seh schon«, sagte Knolle betreten. »Ick hätte nicht kommen sollen. Hat meine Frau mir gleich gesagt.« Er stand auf und tätschelte Viktoria zaghaft die Hand. »Ick mach los. Sie sind am Leben, det ist die Hauptsache.«

Viktoria konnte sich nicht erinnern, wie lange sie sprachlos auf dem Bett gesessen hatte, nachdem Ralf Knolle gegangen war. Regine Kolloff saß schweigend auf ihrem Bett und betrachtete den gepackten Koffer.

»Er hat recht«, sagte sie unvermittelt. »Sie sind am Leben. Das ist alles, was zählt.« Regine schaute Viktoria prüfend an. Ein kurzes, bitteres Lachen kam als Antwort.

»Ja, am Leben. Völlig entstellt, aber am Leben! Ich weiß nicht, wen ich mehr hassen soll, diesen fetten Knolle oder meinen feigen Mann!«

»Seien Sie nicht so undankbar«, fuhr Regine sie ungewöhnlich heftig an. »Das Leben ist kostbar!«

»Was ist ein Leben nach solch einem Gesichtsverlust schon wert?«

Entrüstet schüttelte Regine den Kopf. »Mehr als Sie glauben, meine Liebe!«

»Sie haben ja keine Ahnung, was das für ein Gefühl ist!«

Die alte Dame richtete sich auf und sah Viktoria schweigend an.

»Wissen Sie, was Ihr Problem ist? Sie stehen sich selbst im Weg.« Sie räusperte sich und holte tief Luft.

»Gesichtsverlust. Ich kann eine Geschichte davon erzählen.« Vorsichtig faltete sie die Hände im Schoß. »Ich war noch sehr jung, als die Wehrmacht Frankreich besetzte, gerade mal achtzehn. Ich verliebte mich in einen deutschen Offizier, Andreas Kolloff. Wir waren so glücklich! Ich konnte einfach nicht anders. Für meine Eltern war ich eine unsagbare Schande. Nach der Befreiung durch die Alliierten sahen sie tatenlos zu, als man mich geholt hat, zusammen mit anderen Frauen aus dem kleinen Ort. Zusammengetrieben haben sie uns, wie Vieh. Sie haben uns die Köpfe geschoren. Mit kaltem Wasser hat man uns abgespritzt. Wir wurden nackt in einem Karren durch die

Straßen gefahren, damit alle uns ›Huren‹ sehen konnten. Splitternackt! Verstehen Sie?«

Regine hielt kurz inne, die Erinnerung strengte sie an. »Ich bin geflohen aus diesem Ort. Vor meiner Familie, vor allen. Ich weiß, wie es sich anfühlt, kein Gesicht mehr zu haben, sich verstecken und verleugnen zu müssen, jahrelang. Ich habe es niemals bereut! Auch die Jahre der Einsamkeit nicht. Andreas suchte nach seiner Entlassung aus der Gefangenschaft so lange, bis er mich fand. Trotz aller erdenklichen Schwierigkeiten hat er es geschafft, weil er sich weigerte, aufzugeben. Es war wie ein Wunder! Wir sind gemeinsam nach Deutschland gegangen. Seine Familie hatte alles verloren, das Land war am Boden. Es spielte keine Rolle, wir hatten einander wieder und das fast ein halbes Jahrhundert lang, bis zu seinem Tod. Meinen Gesichtsverlust habe ich nie bereut. Glauben Sie mir, nicht eine Minute!«

Regine stand auf und legte Viktoria die Hand auf die Schulter. »Das Schicksal hat ihnen einen schweren Schlag versetzt, darüber besteht kein Zweifel. Aber tun Sie sich einen Gefallen, baden Sie nicht länger als nötig in Selbstmitleid. Sie wissen nie, was noch kommt.«

Viktoria hielt ihrem Blick stand und atmete tief durch. Der Geruch der Feldblumen lag im Raum, doch er konnte gegen das Gefühl der Verzweiflung nicht ankämpfen, das sich in ihr eingenistet hatte. Regine betrachtete sie schweigend und stand auf.

»Ich gehe Abschied nehmen von allen, die mich so liebevoll gepflegt haben. Bis später.«

Viktoria wartete darauf, dass die Tür ins Schloss fiel, aber nichts geschah. Schließlich drehte sie sich um und sah Sebastian Grohe, der im Türrahmen stand.

»Störe ich?« Als Viktoria schwieg, kam er langsam auf sie zu und reichte ihr die Hand zum Gruß, die sie lustlos schüttelte.

»Ich hoffe, Sie kommen in Frieden, ich habe heute genügend vernichtende Nachrichten erhalten. Mal sehen, ob Sie das noch toppen können.«

»Ich bin nicht Ihr Feind, Frau Neufeld. Ich —«, er brach ab und zog einen Zettel aus der Tasche. »Das ist die Adresse einer Beratungsstelle.« Mit einem Lächeln überreichte Grohe die Karte.

»So was wie Anonyme Alkoholiker, nur für Entstellte wie mich?«, sie lächelte spöttisch.

»Frau Neufeld, auch wenn Sie es ungern hören, Sie müssen sich Zeit geben. Ihr neues Aussehen ist eine enorme Umstellung. Sie —«

»Ich muss gar nichts, Herr Doktor. Und jetzt hätte ich gerne meine Ruhe, danke!«

Grohe vergrub die Hände in den Taschen und sah sie besorgt an. »Wie Sie wünschen. Ich stehe Ihnen auch nach Ihrer Entlassung mit Rat und Tat zur Seite. Meine Kontaktdaten finden Sie auf der Rückseite.«

Viktoria antwortete nicht, sondern ging zum Fenster und drehte ihm den Rücken zu. *Verzieh dich, du Pfuscher! Du hast schon genug angerichtet!* Bei diesem Gedanken verschränkte sie resolut die Arme und spannte die Schultern an. Kurz darauf hörte sie, wie die Tür ins Schloss fiel. *Na endlich*, dachte sie erleichtert. *Wurde auch Zeit!*

Regine Kolloff wollte zurück zum Zimmer, als sie eine attraktive, groß gewachsene junge Frau erblickte, die mit der Stationsschwester in eine heftige Diskussion verwickelt zu sein schien. Regine zögerte, entschloss sich aber herauszufinden, was vorging.

»Frau Neufeld hat keine Schwester«, hörte sie die Krankenschwester sagen. »Wer sind Sie?«

Der Wortwechsel endete, als beide Regine erblickten.

»Sie sind Cora, nicht wahr?«

»Cora Löwendorff, ich bin —«

»Frau Neufelds rechte Hand, ich weiß.«

Cora schwieg einen Moment. »Ja, das bin ich.«

»Darf ich Sie kurz sprechen? Ich teile ein Zimmer mit ihr.«

»Natürlich, gerne.«

»Kommen Sie, hier drüben können wir uns einen Augenblick setzen. Meine alten Beine tragen mich nicht mehr so weit.« Regine lächelte verlegen und nahm Platz. »Einen sehr schönen Strauß haben Sie ihr mitgebracht.«

»Viktorias Lieblingsblumen. Wie geht es ihr?«

»Darf ich ehrlich mit Ihnen sein?«

»Bitte!«

»Sie ist nicht sie selbst. Sie wird Zeit brauchen, um herauszufinden, wer Viktoria Neufeld jetzt ist. Momentan hat sie damit verständlicherweise ein Problem.«

»Und ihr Gesicht?«

Regine schwieg. Aufmerksam betrachtete sie die junge Frau vor sich und lächelte.

»Verstehe«, sagte Cora schließlich. »Hören Sie, ich muss mit ihr reden, es ist wichtig! Ich kann sie nur per SMS erreichen, aber das genügt jetzt nicht mehr!«

»Lassen Sie ihr Zeit, bitte.«

»Die haben wir leider nicht.«

»Diesen Satz kenne ich fast auswendig.«

Cora stand unvermittelt auf und reichte Regine die Blumen. »Bitte geben Sie ihr den Strauß und grüßen Sie recht herzlich von mir. Sie soll sich melden, sobald es geht. Ich stehe weiterhin hinter ihr.«

»Natürlich. Ich richte es aus.«

Regine sah Cora nach, wie sie mit schnellen Schritten die Treppe herunter eilte. Mühsam kam sie auf die Beine und kehrte zum Zimmer zurück. Viktoria stand noch immer mit verschränkten Armen vor dem Fenster.

»Cora lässt sie herzlich grüßen, sie hat Ihnen die hier mitgebracht.«

Bei diesen Worten drehte Viktoria sich um. Der Anblick gab ihr Auftrieb. Sie nahm den Strauß und vergrub die Nase darin.

»In ihrer Branche scheint Zeit ein echtes Mangelgut zu sein.«

»Allerdings, was hat sie gesagt?«

»Dass sie Sie dringend sprechen will.«

»Das dachte ich mir.«

»Sie können nicht ewig davonlaufen. Die junge Frau schien aufrichtig besorgt um Sie.«

»Um ihren Job. Und alles, was damit zusammenhängt.«

»Sie irren, glauben Sie mir!«

»Darin scheine ich mittlerweile eine Meisterin zu sein.« Viktoria lächelte bitter, während sie gedankenverloren die Blumen betrachtete.

Ein Japsen weckte Viktoria in der Nacht. Benommen schaute sie sich um, in der Dunkelheit war wenig zu erkennen. Sie suchte den Lichtschalter und fand ihn nach mehreren Versuchen. Außer ihr und Regine war niemand im Raum. Die Laute kamen aus dem Nachbarbett. Viktoria sprang auf und eilte zu ihr. Regines Gesicht war aschfahl, ihr Mund öffnete und schloss sich, die Augen waren weit aufgerissen.

»Regine? Regine! Ich hole Hilfe!«

Viktoria rannte zur Tür und hinaus auf den Flur, wo sie schließlich das Fenster der Stationsschwester fand und gegen die Glasscheibe trommelte. Bei ihrem Anblick fuhr die Nachtschwester auf und stieß einen Schrei des Entsetzens aus. Viktoria zuckte zusammen.

»Entschuldigen Sie, ich habe Sie nicht kommen hören, bitte entschuldigen Sie!«

»Dafür ist jetzt keine Zeit! Frau Kolloff braucht Hilfe, schnell!«

Die Nachtschwester war sofort auf den Beinen, rannte in das Zimmer und alarmierte den Arzt. Viktoria ging langsam in den Raum zurück und trat zögernd an das Bett heran. Regine lag regungslos, mit offenen Augen, die keine Regung mehr zeigten. Bei näherem Hinsehen erkannte Viktoria ein schwaches Lächeln auf ihren Lippen. Die alte Dame war in Frieden gegangen.

Die Tür wurde aufgerissen und ein Arzt stürmte mit der Nachtschwester herein. Unsanft schob er Viktoria beiseite und beugte sich über die Patientin. Binnen kurzer Zeit stand auch für ihn fest, dass er nichts mehr tun konnte. Sein Blick bestätigte das Ungesagte.

Lange, nachdem die Verstorbene aus dem Zimmer gebracht worden war, lag Viktoria wach im Bett. Die innere Leere erdrückte sie ebenso wie der unerwartete Verlust der neugewonnen Vertrauten. Erneut hatten ein paar Sekunden alles verändert. Sie lag im Dunkeln und starrte an die Decke. *Ich hatte noch so viele Fragen an dich!* Mit diesem Gedanken schlief sie schließlich erschöpft ein.

Die Krankenschwester riss Viktoria am kommenden Tag unsanft aus dem Schlaf.

»Guten Morgen Frau Neufeld. Sie werden Montag entlassen, ich hoffe, die Nachricht freut Sie?«

Mit einem Blick in das leere Zimmer nickte Viktoria nur kurz, ohne Regine schien ihr der Raum noch unattraktiver als zuvor.

»Ihr Mann bombardiert uns mit Fragen nach dem Entlassungsdatum. Dürfen wir ihm Auskunft geben?«

»Nein!«

»Frau Neufeld, er ist schließlich Ihr Ehemann!«

Viktoria nahm das Frühstückstablett, das die Schwester ihr reichte, und lehnte sich tief in das Kissen zurück. Ihr Gesicht verriet nicht die geringste Emotion.

»Mein Mann hätte es vorgezogen, ich wäre verblutet. Mein Mann hat versucht, vom Unfallort zu flüchten und ohne die Hilfe eines Fremden wäre sein Wunsch in Erfüllung gegangen. Mein Mann hat es nicht fertiggebracht, mir nach dem Abnehmen der Verbände in die Augen zu schauen. Mein Mann vögelt in diesem Moment zweifellos eine Mitarbeiterin. Mein Mann bietet mir wenig Trost, geschweige denn, Unterstützung! Die einzige Person, die mir in den letzten Wochen beides gegeben hat, ist bedauerlicherweise gestern Nacht verstorben. Anders ausgedrückt, ich verzichte liebend gern auf meinen Mann! Lassen Sie sich etwas einfallen, so schwer kann das ja wohl nicht sein! Und nun gestatten Sie mir, meine Aufmerksamkeit diesem sagenhaften Frühstück zu widmen! Schließlich kann ich es jeden Morgen kaum erwarten, in den Genuss davon zu kommen!«

Mit einem bitterbösen Lächeln beförderte sie die Krankenschwester vor die Tür.

– 13 –

Verloren stand Viktoria in ihrer Wohnung. Nach den Wochen im Krankenhaus fühlte es sich seltsam an, hier zu sein. Die eigenen vier Wände schienen wie ein Ort aus einer anderen Welt.

Der Heimweg war ein einziger Spießrutenlauf gewesen, überall hatten sie die verstohlenen Blicke der Passanten verfolgt, mit einer Mischung aus Entsetzen und Mitleid. Mit gesenktem Kopf war sie zum Taxi geeilt. Auch der Fahrer hatte sie unentwegt im Rückspiegel beobachtet. Viktoria hatte die meiste Zeit versucht, die rechte Gesichtshälfte zu verbergen und verbissen geschwiegen.

Im Hauseingang war ihr ausgerechnet Frau Steiner begegnet. In der Vergangenheit hatten sich beide regelrechte Outfit-Schlachten geliefert, immer bemüht, die Konkurrentin zu übertreffen. Offensichtlich hatte ihre Nachbarin noch einiges vor, so aufgeputzt kam sie des Weges. Als sie Viktoria erkannt hatte, war ihr ein Schrei entwichen. Vor lauter Schreck hatte Frau Steiner ihre Hermès-Handtasche fallen lassen.

»Oh mein Gott, Frau Neufeld, was ist nur passiert!«

Egal wie sehr Viktoria versucht hatte, sie abzuschütteln, Frau Steiner hatte sie wie eine Leprakranke beäugt und mit einem Wortschwall von Ratschlägen fast ertränkt. Vor der Wohnungstür angekommen, hatte Viktoria länger als üblich nach dem passenden Schlüssel gesucht, ihre zitternden Hände hatten den Gehorsam verweigert.

In der Wohnung war es still, nur die gedämpften Geräusche der Straße mit vereinzelten Hupeinlagen drangen durch die Fenster. Unschlüssig stand Viktoria da und sah sich um. Alles schien wie vorher. Was sie zuvor als erhabene Eleganz eingestuft hatte, ließ sie jetzt frösteln.

Sie ging zur angrenzenden offenen Küche, um sich einen Kaffee zu machen. Der Anblick erstaunte sie. Auf der Kochinsel standen zwei leere Rotweingläser und unaufgeräumtes Geschirr vom Vorabend. Offensichtlich hatten mehrere Personen zu Abend gegessen und keine Zeit oder die Muße gehabt, aufzuräumen. Das war ungewöhnlich für Sven. Viktoria runzelte die Stirn. Ein schleichendes Gefühl stieg in ihr auf.

Einen Moment lang zögerte sie und ging dann entschlossen ins Schlafzimmer. Das Bett präsentierte sich ungemacht und durcheinander. Als Viktoria am Spiegel vorbeikam, warf sie wie so oft einen kurzen Blick hinein und blieb wie angewurzelt stehen. Nicht das sonst übliche, makellose Aussehen begrüßte sie lächelnd, sondern eine Frau mit zwei Gesichtern. Erschrocken stellte sie fest, dass sie sich selbst nicht wiedererkannte, noch schien ihr diese entsetzliche Erscheinung in die elegante Umgebung zu passen.

Zögernd trat Viktoria näher an das Bett heran. Alles deutete darauf hin, dass mehr als eine Person hier genächtigt hatte. Die schleichende Wut nahm zu. Sie lief zum Bad und stieß die Tür auf. Handtücher lagen verstreut auf dem Boden, Svens Kleidung ebenfalls. Ein Gedanke nahm klar und deutlich Gestalt an. Ihr Mann hatte sie nicht nur in der Unfallnacht im Stich gelassen, sondern begonnen, sein Leben neu zu ordnen. *Du elender Feigling*, fluchte Viktoria lautlos. *Du mieses, verdammtes Schwein!* Sie verließ das Bad und eilte nach unten.

Vor dem Wohnzimmerfenster kam sie zum Stehen. Hier oben schien man über der Schlüterstraße mit Blick auf den Ku'damm zu thronen. Unzählige Arbeitsstunden hatten sie an ihr Büro gefesselt und ihr den Genuss dieses Luxus vorenthalten. Viktoria ließ sich in ihren Lieblingssessel fallen und schaute hinaus, unfähig, einen klaren Gedanken zu fassen.

Als die untergehende Sonne den Himmel in zauberhafte Rottöne tauchte, saß Viktoria noch immer am gleichen Platz. Sie konnte sich nicht erinnern, wann sie das letzte Mal dieses Spektakel genossen hatte, es musste Ewigkeiten zurückliegen. Das Geräusch des Schlüssels in der Tür ließ sie aufschrecken. Sven trat ein, wie dessen Stimme verriet und seine Begleitung kicherte theatralisch.

»Du hast wirklich Nerven, das muss ich schon sagen.« Viktoria richtete den Blick weiterhin auf den Ausblick vor ihr. Niemand antworte.

»Viktoria?«

Das Kichern verstummte. Viktoria stand langsam auf und ging zum Fenster. Noch fehlte ihr die Kraft, Sven anzusehen. Ihn und seine Begleitung.

»Wieso hast du mir nicht gesagt, dass du heute entlassen wirst? Im Krankenhaus hat man mir keine Auskunft gegeben! Ich hätte dich doch abgeholt!«

»Hättest du das wirklich für mich getan? Ich bin zutiefst gerührt! Oder hättest du dir dann noch die Mühe gemacht aufzuräumen, damit ich nicht gleich merke, dass du schon das Weite suchst? So, wie du es in der Unfallnacht versucht hast? Zu schade, dass Knolle deine Flucht verhindert hat! Ich hätte dich für unterlassene Hilfeleistung drankriegen können.«

»Ich stand unter Schock, versteh doch!«

»Du Ärmster! Wie dumm von mir, das außer Acht zu lassen!«

»Ich kann das erklären!«

»Na dann los, Sven! Ich bin gespannt!«

Viktoria drehte sich um und sah die beiden an. Monika stieß bei ihrem Anblick einen Schrei aus. Mit der Hand vor dem Mund stand sie da und hielt mit weit aufgerissenen Augen die Luft an. Viktoria lächelte bitter. Monikas mehr als aufreizende Aufmachung steigerte ihre Wut. Ein farbenfrohes Wickelkleid zwängte Monikas weibliche Vorzüge in die passende Position. Ein einziger Griff hätte genügt, um sie zu entblößen. Das hellbraune Haar hing in eleganten Locken von den Schultern und die dezent aufgetragene Schminke ließ sie jünger erscheinen, als ihr tatsächliches Alter.

Einen Moment lang standen alle drei schweigend da. Keiner brachte ein Wort hervor. Svens Mund ging auf und wieder zu. Schließlich ertrug Viktoria die Peinlichkeit des Augenblicks nicht mehr.

»Das dachte ich mir. Deine Feigheit sucht seinesgleichen! Und jetzt tu mir den Gefallen, pack deine Sachen und verschwinde. Und das auf der Stelle!«

Viktoria wandte sich wieder dem Panoramablick zu und sah hinaus. Nichts geschah für einen Moment.

»Raus! Und zwar sofort!«, schrie sie kurz darauf mit einer Kraft und Lautstärke, die sie erstaunte. Wenig später fiel die Tür ins Schloss. Sie war allein.

Das Geräusch des Schlüssels in der Tür weckte Viktoria am darauffolgenden Morgen. Nach einer Nacht auf dem Sofa schmerzten ihre Glieder. Benommen von Schlaf sah sie auf, die Dunkelheit war dem Tageslicht noch nicht gewichen.

Die Tür fiel ins Schloss, gefolgt von Fußschritten. Viktoria setzte sich auf. *War Sven etwa zurückgekehrt?*, schoss es ihr durch den Kopf. *Nein, dazu fehlt ihm der Mut.* Schlaftrunken stand sie auf und ging Richtung Küche.

Die Wohnung lag im Halbdunkel. Der Umriss einer Frau kam auf sie zu und schrie auf.

»Frau Neufeld? Sind Sie det? Mann, hab ick mich erschreckt!«

Die eingetretene Person suchte den Lichtschalter und betätigte ihn. Ein weiterer Schrei folgte. Sichtlich fassungslos stand eine Frau mittleren Alters da und umklammerte ihre Tasche.

»Frau Neufeld, bitte entschuldigen Sie, ick mein, ick …«

»Schon gut Frau Saum, Sie konnten es nicht wissen.«

»Es tut mir wirklich leid, glauben Se mir! Det schöne Jesicht, wissen Se, det war der Grund! Entschuldigen Se nochmals! Wann sind Se denn jekommen?«

»Gestern.«

»Und Herr Neufeld? Schläft noch?«

»Solange ich hier bin, werden Sie Herrn Neufeld nicht antreffen.«

»Verstehe.« Frau Saum räusperte sich. »Wissen Se wat? Ick mach Ihnen erst mal 'nen Frühstück und 'nen Kaffe! Det Saubermachen kann warten. Hier is sowieso immer allet picobello.« Mit einem zaghaften Lächeln verschwand Frau Saum in Richtung Wohnküche.

Kurze Zeit später begrüßte ein gedeckter Tisch Viktoria. Der Kaffee duftete köstlich.

»Kommen Se, setzen Se sich! Ick nehm an, das det im Krankenhaus nen bisschen anders aussah, wa?«

»Wohl wahr! Danke, sieht herrlich aus!«

Unter dem aufmerksamen Blick von Frau Saum griff Viktoria zu.

»Sie wissen ja, ick bin neugierig! Wat wollen Se jetzt machen? Ham Se schon Pläne?«

Unbeirrt aß Viktoria weiter und sah erst nach einem kräftigen Schluck Kaffee auf.

»Ich ziehe aus. Ich nehme an, Sven wird die Wohnung übernehmen.« Mit einer hilflosen Handbewegung fügte sie hinzu: »Ich passe nicht mehr hierher.«

»Det dürfen Se nich sagen, det stimmt so nich!«

Viktoria spürte Frau Saums besorgten Blick auf sich ruhen, als sie sich Kaffee nachschenkte.

»Auf jeden Fall ist ihr Frühstück immer wieder ein Genuss!«

Frau Saum lächelte stolz und schwieg einen Moment. Ihre Finger umklammerten mit Nachdruck die Stuhllehne.

»Schießen Sie los, Frau Saum. Ich sehe schon, die Neugier bringt Sie fast um.«

»Sein Se mir nich böse, aber eens wüsste ick zu jerne.«

»Tun Sie sich keinen Zwang an Frau Saum, für mich kommt jede Rettung zu spät.«

Betreten schaute Frau Saum zu Boden. »Ick mein, det mit den Püppis in der Verjangenheit. Wussten Se det nich, oder wollten Se's nich wissen?«

Viktoria schwieg und nahm einen großzügigen Schluck Kaffee, um den Schlag zu verbergen, den die Worte ihr versetzten. Schließlich lächelte sie gequält.

»Ich nehme an, eine Mischung aus beidem.«

»Wissen Se, man hört det nich jern in so 'nem Moment. Aber vielleicht ist det besser so, det mit ihrem Mann. Na ja, ick mach mich mal an die Arbeit.«

Die Worte hingen noch Stunden, nachdem Frau Saum gegangen war, im Raum. *Det mit den Püppis.* Viktoria schloss die Augen. Hatte sie es nicht sehen wollen? Sie fand keine Antwort darauf. Stattdessen betrat sie den begehbaren Kleiderschrank und betrachtete die Reihen von Kleidung, Schuhen und Handtaschen. Mit verschränkten Armen lehnte sie am Türrahmen und schaute ins Leere. *Wer bin ich denn noch?* Die Frage verfolgte sie.

Kurze Zeit später klingelte ihr Handy. Coras Nummer erschien im Display. Viktoria zögerte, bis Regines Worte ihr in den Sinn kamen: *Sie können nicht ewig davonlaufen!*

»Hallo?«

»Viktoria? Endlich! Weißt du eigentlich, wie lange ich schon versuche, dich zu erreichen?«

»Natürlich weiß ich das, Cora. Mach kein Drama draus!«

»Du hast keine Ahnung, was hier los ist!«

»Ich kann es mir denken. Also seht zu, dass ihr den Laden nicht gleich an die Wand fahrt! Ich bin bis Ende nächster Woche krankgeschrieben. Möglicherweise auch darüber hinaus.«

»Das ist nicht dein Ernst! Hast du eine Vorstellung davon, wer alles an deinem Stuhl sägt?«

Viktoria lächelte bitter. »Allerdings, Cora! Aber in unserem Land gibt es Gesetze. Ich hatte einen einschneidenden Unfall und bin krankgeschrieben. Viel Spaß demjenigen, der versucht, daran zu rütteln! In dringenden Notfällen bin ich zu erreichen, allerdings auch nur dann!« Viktoria legte auf, die Unterredung mit Cora hatte Kraft gekostet und sie aufgewühlt. Sebastian Grohes Rat kam ihr wieder in den Sinn: *Sie müssen sich Zeit geben, es ist eine unglaubliche Umstellung für Sie!* Kurz entschlossen stand sie auf und suchte in ihrer Handtasche die Karte mit Grohes Kontaktdaten. Wenig später erklang seine Stimme in der Leitung.

»Grohe.«

»Viktoria Neufeld am Apparat.«

»Frau Neufeld, wie geht es Ihnen?«

»Meine Krankschreibung endet kommende Woche. Ich möchte Sie um eine Verlängerung bitten.« Grohe antwortet nicht. »Bitte«, fügte Viktoria eindringlich hinzu.

»Natürlich, ich finde eine Lösung. Wie kommen Sie zurecht?«

»Die guten Nachrichten reißen nicht ab.«

»Verstehe. Wohin soll ich die Krankschreibung schicken, an die aktuelle Adresse?«

»Wenn sie heute noch raus geht, ja.«

»Gut, ich bemühe mich. Wenn ich als Grund ein psychisches Trauma angebe, kann es passieren, dass Ihre private Kasse Sie zukünftig schlechter einstuft.«

»Die Kasse kann mich mal.«

Ein leises Lachen drang durch Leitung. »Gut, ich kümmere mich darum. Und Frau Neufeld?«

»Ja, Herr Doktor, ich werde mir die nötige Zeit nehmen. Mir bleibt keine andere Wahl!«

»Zögern Sie nicht, mich anzurufen.«

Gedankenverloren betrachtete Viktoria ihr Smartphone und ging schließlich in den begehbaren Kleiderschrank zurück. Kurzentschlossen holte sie Taschen und fing an, verschiedene Sachen zu packen. Am späten Nachmittag stand eine kleine Armee an Gepäck bereit. Zufrieden ging sie in ihr Arbeitszimmer, klappte ihr MacBook auf, ignorierte die Flut der E-Mails und begann, eine Nachricht zu schreiben:

Sven, ich bin bis spätestens Ende der Woche aus der Wohnung raus. Ab Montag kannst du wieder über sie verfügen. Die Schlüssel lege ich auf den Küchentisch. Da der Mietvertrag auf uns beide läuft, musst du mir zeitnah sagen, ob du ihn im Alleingang übernehmen willst. In diesem Fall führ bitte die von mir geleistete Kaution auf mein Konto zurück. Ich gehe davon aus, dass wir die Angelegenheit in ziviler Art über die Bühne bringen können. Für eine kurzfristige Antwort wäre ich Dir dankbar. Viktoria.

Im Internet gab sie die Adresse einer Immobilienplattform ein. Die Suchmaske warf bei der Rubrik Bezirk das erste Problem auf. Wohin? In der vertrauten Umgebung wollte Viktoria nicht bleiben, zu viele bekannte Gesichter hielten sie davon ab. Die entsetzten Schreie der vergangenen Tage reichten als Abschreckung. *Nein, weg von hier, in eine Gegend, in der niemand mich kennt*, dachte sie. Berlin bot genügend Möglichkeiten. Sie ließ den Bezirk weg und gab die restlichen Suchkriterien ein. »Es stehen 1.950 Angebote für sie bereit«, las sie kurze Zeit später auf dem Bildschirm. *Zu viele. Also welcher Kiez?* Fieberhaft überlegte sie einen Moment. Schließlich fügte Viktoria ein Häkchen am gewünschten Bezirk ein. Kreuzberg. *Außer Kopftüchern, Ökofuzzies, Künstlern und ähnlich bunten Gestalten tummelte sich dort niemand*, entschied sie, drückte »Suche starten« und wartete. Wenig später bereute Viktoria die Entscheidung. Doch es half alles nichts, sie musste hier raus.

– 14 –

Das Bierglas war leer. Adolf Herzig drehte es hin und her und ließ Jojo nicht aus den Augen.

»Da hast du dir ja eine ganz schöne Scheiße einge-brockt, deinen Vater so gegen dich aufzubringen, alle Achtung!«

Jojo lächelte bitter und schwieg. Wie immer war sein Vermieter ohne Vorwarnung hereingeschneit.

»Er hat mir ein äußerst lukratives Angebot für den La-den hier gemacht.«

»Ich weiß, Sie schulden ihm noch einen Gefallen. Klingt fast wie eine Passage aus ›Der Pate‹.« Jojo lachte zynisch, Herzig stimmte ein.

»Richtig, deinem Großvater. Aber, ich bin ein Ehren-mann! Und als solcher kann ich diesen Plan nicht unter-stützen. Ich trete niemanden, der am Boden liegt. Das hat er schließlich eingesehen, es ist sowieso eine Frage der Zeit, bis sich das Ganze von alleine erledigt.« Herzig lächelte, während sein abfälliger Blick durch den Raum streifte. »Peter Pan wird gegen die Wand klatschen. Bis Ende des Jahres, da bin ich mir sicher. Nun gut«, er stand auf und sah Jojo mitleidig an, »noch hast du Zeit dich zu entscheiden, ob du die Mieterhöhung annimmst. Zu schade, aber ich muss los!«

Jojo sah ihm nach, bis er außer Sichtweite war, dann räumte er das Glas und die leere Flasche hinter die Theke. Max war damit beschäftigt, eine Bestellung für Tommy zusammenzustellen, der aufgeregt auf den Zehen hin und her tippelte.

»Schneller, Max! Sonst kommt Super-Service-Man zu spät!«

»Stimmt, du musst pünktlich zu Hause sein! Heute läuft dein Lieblingsprogramm! Los, ab mit dir!«, entschied Jojo.

Tommy klatschte begeistert in die Hände und verschwand. Es war nur ein kurzer Weg von der Friesenstraße bis zum Chamissoplatz. Er eilte die Treppe zur kleinen Dachgeschosswohnung hinauf, einem Erbe seiner verstorbenen Großmutter. Sein Lieblingsprogramm begann in wenigen Minuten und er hasste es, zu spät zu kommen.

»Tommy beeilt sich! Tommy schafft es, pünktlich zu sein«, feuerte er sich an. »Tommy ist Super-Service-Man!« Die letzten Stufen nahm er im Flug, den Schlüssel hatte er schon in der Hand. Er wollte zur Tür eilen, als er die Nachbartür einen winzigen Spaltbreit offenstehen sah.

Tommy überlegte kurz. *Noch drei Minuten! Aber eine Tür, die offensteht, ist nicht gut*, dachte er. Er zögerte, hingerissen zwischen dem Fernsehprogramm und der Tür. Nervös tippelte er von einem Fuß auf den anderen. *Nein, besser sehen, ob alles in Ordnung ist*, entschied er und klopfte vorsichtig. Keine Antwort. Er klopfte erneut und schaute auf die Uhr. Das Programm hatte begonnen. Wieder klopfte er, diesmal lauter. Nichts rührte sich. Die Wohnung war einige Wochen unbewohnt gewesen. Weshalb sollte sie jetzt offenstehen? Behutsam schob Tommy sie auf und trat zögernd ein.

»Hallo?«, rief er zaghaft und wartete ungeduldig auf eine Antwort. »Hallo?«

Es blieb still. Im kleinen Eingangsbereich standen mehrere Koffer und Taschen, jemand war offenbar eingezogen. Tommy liebte Nachbarn, auch wenn diese

Wohnung ständig neue hervorbrachte. *Aber nett waren sie alle*, dachte er und ging vorsichtig weiter.

Der Raum lag im Halbdunkeln, nur die kleine Terrasse fing noch die Strahlen der untergehenden Sonne auf. Plötzlich vernahm Tommy ein Schnarchen. Es kam vom Sofa. Lautlos ging er darauf zu und sah zwei leere Weinflaschen auf dem Wohnzimmertisch stehen. Ein einzelnes Glas lag umgekippt auf dem Tisch. Die Schachtel einer Pizzalieferung lag geöffnet daneben mit den Resten einer Pizza. Tommy zögerte und überlegte, ob er nicht besser gehen sollte. Seine Neugierde siegte.

Eine Frau lag auf der Seite zusammengerollt und schien tief zu schlafen. Ihr Profil faszinierte Tommy. Lange stand er und betrachtete es. »So schön«, entschied er. Ruckartig drehte sie sich stöhnend auf den Rücken. Tommy zuckte zusammen. Ihm fiel ein, dass er ein ungebetener Gast war. Als er die andere Gesichtshälfte erblickte, erschrak er kurz. *Oh nein*, dachte er und hielt die Hand vor den Mund. *Das schöne Gesicht!* Das Antlitz der Schlafenden faszinierte ihn. *Zwei verschiedene Gesichter in einem!* Ohne die Frau zu kennen, ging sein Herz auf.

Der Anblick der Unordnung auf dem Tisch stimmte ihn traurig und ließ ihn an frühe Kindertage zurückdenken, als seine Mutter ihren Rausch oft in einem ähnlich anmutenden Umfeld ausgeschlafen hatte. Tommys Großmutter hatte ihn nach langen Kämpfen zu sich geholt und ihm die Liebe gegeben, die er bis dahin vermisst hatte. Oma Marly hatte eine neue Welt für ihn geschaffen und ihm den besten Start ermöglicht. Sie hatte jedem getrotzt und ihrem Enkel dazu verholfen, ein selbstständiges Leben zu führen. Niemand hatte je daran geglaubt. Außer ihr und Tommy.

Kurzerhand ging er auf den Tisch zu und sammelte leise die Überreste ein. Fein säuberlich brachte er alles in der angrenzenden Wohnküche unter und bemühte sich, nicht den geringsten Lärm zu verursachen, nahm eine Flasche Wasser und ein Glas und kehrte zum Wohnzimmer zurück. Dort stellte Tommy sie in Reichweite der friedlich Schlafenden ab. Kurz darauf fand er eine Tagesdecke und legte sie vorsichtig über sie, ohne die Frau dabei zu wecken.

Tommy warf einen letzten Blick auf sie und ging schließlich auf Zehenspitzen zur Tür, um die Schlafende unter keinen Umständen zu stören, schloss sie behutsam und prüfte, ob die Wohnungstür diesmal tatsächlich verschlossen war.

In seinem beschaulichen Zuhause lief Tommy direkt in die Küche und begann, ein Frühstückstablett vorzubereiten. Liebevoll stellte er alles Notwendige zusammen. Fröhlich und noch immer völlig aus dem Häuschen, summte er eine Melodie. *Morgen werde ich klingeln und es ihr übergeben*, freute er sich. *Morgen lerne ich die Frau mit den zwei Gesichtern kennen!* Er klatsche begeistert in die Hände und tanzte summend durch den Raum.

Wenig später ging Tommy zum Fernseher und wollte ihn einschalten, entschied aber dagegen. Sein Lieblingsprogramm würde gleich zu Ende sein, dann kam immer der Mann mit der Grinsefresse. Viele Leute sangen ihm vor und er war oft hässlich zu ihnen, obwohl manche sich solche Mühe gaben! *Nein, das mag Tommy nicht!* Stattdessen ging er zum Fenster und schaute in den Abendhimmel, der voller Sterne war. Tommy liebte es, sie zu betrachten. Jeder war für ihn wie ein Versprechen von etwas einzigartig Schönem. So zählte er auch an diesem Abend alle, die er sah, und raufte aufgewühlt seine dunklen Strähnen. *Eine Frau mit zwei Gesichtern*, dachte er. *Wie aufregend! Wie faszinierend! Morgen lerne ich sie kennen!* Das Fernsehprogramm ließ ihn kalt.

Die Haare sorgfältig gekämmt und mit Spucke glatt gestrichen, stand Tommy am nächsten Morgen ungeduldig vor der Nachbartür. Er hatte sich mit seinem Aussehen besondere Mühe gegeben und sogar ein Hemd angezogen. Mit dem Frühstückstablett in den Händen tippelte er nervös von einem Fuß auf den anderen und wartete. Nichts passierte. Er klingelte erneut, diesmal etwas länger. Keine Reaktion. Enttäuscht stellte er das Tablett auf den Boden, holte Stift und Block aus der Tasche und kritzelte darauf eine Nachricht. »Guten Morgen! Gruß, Super-Service-Man«, versehen mit einem Smiley. Zur Vorsicht klopfte er ein letztes Mal. Alles blieb still. Schweren Herzens lief Tommy die Treppe hinunter und ging Richtung Café.

Auf dem kurzen Weg zur Arbeit grüßten ihn zahlreiche Nachbarn. Lustlos erwiderte er die Grüße und erntete erstaunte Blicke. Im Café angekommen, trat er mit einem geknickten Gesichtsausdruck ein. Besorgt sahen Jojo und Max ihn an.

»Alter, was ist denn mit dir heute los? War dein Programm gestern nicht gut?«

»Sie hat nicht aufgemacht«, entrüstet nahm Tommy zwischen den beiden Platz. »Sie hat nicht aufgemacht!«

»Tommy, von wem redest du?«

»Von der Frau mit den zwei Gesichtern.«

»Alter«, warf Max ein, »ein bisschen genauer musst du schon sein! Das trifft auf fast jede zu, wenn du mich fragst!«

»Ich hab das nur bei ihr gesehen. Sie hat nicht aufgemacht! Und jetzt ist Tommy traurig!«

»Tja, so sind die Zicken halt, herzlos und uneinsichtig! Ich muss los, danke für den Kaffee, Mann!«

»Kein Ding!«, verabschiedete ihn Jojo.

Tommy saß noch immer verdrossen da und schwieg, während Jojos Blick auf ihm ruhte.

»Du siehst heute sehr schick aus, Tommy. Gefällt mir.«

Tommy schaute auf und strahlte. »Findest du?«

»Absolut! Tolles Hemd. Nur die Haare liegen etwas zu platt!« Jojo sprang auf und wuschelte ihm den Kopf durch.

»Nicht, die waren so ordentlich!«, entrüstete er sich.

»Hau ihm uff de Schnauze!«, ertönte Ernas Schlachtruf. »Los Junge, jib allet!«

»Erna!« Begeistert eilte Tommy zu ihr und rückte seine Frisur unbeholfen zurecht. Er sah aus, als hätte er in eine Steckdose gefasst. Erna konnte ein Lachen kaum unterdrücken.

»Meen Süßer, du siehst fabelhaft aus!«

»Erna, Tommy muss dir was erzählen! Jojo und Max verstehen mich nicht!«

»Keen Wunder! Der eene sieht vor lauter Zahlen nüschd und der andere hat keene Fantasie! Na komm meen Kleener, mach mir erst mal 'nen Käffchen und dann schieß los!«

Begeistert klatschte Tommy in die Hände und lief schnurstracks hinter die Theke, nachdem er Erna fürsorglich zum Tisch begleitet hatte.

»Det nenn ick 'nen Gentleman!«, bemerkte Erna mit einem eindringlichen Blick zu Jojo, der mit einem ebenso vielsagenden Lächeln antwortete, und sich erneut der Einkaufsliste widmete.

Tommy summte ein Lied, während der Duft von frischem Kaffee langsam durch den Raum zog. Kurz darauf setzte er die Bestellung samt Keksen vor Erna ab und strahlte sie an. Erna schaute den Teller an und schüttelte den Kopf.

»Sach mal, Pappnase! Wenn de schon eenen uff billich machst, tu mir 'n Jefallen und geh zu Aldi. Da schmeckt der Billichkram wenigstens!«

»Irgendeine bestimmte Sorte?«, gab Jojo ohne aufzublicken zurück.

»Nee Junge. Aber besser als der Schrott wird et in jedem Fall sein!«

»Das ist Bio-Ware.«

»Jenau! Ick Bio dich och, det kannste wissen! So, meen Kleener, nu erzähl allet!«

»Ich hab eine neue Nachbarin!«, freute Tommy sich.

»Oh, und unser Tommy liebt ja seine Nachbarn. Und, isse nett?«

»Das weiß Tommy noch nicht. Erna, sie hat zwei Gesichter!«

Sichtlich verwirrt schaute Erna erst ihn, dann Jojo an, der fragend die Hände hob und sich erneut der Einkaufsliste widmete. Erna nahm einen Schluck Kaffee und lächelte.

»Also meen Kleener, det musste mir jetzt mal jenauer erklären.«

»Erna, die eine Hälfte ist wunderschön.« Tommy geriet bei diesen Worten ins Schwärmen und verdrehte träumerisch die Augen. »Und die andere ist, na ja, nicht so schön, mit lauter Strichen drin.«

Mittlerweile hörte Jojo interessiert zu.

»Wat, Falten?«

»Nein, Erna! Linien!«

»Wat 'n für Linien? Meenste etwa den Tattooscheiß, den sich all die Bekloppten zulegen?«

»Nein, Erna! Rote Linien. Eine dicke, wie eine Schlange. Und viele kleine. Sie hat zwei Gesichter!«

»Kleener, det sieht die anders! Ick globe ick wees jetzt, wat de meenst! Wahrscheinlich hat se deswejen nich uffjemacht.«

»Warum? Tommy findet das aufregend! Zwei Gesichter in einem. Das ist faszinierend!«

Jojo stand auf und verstaute die Einkaufsliste. Mit einem Winken wollte er sich von den beiden verabschieden, doch Erna brachte ihn mit erhobenem Zeigefinger zum Stehen.

»Junge, ick hoffe für dich, dass da Aldi druffsteht!«

Jojo salutierte gehorsam und ließ sie zurück.

Tommy eilte nach getaner Arbeit die Treppe im Sprint hinauf. Das Frühstück stand unangerührt vor der Tür. Zutiefst enttäuscht schaute er wiederholt zum Tablett und zurück zur Tür und raufte die Haare. Sein Plan war gescheitert. Kurzentschlossen klingelte er. Nichts passierte. Er drückte lang anhaltend den Knopf. Es blieb still. Unentschlossen wartete Tommy einen Moment und lief schließlich niedergeschlagen in seine Wohnung. Er sah nicht, dass er durch den Späher der gegenüberliegenden Tür beobachtet wurde.

Unschlüssig ließ er sich auf das Sofa sinken und schaltete den Fernseher ein, ohne dem Programm seine Aufmerksamkeit zu schenken und dachte unentwegt an die Frau mit den zwei Gesichtern. *Hat Erna vielleicht recht?*, grübelte er. *Mag sie nicht, wie sie aussieht? Warum nur? Es ist doch so aufregend! So ungewöhnlich! Wer sieht schon so aus? Das versteht Tommy nicht!* Er sah zum Bildschirm. Das Programm zeigte eine kurze Zusammenfassung. Sofort erkannte er Grinsefresse, der mit Hingabe Gesangskandidaten quälte. »Du bist böse«, schimpfte Tommy und rieb seine Augen. Letztendlich fand er die Lösung. Er würde es morgen erneut versuchen! Immer wieder probieren, das hatte Marly ihm beigebracht. Immer wieder probieren und niemals aufgeben! »Ja«, entschied Tommy, »das mache ich!« Er sprang auf und schaltete den Fernseher aus, nachdem er Grinsefresse mit Nachdruck die Zunge rausgestreckt hatte. Er ging in die angrenzende Küche und begann mit der Ausführung der Idee. Während er lauthals *I will survive* sang und zwischendurch die entsprechende Tanzeinlage hinzufügte, stellte Tommy das Frühstück für den kommenden Tag zusammen und vollendete die Kreation mit einer Papierblume, liebevoll in einem Glas arrangiert. Die kunterbunten Quadrate des Tabletts wirkten frisch und fröhlich. Zufrieden trat Tommy einen Schritt zurück und klatschte vor Begeisterung in die Hände. Als Belohnung sang er lauthals *Que Sera* und tanzte wild durch die Wohnung. Erschöpft schaltete er den Fernseher ein und sank ins Sofa, wo er kurz darauf einschlief.

Mit einem Ruck erwachte Tommy am Morgen und schaute auf die Uhr. Nein, er hatte nicht verschlafen! *Tommy muss los, Tommy muss sich anziehen*, ermahnte er sich und verschwand im Badezimmer. Geduscht und angezogen begann er, die Speisen und den Kaffee auf dem Tablett anzurichten. Nach getaner Arbeit ging er schnurstracks zur Nachbartür und klingelte drei Mal hintereinander mit Nachdruck. Nichts passierte. Er wiederholte den Vorgang. Ohne Erfolg. Als er die letzte Klingelsalve abfeuern wollte, öffnete sich die Tür mit einem Ruck. Tommy zuckte zusammen. Die Frau mit den zwei Gesichtern stand vor ihm. Wütend sah sie ihn an und schwieg. Ihr Blick wanderte zwischen Tommy und dem Tablett hin und her.

»Ich habe nichts bestellt«, sagte sie mit eisiger Stimme.

Tommy lächelte, auch wenn sie ihm ein bisschen Angst machte. Trotzdem, zum Aufgeben war es zu spät, entschied er und grinste verlegen.

»Ich weiß! Ich bin Tommy, ihr Nachbar! Ich bin Super-Service-Man, herzlich willkommen!« Beherzt streckte er der Frau mit den zwei Gesichtern das Frühstück entgegen.

Der Duft von frisch gekochtem Kaffee lag in der Luft, Vogelgezwitscher tönte vergnügt. Seine neue Nachbarin musterte eindringlich erst ihn, dann das Tablett. Schließlich räusperte sie sich und nahm es an. Begeistert klatschte Tommy in die Hände und hüpfte aufgeregt auf und ab. Die Frau mit den zwei Gesichtern ließ ihn nicht aus den Augen.

»Nun, Super-Service-Man, das ist ausgesprochen reizend, vielen Dank! Wie Sie sehen, bin ich noch im Bett.

Um acht Uhr morgens ist das nichts Ungewöhnliches. Ich hoffe, Sie sind mir nicht böse, wenn ich mich jetzt verabschiede?«

»Soll ich Ihnen das Tablett ans Bett tragen?«

»Danke, das kann ich alleine! Ich bin zwar krankgeschrieben, aber das sollte noch zu schaffen sein! Nochmals, vielen Dank!« Mit diesen Worten schloss sie die Tür.

Sie hat mit mir gesprochen, ich habe sie kennengelernt! Es hat funktioniert! Ab und zu klatschte Tommy in die Hände und freute sich. Geistesabwesend legte er den kurzen Weg zur Arbeit zurück. Er winkte allen, die ihn grüßten, und tänzelte die Straße entlang. Jojo stand vor der Tür und beobachtete ihn mit einem verschmitzten Lächeln.

»Alter, was geht?«

Tommy nahm Jojo in den Arm und führte ihn im Tanzschritt ins Café, wo er schließlich zum Stehen kam. Feierlich faltete er die Hände. Mit einem Ausdruck des Verzückens öffnete Tommy die Augen und verkündete:

»Ich habe sie gesehen! Ich habe die Frau mit den zwei Gesichtern kennengelernt.« Verzückt strahlte er Jojo an, zu mehr war er nicht fähig.

»Alter, bist du etwa verliebt?«

»Nein!«, entrüstete er sich. »Aber Tommy muss ihr doch helfen, Tommy ist Super-Service-Man!«

Jojo sah ihn an und lächelte verträumt. »Tommy, was wäre die Welt nur ohne dich!«

– 15 –

Es klingelte zum wiederholten Mal an der Tür. Viktoria hielt die Ohren zu, es konnte nur der bekloppte Nachbar von nebenan sein, der sie täglich terrorisierte. Sie hätte am liebsten geschrien.

Das Problem war Tommys entwaffnende Freundlichkeit, die kindliche Begeisterung, die er an den Tag legte. Er sah ihr Gesicht mit anderen Augen. *Vielleicht gebe ich deswegen immer nach*, dachte Viktoria, die dafür berüchtigt war, genau das nie zu tun. Trotzdem, Tommy gab keine Ruhe und gerade die wünschte sie sich sehnlichst, warum sonst hätte sie sich in dieses Loch verkrochen?

Bei Viktorias Ankunft vor knapp einer Woche war sie den Tränen nahe gewesen. Die Fotos des Exposés entsprachen nicht der Realität. Sie hatte einen großzügigeren Eingangsbereich erwartet, der tatsächliche war kaum als solcher erkennbar und ging sofort in ein Wohnzimmer mit angrenzender Küche über. Das kleine Schlafzimmer wurde in seiner Größe von einem winzigen Badezimmer übertrumpft. Den einzigen Lichtblick stellte eine überschaubare Terrasse mit Blick auf die umliegenden Dächer dar. Die Wohnung hatte weder eine teure Ausstattung, noch klare Linien, stattdessen ließ unverkennbares Ikea-Design herzlich grüßen. Hier wurde gelebt und nicht gewohnt.

Der Taxifahrer hatte lauthals geflucht, als er die schweren Koffer und Taschen in mehrfachen Touren die

Treppe hochgeschleppt hatte. Maulend hatte er sich kurz für das großzügige Trinkgeld bedankt und war dann fluchend verschwunden.

Am nächsten Morgen hatte es Sturm geklingelt. Viktorias Kopf hatte gebrüllt, da sie am Tag zuvor aus Frust mit einer Pizza und billigem Fusel versucht hatte, anzukommen. Der Blick des Lieferanten hatte sie aus der Fassung gebracht.

»Noch nie 'ne Prinzessin gesehen?«, hatte Viktoria gefaucht, gezahlt und ihn stehen lassen.

Der Plan hatte nicht funktioniert, weder nach der ersten noch der zweiten Flasche. In ihrem Rausch war sie auf dem Sofa eingeschlafen.

Als es am Morgen darauf Sturm geklingelt hatte, fand Viktoria außer einem liebevoll arrangierten Frühstückstablett niemanden vor der Tür. Sie hatte das Tablett in der Annahme ignoriert, dass sich jemand geirrt haben musste. Zurück im Wohnzimmer war jegliche Spur des Debakels vom Vorabend verschwunden, stattdessen standen eine Flasche Wasser und ein Glas auf dem Tisch. Verwirrt hatte sie überlegt, wie das möglich war, und hatte die Überreste säuberlich geordnet in der angrenzenden Küchenzeile vorgefunden.

Die Antwort hatte am kommenden Morgen ihr Nachbar geliefert. Super-Service-Man, offenbar geistig zurückgeblieben, stand mit einem Frühstückstablett vor der Tür. Diesmal hatte sie es nicht übers Herz gebracht, ihn abzuweisen. Am Vorabend hatte er bereits geklingelt und Viktoria hatte ihn durch den Späher beobachtet, ohne zu öffnen.

Von da an erkundigte Tommy sich permanent nach ihrem Wohlergehen und bot seine Hilfe an. Überhaupt war er der Einzige, der jemals vorbeischaute. So wie jetzt. *Ich will meine Ruhe, verdammt*, fluchte sie innerlich. Es klingelte erneut, diesmal lang und anhaltend. Viktoria kam mit Schwung auf die Beine, eilte zur Tür und riss sie auf. Mit

Schrecken stellte sie fest, dass ihr jemand völlig anderes gegenüberstand.

»Hallo Viktoria. Darf ich reinkommen?«

Cora wartete die Antwort nicht ab, sondern ging direkt in den winzigen Eingangsbereich. Zögerlich folgte Viktoria ihr.

»Schlimmer als ich erwartet hatte.«

»Die Wohnung oder ich?«

»Beides, leider.« Cora sah sich kurz um und nahm auf dem Sofa Platz. Für einen Moment herrschte Schweigen, nur die Geräusche der Straße drangen gedämpft in das Zimmer.

»Wieso bist du gekommen?«

»Du reichst per Einschreiben deine Krankmeldung und anschließenden Urlaub ein. Hast du den Verstand verloren?« Cora schaute sie vielsagend an.

»Ich hatte einen einschneidenden Unfall.«

»Das sieht man. Sven vergnügt sich in aller Öffentlichkeit mit Monika, du ziehst den Schwanz ein und vergräbst dich«, sie sah sich kurz um, »in einem Loch, das einem Nachmittagsprogramm bei RTL gleicht. Und das in Kreuzberg? Wie einfallsreich! Folgt bald das Buch ›Ich bin dann mal weg, nur nicht so weit?‹ Stramme Leistung, das muss ich sagen! Ich hatte mehr von dir erwartet. Und ehrlich gesagt nie geglaubt, dass du mich so sitzen lässt.« Cora sah sie vorwurfsvoll an und atmete tief ein. »Du leitest die Agentur deutschlandweit, für Leute wie dich gelten andere Regeln, falls du das vergessen hast!«

Viktoria saß und schwieg. Noch bevor sie antworten konnte, folgte die nächste Salve.

»Du hast die Firma aufgebaut und zu dem gemacht, was sie ist. In Anbetracht dieser Tatsache schlägt Jason eine großzügige Abfindung vor, damit du in Ruhe über einen Neustart nachdenken kannst. Wir reden wirklich von einem fairen Angebot, Viktoria.«

»Ich bin raus?«

»Davon ist keine Rede«, Cora brachte ein dünnes Lächeln zustande. »Wir sind der Meinung, dass du mit der neuen Situation lernen musst, umzugehen. Jason will dir hierbei Hilfestellung leisten und ehrlich gesagt, ich stimme ihm, jetzt wo ich hier bin, zu, auch wenn ich permanent versucht habe, eine Bresche für dich zu schlagen. Keiner erwartet, dass du dich mit einem solchen Aussehen den gnadenlosen Anforderungen deiner Position stellst. Das wäre unmenschlich.« Cora lehnte sich vorsichtig zurück und rieb sich die Schläfen.

»Das ist eine Frechheit! Ich erleide einen einschneidenden Unfall und Jason feuert mich?«

»Ich betone noch einmal, Viktoria, von Kündigung ist keine Rede.«

Für einen kurzen Moment schaute sie Cora eindringlich an. »Hör auf mit mir zu sprechen, als sei ich geistig zurückgeblieben! Ich habe die Agentur aufgebaut! Ich! Verstehst du? Und dieser Mistkerl schreibt mich ohne zu zögern ab? Und du kommst hier reingeschneit und überlieferst die Botschaft wie ein billiger Pizzalieferant? Bist du noch ganz bei Trost?«

»Die Opferrolle steht dir nicht, Viktoria. Du hast dich jahrelang meiner und anderer bedient und das überaus geschickt. Das Schicksal spielt dir einen Streich, zugegebenermaßen einen ziemlich üblen«, Cora sah sie kurz mitleidig an und seufzte. »Es ging immer nur um deinen Erfolg, nur den! Auch Sven musste sich dem unterordnen, obwohl es in seinem Fall die richtige Entscheidung war. Ihn interessiert nur sein Hosenstall. Und du warst zu blind, um es zu kapieren.« Wieder seufzte sie tief und verschränkte die Arme. »Wie auch immer, du bist kein

Opfer Viktoria! Die eigene Medizin verabreicht zu bekommen, missfällt dir. Das ist der Punkt.«

Die Worte hingen in der Stille des Raums. Cora kam nach Minuten des Schweigens langsam auf die Beine.

»Wie gesagt, das Angebot ist fair. Du hast vier Wochen Bedenkzeit. Tu dir einen Gefallen und nimm es an.« Sie stand unvermittelt auf, zog ein Couvert aus ihrer Tasche und legte es stillschweigend auf den Tisch. Bevor Cora in den Flur hinaustrat, sah sie eindringlich auf ihre Vorgesetzte herab.

»Game over! Das sagtest du nur zu oft. Mein Tipp: Es gilt auch für dich.«

Gedankenverloren starrte Viktoria auf die Tür, die ins Schloss fiel. Das Couvert lag unangerührt auf dem Tisch.

Stunden später klingelte es. Wankend schritt Viktoria zur Tür und öffnete. Wie so oft stand Tommy vor ihr und strahlte. Sie suchte Halt am Türrahmen und erwiderte sein Lächeln.

»Hallo Viktoria! Alles okay?«

»Super-Service-Man! Aber sicher.« In diesem Moment rutschte Viktorias Hand ab und brachte sie ins Straucheln. Tommy trat rechtzeitig neben sie, um sie aufzufangen.

»Hast du ein bisschen gefeiert?«

»Ja, Tommy!«

»Dann macht Tommy dir jetzt einen Tee, komm!« Behutsam hakte er sie unter und führte Viktoria zum Sofa.

»Ich mag keinen Tee! Igitt, Pfui!«

»Na gut, dann einen Kaffee!«

»Nein lieber noch einen Brandy!« Tommy kam ihr zuvor, als Viktoria die halb leere Brandyflasche greifen wollte, und stellte die Flasche außer Reichweite.

»Besser Kaffee, du weißt doch, Tommy macht den besten!«

»Tommy ist ein Spielverderber!«

»Tommy ist Super-Service-Man!«

»Nein, Tommy ist ein Spielverderber!« Mit verschränkten Armen saß Viktoria und schmollte.

Nach der zweiten Tasse Kaffee sah sie die Dinge anders und war dankbar, dass er gekommen war. Ihr Kopf schmerzte, sie rieb sich ausgiebig die Stirn. Tommy war sofort auf den Beinen und holte ihr ein Schmerzmittel. Mit einem Glas Wasser reichte er ihr beides.

»Wieso bist du eigentlich so nett, Tommy?«

»Ich bin Super-Service-Man!«

»Das stimmt! Ich bin nicht nett, im Gegenteil! Um genau zu sein, bin ich ziemlich hässlich. Nach dem Unfall auch äußerlich.« Ein spöttisches Lachen folgte. »Wahrscheinlich ist das die Strafe für mein Benehmen.«

»Wer hat dich denn bestraft?«

»Na Gott, oder so sagt man immer.«

»Den kennt Tommy nicht! Tommy versteht nicht alles.« Er lachte vergnügt.

»Seltsam, dass du das sagst. Ich würde sagen, er wohnt in dir.«

»Na gut, dann kümmert sich Tommy auch um ihn.« Er gluckste erfreut. »Was hast du heute gemacht? Warst du spazieren? Das Wetter war so schön!«

»Nein Tommy, ich gehe selten vor die Tür. Nur wenn es sein muss. Das meiste lasse ich mir liefern.«

Wortlos nahm er den Becher und schenkte Viktoria nach. »Warum?«, fragte er und reichte ihr die volle Tasse.

»Das ist doch offensichtlich!«

Fragend schaute Tommy sie an und zuckte mit den Schultern. Viktoria betrachtete ihn eindringlich, nie zuvor war sie jemandem wie ihn begegnet.

»Was machst du so in deiner freien Zeit?«

»Tommy singt und spielt gerne Spiele. ›Mensch ärgere dich nicht‹ zum Beispiel!«

Viktoria sah ihn an und lächelte. »Na los, dann wollen wir mal!«

»Oh ja, oh ja!« Erfreut klatschte er in die Hände und lief, um das Spiel zu holen. Drei Runden später stand Tommy als eindeutiger Sieger fest. Als er sich kurz darauf von Viktoria verabschiedete, war die Wohnung seltsam still.

Cora saß am Tresen und hob das leere Glas, sie fühlte sich elend. Der Kellner verstand die Aufforderung mühelos und servierte ohne Umschweife den nächsten Caipirinha. Dankbar nahm sie einen großzügigen Schluck, denn der erste Drink hatte keine Wirkung gezeigt.

»Harter Tag?«, fragte der Barmann.

»Allerdings.«

»Na dann, gute Besserung!«

Das Treffen mit Viktoria ließ Cora nicht los, sie fühlte sich feige, hinterhältig, ehrlos. *Ich hatte keine Wahl*, dachte sie. Bei Viktorias Anblick hätte Cora sie am liebsten in den Arm genommen, doch Jasons Anweisung war klar und deutlich gewesen. Und Cora war ein Profi, das hatte Viktoria ihr beigebracht: die gnadenlose und fehlerfreie Umsetzung einer Aufgabe.

»Cora, meine Entscheidung steht fest. Jemand der mich in einer solchen Position repräsentiert, muss etwas ausstrahlen! Und zwar in jeder Hinsicht! Ich bin kein undankbarer Mensch, daher ist der Abfindungsvorschlag großzügig. Übermitteln sie ihn so, dass wir schnell vorankommen! Diese Hängepartie zieht sich schon zu lange hin. Sie sind einer meiner Wunschkandidaten für ihre Nachfolge, das sollten Sie wissen.«

Wie so oft hatte er das Gespräch kurz darauf beendet. Der magischen Anziehungskraft auf den Posten konnte Cora sich nicht entziehen, auch wenn ihr Gewissen versuchte, ihr Einhalt zu gebieten. So eine Chance bekam man nur selten. Und Viktoria war raus, das stand bereits fest. In Coras Kopf tobte seitdem ein Kampf zwischen Ambition und Loyalität.

Als sie Sven nach dem Telefonat auf dem Gang getroffen hatte, stolzierte er noch selbstverliebter als üblich daher.

»Cora, hast du einen Augenblick Zeit?« Vertraulich hatte er sie beiseitegenommen und im Flüsterton den Grund seiner guten Laune verkündet.

»Harte Arbeit zahlt sich aus, ich habe gerade mit Jason telefoniert. Er zieht mich für Viktorias Position in Betracht! Wie findest du das?«

Cora hatte kühl gelächelt. »Glückwunsch, Sven! Ich gehe davon aus, dass es noch mehrere Kandidaten gibt?«

»Natürlich, aber ich bin das kreative Gehirn dieser Agentur und Jason weiß das. Ich werde ihm genügend Gründe liefern, sich für mich zu entscheiden.« Siegessicher hatte Sven gelächelt.

Cora bestellte den nächsten Drink und dachte an die Wohnung zurück, in der sie Viktoria angetroffen hatte. *Wie hält sie es dort nur aus?*, fragte sie sich kopfschüttelnd. *Wie hält man so eine Bruchlandung überhaupt aus?* Sie schob die Frage beiseite, leerte das Glas in einem Zug, zahlte und ging. *Ich brauche meinen Verstand, wenn ich den Posten kriegen will*, ermahnte sie sich.

Cora lief Richtung Spreeufer und genoss die frische Nachtluft, der Herbst hielt seinen Einzug. Gedankenverloren stand sie am Ufer und sah auf die Spree. Schließlich nahm sie ein Taxi und gab dem Fahrer die Adresse. Die Fahrt dauerte nicht lange. Cora stieg aus und betrat kurze Zeit später das Foyer eines Clubs.

»Hallo meine Süße, wir haben dich schon vermisst!«

»Ich hab ziemlich viel um die Ohren.«

»Die Kehrseite des Erfolgs! Genug davon, nettes Publikum heute Abend, wird dir gefallen.« Vielsagend lächelte der junge Mann ihr zu.

An der Bar stellte Cora fest, dass die Aussage mehr als zutraf, das Angebot deckte jeden Geschmack. Ungezwungen nahm sie an der Bar Platz, sah sich um und studierte gelassen die Getränkekarte. Ihr Eintreten hatte Aufsehen erregt, das wusste sie. *Wonach ist mir?* Cora sah sich unauffällig um und entdeckte einen muskulösen Afrikaner, der ihr zulächelte. *Kein schlechter Start,* dachte sie und nahm den Drink entgegen. *Nur mit der Ruhe, ich habe Zeit!* An Schlaf ist nicht zu denken. Die aufkommenden Gedanken an Viktoria schob sie resolut zur Seite.

Als Cora erneut in den Raum sah, musste sie genauer hinschauen. Die gerade eingetretene Erscheinung faszinierte jeden Anwesenden. Ein schwarzes Lederkorsett betonte die weiblichen Hüften und den üppigen Busen der Frau, ihre hellbraunen Locken hingen verspielt um die Schultern. Die wohlgeformten Beine glänzten verführerisch in grauen Nylons, als sie sich anmutig auf schwindelerregend hohen Lack-Stilettos bewegte. Ihr Mund wirkte durch den roten Lippenstift voll und einladend. Sie kam vor Cora zum Stehen.

»Wie wär's mit einem Drink?«, hauchte die Erscheinung.

»Das Gleiche noch mal!«, rief Cora dem Barmann zu.

»Willst du nicht wissen, was ich trinken möchte?«

»Es wird dir schmecken, meine Süße, glaub mir! Das, was ich mit dir anstellen werde, ebenso. Da bin ich mir sicher.«

Die junge Frau nahm neben Cora Platz, streifte dabei sanft ihr Knie und lächelte aufreizend. Cora wusste, sie konnte Monika nicht länger widerstehen.

– 16 –

Das Café gähnte vor Leere. Jojo und Max prüften eine Lieferung, als Tommy beiden einen Kaffee servierte, dessen köstlicher Duft durch den Raum zog.

»Ich habe eine Frage«, rief Tommy, noch bevor er sie erreichte.

Jojo ließ sich nicht ablenken. Er wusste, diese Einleitung bedeutete eine Bitte oder eine lange Erklärung, und für beides fehlte ihm die Muße.

»Ich habe eine Frage«, wiederholte Tommy lächelnd. »Und dein Kaffee wird kalt.«

»Ich mach hier weiter, setz dich«, warf Max ein.

»Also gut Tommy, schieß los!« Widerstrebend setzte Jojo sich mit ihm hin.

»Meine neue Nachbarin, du weißt doch, mit den zwei Gesichtern«, begann er und lächelte erwartungsvoll.

»Was ist mit ihr?«

»Sie ist ganz alleine!«

»Und?«

»Darf ich sie mitbringen? Vielleicht kann sie uns ja helfen?«

»Tommy, das geht nicht. Du weißt doch, die Zeiten sind hart.« Jojo warf einen vielsagenden Blick in den leeren Raum.

»Aber du hast gesagt, wir brauchen ein Wunder. Und ihr Gesicht ist wie ein Wunder! Also warten wir vielleicht auf sie?«

Jojo seufzte. »Tommy, so funktioniert das leider nicht«, er klopfte ihm sanft auf die Schulter und lächelte. »Alter, du bist der beste Mensch, den ich kenne. Ohne Scheiß!«

»Ich bin nicht alt.« Sichtlich enttäuscht saß Tommy da und zupfte an seinen Haaren. Den Rest des Vormittages verbrachte er mit einem Schmollmund.

Der Mangel an Gästen zog sich über den Morgen hinaus. Auch Erna bemerkte Tommys gedrückte Laune, als sie am frühen Nachmittag eintraf. Die erste Kundin an diesem Tag.

»Wat habt ern mit dem jemacht?« Ernas Frage klang wie ein Vorwurf.

»Jojo glaubt nicht an mein Wunder!«, entrüstete sich Tommy.

»Keen Wunder! Der schafft et ja nich mal alleene zu Aldi!«

Entnervt gab Jojo auf. Wenn Tommy sich etwas in den Kopf gesetzt hatte, gab es kein Entrinnen.

»Alter, bring sie einfach mit. Aber ich verspreche nichts!«

»Na jeht doch!«, entschied Erna und bestellte einen weiteren Kaffee, während Tommy begeistert durch den Raum tanzte. »Zur Feier des Tages werd ick sojar wat essen! Obwohl ick et sicher schnell bereue.«

Tommy tänzelte aufgeregt vor der Tür auf und ab, er hatte bereits zwei Mal geklingelt. Nichts rührte sich. Er wollte es ein drittes Mal versuchen, als die Tür unsanft geöffnet wurde. Viktoria sah ihn so finster an, dass er zusammenzuckte.

»Tommy, ich hab jetzt keine Zeit! Ein anderes Mal, einverstanden?«

»Bist du böse, wegen dem ›Mensch ärgere dich nicht‹-Spiel?«

»Nein! Ich —«, sie wedelte einen Brief in der Hand, »Ich hab zu tun, verstehst du?«

»Kann Tommy dir helfen?« Aufgeregt zupfte er an den Haaren.

»Nein! Ein anderes Mal, versprochen!«

»Na gut«, mit gesenktem Kopf ließ Tommy sie zurück und warf ihr beim Schließen der Tür einen vorwurfsvollen Blick zu.

Viktoria ärgerte sich, sie war unnötig schroff gewesen und bereute es. Zum wiederholten Mal las sie Jasons Abfindungsvorschlag. Ein Jahresgehalt, das ist also mein Preis. Angestrengt überlegte sie. *Ich könnte verhandeln. Er kann mich nicht rausschmeißen, das weiß er. Bleibe ich, sorgt er dafür, dass ich freiwillig das Handtuch schmeiße.* Viktoria rieb sich die Schläfen. *Ich habe zu viele Feinde, keiner wird mir den Rücken freihalten. Wenn ich kämpfe, dann allein.* Sie schloss die Augen und atmete tief durch. *Die Frage ist, will ich es überhaupt? Kann ich es mit diesem Aussehen?* Zum hundertsten Mal las sie den Brief und legte ihn auf den Tisch. Der Laptop kündigte mit einem Summen einen E-Mail-Eingang an. Sie prüfte den Absender: Sven. *Du hast mir gerade noch gefehlt,* dachte sie. Der Inhalt erstaunte sie nicht.

Liebe Viktoria,
ich bin bereit, den Mietvertrag zu übernehmen. Die von dir geleistete Kaution kann ich bis Ende des Jahres vollständig zurückzahlen, ich hoffe, diese Regelung findet deine Zustimmung. Über die Möbel und Kunstgegenstände werden wir uns separat auseinandersetzen müssen. Lass mich wissen, wann es dir passt. Ich bin ebenso wie du an einer Lösung interessiert, die uns beiden gerecht wird. Eine Postweiterleitung hatte ich bereits veranlasst.
Viele Grüße, Sven.

Ziellos irrte Viktoria in der Wohnung umher. Zum ersten Mal erdrückte sie die selbst verordnete Einsamkeit über den Dächern von Kreuzberg. Kurzerhand ging sie zu Tommys Tür und klingelte. Nichts rührte sich. *Wahrscheinlich ist er sauer,* dachte sie, versuchte es noch einmal und wartete. Sie wollte schon gehen, als die Tür mit Schwung aufging. Mit erhobenen Armen und einem breiten Grinsen stand er vor ihr.

»Überraschung! Haha, Tommy ist doch da!«

Viktoria musste lachen. Erfreut über den gelungenen Streich stimmte Tommy ein.

»Ich wollte mir Essen bestellen. Möchtest du auch etwas? Als Entschuldigung für vorhin?«

»Au ja! Aber ich kann kochen!«

»Was denn zum Beispiel?«

»Spaghetti mit Tomatensauce.« Er eilte in die Küche und kehrte strahlend mit einem Fertigpaket zurück. Stolz hielt er es Viktoria vor die Nase.

»Verstehe. Ich hatte eher an was anderes gedacht. Sushi, kennst du das?«

»Nein, aber Tommy probiert gerne etwas Neues!« Erneut verschwand er und erschien kurze Zeit später mit einem Brettspiel unter dem Arm geklemmt zurück.

»Das Leiterspiel!«

Viktoria verzog das Gesicht. »Das spiele ich gerade im echten Leben. Wie es scheint, erfolglos.«

»Dann musst du üben, komm!« Tommy nahm sie an der Hand und führte Viktoria in ihre Wohnung. Die Geste erstaunte sie, kaum einer traute sich, sie ohne Vorwarnung anzufassen.

Kurze Zeit später trug Tommys Gesicht einen Ausdruck der Entzückung. Seine Fingerspitzen ruhten aneinander, während er andächtig das Essen betrachtete. Die Sushi-Lieferung lag geschickt auf zwei Tellern verteilt.

»Das ist so schön«, entschied er, »so schön! Und so bunt! Das gefällt Tommy!«

»Na dann, lass es dir schmecken!« Ohne nachzudenken, griff Viktoria zu und aß mit Appetit. Tommy schaute gebannt zu und rührte sich nicht.

»Was ist, worauf wartest du?« Plötzlich dämmerte ihr der Grund seines Zögerns. »Hast du schon einmal mit Stäbchen gegessen?«

»Nein«, lachte Tommy und klatschte in die Hände.

»Na dann lernst du jetzt etwas Neues!« Viktoria stand auf und holte die nötigen Hilfsmittel. »Hier, so geht es am einfachsten, siehst du? Du musst nur vorne zusammendrücken und schon hast du eins im Mund. Oder du nimmst die Finger!«

Tommy begutachtete Viktorias Hilfswerk und entschied kurzerhand, die Finger zu benutzen. Ein erstes Stück Sushi verschwand in seinem Mund.

»Oh, das ist ja kalt!«, rief er erstaunt.

»Das ist Sushi immer.«

»Hm, lecker. Was ist das?«

»Sushi? Reis mit rohem Fisch.«

Tommy verzog das Gesicht. »Tommy mag keinen Fisch, den essen nur Katzen!« Zögerlich kaute er und schluckte widerstrebend.

»Aber du sagtest, es schmeckt dir, also magst du Fisch scheinbar doch?« Er schien kurz zu überlegen. »Lecker! Miau! Miau! Tommy ist eine Katze!«

Nachdem Tommy zum wiederholten Male beim Leiterspiel gewonnen hatte, gab Viktoria auf. Sie hatte Bauchschmerzen vor Lachen. Tommy war wie ein großes, fröhliches Kind.

»Tommy hat eine Frage.«

»Schieß los!«

»Kommst du mich in meinem Café besuchen?«

Viktorias Freude war verflogen. »Nein, Tommy. Ich gehe nicht gerne aus. Nur wenn es absolut notwendig ist. Trotzdem, danke!«

»Warum?« Sichtlich erstaunt zupfte er an seinen Haaren.

Irritiert sah Viktoria ihn an. »Ich bin entstellt, siehst du das nicht?«

»Tommy findet dein Gesicht aufregend! Zwei Gesichter in einem! So etwas hat Tommy noch nie gesehen!«

»Anderen Menschen geht es genauso, aber sie drücken es weniger freundlich aus.«

»Hm. Willst du dich für immer verstecken?«

Viktoria seufzte. »Nein. Ich brauche einfach Zeit.«

Tommy seufzte ebenfalls. »Und wir brauchen ein Wunder!«

»Ein Wunder? Wie meinst du das?«

»Max und Jojo sagen, wir brauchen ein Wunder, sonst gibt es unser Café bald nicht mehr!« Er zuckte mit den Schultern.

»Und ich soll dieses Wunder sein?«

»Na dein Gesicht! Es ist wie ein Wunder!«

»Verstehe.«

»Willst du es dir überlegen, für Tommy?« Er grinste breit. Viktoria konnte ihm mittlerweile ebenso wenig widerstehen wie andere.

»Ich überleg es mir.«

Mit Schwung kam Tommy auf die Beine, klatschte erfreut in die Hände und räumte das Spiel zusammen. Verdutzt schaute Viktoria ihn an.

»Was ist los?«

»Tommy ist müde, er muss jetzt schlafen.« Er winkte und verschwand mit einem Lächeln. Auch an diesem Abend hinterließ seine Abwesenheit eine gähnende Leere.

Zu später Stunde stand Viktoria vor dem Badezimmerspiegel und trug Creme auf. *Zwei Gesichter in einem, so aufregend*, hörte sie Tommy sagen, trat einen Schritt zurück und sah sich an. Der Anblick war unerträglich. *Zwei Gesichter in einem. Ja, das stimmt. Aber im Gegensatz zu dir muss ich damit leben.*

Cora lag im Bett und fühlte sich großartig. Sex mit Monika war unvergleichlich. Verspielt, ungezwungen und völlig natürlich. Coras Verlangen nach ihr ebbte nicht ab. Im Büro gingen sie einander einvernehmlich aus dem Weg, eine Tatsache, die niemanden erstaunte.

»Woran denkst du?«

»Wenn ich dir weiter so zuschaue, gleich gar nichts mehr.«

Geschmeidig beugte sich Monika über sie und küsste sie lange und ausgiebig.

»Na dann komm!«

Cora konnte nicht anders, als der Aufforderung nachzugehen. Als sie geraume Zeit später erschöpft dalag und aus dem Fenster schaute, schmiegte sich Monika an ihren Rücken.

»Woran denkst du?«

»Schläfst du mit Sven?«

»Nicht mehr.«

»Wie lange ging das mit euch beiden?«

Monika spielte zärtlich mit Coras Haarpracht. »Nur kurz, das Wochenende in München und danach noch ein paar Mal. Er ist plump und langweilig, wenn du das wissen möchtest.«

»Davon bin ich ausgegangen.«

Monika lachte. »So ist es oft mit selbstverliebten Männern, Sven macht da keine Ausnahme.«

»Wie hat er den Laufpass verkraftet?«

»Noch gar nicht. Ich treffe ihn heute Abend zum Essen.«

Die Worte lösten bei Cora Alarmglocken aus. Sie sah weiter aus dem Fenster und schwieg. Ihr mahnendes Bauchgefühl trat wieder verstärkt in den Vordergrund, das die Liaison mit Viktorias Konkurrentin als Verrat ansah.

»Ich muss vorsichtig mit Sven sein. In der jetzigen Situation brauche ich keine unnötigen Feinde«, versuchte Monika sie zu beschwichtigen, »genauso wenig wie du! Und das mit uns beiden kam unerwartet.«

»Stimmt.« Cora drehte sich um und sah sie eindringlich an.

»Ich verstehe es, Männer hinzuhalten, Cora, so viel solltest du wissen. Ich glaube, da sind wir uns ähnlich, findest du nicht?«

»Möglicherweise.«

»Hör zu, Sven ist im Bett kein Bringer und in der Agentur mein Konkurrent. Das, was ich mit dir erlebe, ist etwas ganz anderes! Und das nicht nur in körperlicher Hinsicht.« Ein leidenschaftlicher Kuss folgte. »Lass es mich so beenden, dass wir keinen Schaden erleiden.«

»Es ist nur —«

»Vertrau mir, ich muss Zeit gewinnen.« Monika stand auf und streckte sich. »Darf ich kurz duschen?«

»Klar, du findest alles Nötige im Bad.«

Stunden, nachdem Monika gegangen war, lag Cora wach im Bett und konnte keinen klaren Gedanken fassen. Monika hatte ihr völlig den Kopf verdreht und sie alle Bedenken und Schuldgefühle in den Wind schlagen lassen. Nie zuvor hatte ein Mensch so schnell Besitz von ihr ergriffen. Verzweifelt kämpfte Cora dagegen an, zu viel stand auf dem Spiel und der Loyalitätskonflikt gegenüber Viktoria ließ sie nicht zur Ruhe kommen.

Sie wickelte das Laken um sich und ging in die Küche. Mit einem Glas ließ sie sich kurz darauf ins Sofa sinken und lehnte sich tief in die Kissen zurück. Wie konnte mir das nur passieren, fragte sich Cora zum hundertsten Mal, trank einen kräftigen Schluck und überlegte. Doch egal, wie sehr sie dagegen ankämpfte, ihre Gedanken wanderten immer wieder zu Monika zurück.

– 17 –

Strahlender Sonnenschein erfreute die Berliner, jeder versuchte, die schönen Stunden im Freien zu genießen. Viktoria saß seit dem Morgen auf der Terrasse und genoss den Anblick der Sonne auf den Dächern Kreuzbergs. Der Ausblick gab ihr Auftrieb, wie so oft. Geschützt von den Blicken anderer saß sie und dachte nach. Sie zog die Strickjacke enger um sich, denn trotz der Sonnenstrahlen fröstelte sie. *Ich muss eine Entscheidung fällen, ich werde nicht ewig davonlaufen können!*

Die Sonne ging bereits unter, als es an der Wohnungstür wiederholt klingelte. Viktoria war eingenickt und sah benommen auf, als es erneut läutete. Noch bevor sie die Tür öffnete, wusste sie, wer sie erwartete. Mit einem breiten Grinsen stand Tommy da.

»Hallo Viktoria, ich hab dir was mitgebracht.« Freudestrahlend hielt er einen Muffin in der Hand.

»Ich esse keine Muffins.« Sie bereute die Antwort sofort und bat ihn widerstrebend rein.

»Willst du ihn nicht wenigstens probieren? Vielleicht schmeckt er dir ja?« Aufmunternd sah Tommy sie an.

»Wir teilen ihn uns, was hältst du davon?«

»Oh ja!«, rief Tommy und klatschte in die Hände.

Viktoria ging zur Küche, platzierte den Muffin auf einen kleinen Teller, halbierte ihn, nahm Servietten und zwei Gabeln. *Oh Mann*, dachte sie, während sie alles vorbereitete. *Warum tue ich mir das an?* Die Dinger machen fett!

»Ich liebe Muffins!« Tommy strahlte über das ganze Gesicht und begann zu essen. Viktoria folgte zaghaft seinem Beispiel und hätte das Stück am liebsten sofort ausgespuckt. Der Muffin schmeckte widerlich.

»Was ist?«, fragte Tommy alarmiert.

»Ganz ehrlich? Das ist der ekelhafteste Muffin, den ich je probiert habe. Und davon gab es eine Menge! Aber dieser hier«, angewidert sah sie das Gebäck an, »überbietet alle! Wo zum Teufel hast du den her?« Viktoria legte die Gabel beiseite, selbst Tommy würde sie nicht dazu bringen, weiter zu essen.

»Der ist aus dem Café, in dem ich arbeite!«

»Dann finde schnell eine Lösung, der Laden geht pleite! Ich nehme an, die restlichen Speisen sind ähnlich geschmacklos. Tut mir leid, Tommy! Da wird auch kein Wunder helfen.«

Schockiert ließ Tommy die Gabel sinken. Viktoria sah, wie tief ihn die Worte getroffen hatten, und bereute erneut ihr Benehmen.

»Tut mir leid, ich wollte dich nicht verletzen! Aber ich bin es gewohnt, die Dinge kritisch zu betrachten und auszusprechen, das ist Teil meines Jobs, verstehst du?«

»Was ist das für ein Job? Arbeitest du auch in einem Café?«

»Nein«, Viktoria lächelte. Es fühlte sich noch immer ungewohnt an, die Haut spannte dabei.

»Oh, das gefällt mir!« Tommy klatschte begeistert in die Hände.

»Wovon redest du?«

»Du lächelst, das ist schön! Das tust du so selten. Außer wenn wir ein Spiel spielen, dann lachst du. Aber nur dann!«

Eindringlich sah Viktoria ihn an. Tommy freute sich über die einfachen Dinge des Lebens wie kein anderer. Sie schob den Muffin beiseite und verschränkte die Arme.

»Ich arbeite in einem Büro. Zurzeit mache ich eine Pause.«

»Warum?«

»Ich hatte einen Unfall, Tommy. Mein Gesicht wurde entstellt. Deswegen bin ich hier.« Die Worte klangen seltsam, endgültig. Noch nie hatte Viktoria das Geschehene so eindeutig ausgesprochen. Unvermittelt stand sie auf, ging zur Küche, öffnete eine Flasche Wein und kehrte mit einem Glas in der Hand zurück. Tommys besorgter Blick erwartete sie.

»Trinkst du viel?«

»In letzter Zeit etwas mehr als sonst. Warum fragst du?«

Wie ein getretener Hund sah Tommy sie an. »Meine Mama hat viel getrunken. Eigentlich immer.«

»Oh, verstehe. Und jetzt?«

»Sie ist tot.« Die Worte hingen kurz im Raum. »Schon lange. Versprichst du Tommy etwas?«

»Wenn ich kann.«

»Nicht so viel trinken.«

Viktoria lächelte traurig. »Versprochen!«

Tommy saß schweigend da, zupfte an den Haaren und starrte in die Luft. »Wir brauchen ein Wunder!«

»In eurem Café? Wenn du mich fragst, essbare Kuchen wären ein Anfang.«

»Kannst du backen?«

»Meine Mutter —« abrupt brach Viktoria ab.

»Was ist?«

»Nichts, es liegt so lange zurück, das ist alles.«

Unvermittelt stand Tommy auf und lächelte. Alarmiert sah Viktoria ihn an. »Was ist?«

»Tommy ist müde, er muss jetzt schlafen.«

Gemeinsam gingen die beiden zur Tür, Viktoria graute ein wenig vor der bevorstehenden Einsamkeit.

»Wann kommst du in Tommys Café? Du hast es versprochen! Es wird dir gefallen!«

Hoffentlich mehr als der Muffin, wollte sie sagen, verkniff sich aber die Antwort.

»Bald, Tommy! Gute Nacht!«

Graue Wolken verdeckten zunehmend den Himmel, ohne die Sonnenstrahlen des Vortages war die Temperatur empfindlich gesunken. Viktoria sah nach draußen und wärmte die Hände an der Kaffeetasse. *Tommy kocht wirklich den Besten, wie macht er das nur?* Genüsslich trank sie einen Schluck. Wie an jedem Sonntag hatte er sie mit Frühstück versorgt.

Sie schlug ihr MacBook auf. Ein Kalendereintrag erschien auf dem Bildschirm: Vaters Geburtstag.

Viktoria hielt inne, Schuldgefühle plagten sie, denn sie hatte ihn auch nach ihrer Ankunft in Kreuzberg nicht zurückgerufen und fühlte sich plötzlich elend, ihr Benehmen beschämte sie.

Wann habe ich ihn zuletzt gesprochen, fragte sie sich. *An Mamas Beerdigung? Vor fünf Jahren? Unmöglich!* Viktoria leerte den Kaffee und ging zum Fenster. *Doch, nach dem Streit herrschte Funkstille.* Sie stellte die Kaffeetasse ab und suchte ihr Smartphone, der Kalendereintrag stand auch hier auf dem Bildschirm. Sie lehnte die Stirn gegen die Wand und holte tief Luft, den Trick hatte Regine ihr im Krankenhaus beigebracht. Atmen ist die halbe Miete, hatte die alte Dame immer betont.

Viktoria wählte die Nummer und wartete auf das Rufzeichen. Mittlerweile war es Nachmittag. Sie wollte bereits auflegen, als sie eine vertraute Stimme vernahm.

»Seeberger.«

Viktoria blieb stumm und bereute den Schritt, sie kam sich idiotisch vor, ihre Kehle war zugeschnürt.

»Der Name ist Seeberger, dies ist ein Telefon. Es dient zur fernmündlichen Kommunikation. Sofern Sie das erste Mal telefonieren, sprechen Sie bitte jetzt, ansonsten lege ich auf! Ich mag es nicht, meine Gäste warten zulassen.«

»Hallo Vater, ich bin's, Viktoria.« Die Leitung blieb still. Sie überlegte bereits, aufzulegen.

»Das nenne ich eine Geburtstagsüberraschung! Guten Tag liebes Kind. Was bringt dich dazu, ausgerechnet jetzt mit mir in Kontakt zu treten? Ich hatte die Hoffnung fast aufgegeben.«

»Dein Geburtstag, Vater. Ich wollte dir alles Gute wünschen.«

»Schön, dass du dich daran noch erinnerst, nach all den Jahren. Trotzdem, dein plötzlicher Sinneswandel nach all den verpassten Anrufen erstaunt mich ein wenig. Sag, ist jemand gestorben?«

Viktoria schloss die Augen, der unterschwellige Zynismus in seiner Stimme schmerzte, sie schluckte schwer. *Das Telefonat hätte ich mir sparen können,* ärgerte sie sich.

»Viktoria? Bist du noch dran?«

»Ja, Vater. Ich muss mich entschuldigen! Ich werde dich nicht mehr behelligen. Es tut mir leid! Feier schön!« Sie wollte auflegen, als er weitersprach. Diesmal war der Zynismus in seiner Stimme verflogen.

»Viktoria, ich nehme an, es gibt einen triftigen Grund für dein Verhalten, also, raus mit der Sprache! Du warst noch nie ein Feigling. Ich höre!«

»Es ist jemand gestorben, Vater. In vieler Hinsicht. Sogar mehr als eine Person.«

»Sprich nicht in Rätseln, meine Gäste warten.«

Viktoria nahm einen tiefen Atemzug. »Ich hatte einen Unfall, die rechte Gesichtshälfte ist entstellt. Und ich habe Sven verlassen, er —«, sie stockte, »er hat versucht, vom Unfallort zu flüchten und auch danach so getan, als wäre ich Vergangenheit. Womit er nicht ganz falsch liegt, Viktoria Neufeld ist von der Bildfläche verschwunden.«

Ein lauter Seufzer erklang in der Leitung, dann trat für einen Moment Stille ein.

»Das tut mir unendlich leid, mein Kind«, Paul räusperte sich, »ich habe das Haus voller Gäste, ich kann sie nicht länger warten lassen! Trotzdem freue ich mich unglaublich über deinen Anruf, auch wenn die Nachrichten betrüblich sind. Wir telefonieren in den kommenden Tagen in Ruhe! Nach all den Jahren machen ein paar Stunden keinen Unterschied, einverstanden?«

»Natürlich, Vater. Feier schön!« Mit diesen Worten legte sie auf und fühlte sich leicht und beschwingt.

Kurz vor Mitternacht weckte Viktoria das Klingeln ihres Smartphones. Sie prüfte die Nummer auf dem Display und nahm den Anruf entgegen.

»Hallo Vater.«

»Hast du schon geschlafen? Du klingst etwas benommen.«

»Ich muss eingenickt sein«, erwiderte sie und schob die fast leere Rotweinflasche beiseite.

»Verstehe. Hör zu, es tut mir leid, dich vorhin so abgewürgt zu haben. Dein Anruf kam so überraschend, entschuldige! Sonja hat mir dafür einen gehörigen Einlauf verpasst. Und das an meinem Geburtstag! Kein Respekt mehr, die jungen Leute heutzutage!« Sein tiefes Lachen hallte durch die Leitung.

»Sonja? Welche Sonja?«

»Meine Lebensgefährtin.«

»Deine was? Seit wann?« Viktoria saß plötzlich kerzengerade.

»Drei Jahre, mehr oder weniger.«

»Ich fasse es nicht!«

»Wieso? Soll ich für immer Witwer bleiben?«

»Du sagtest vorhin jung, wie alt ist sie denn?«

»Fünfunddreißig. Und bevor du anfängst mir zu erzählen, sie könnte meine Tochter sein und hat es nur auf das

Geld abgesehen, spar die Mühe! Das habe ich alles hinter mir. Die Kirchengemeinde hat uns bekannt gemacht. Sie genießt dort ein hohes Ansehen.«

»Du bist fast doppelt so alt wie sie!«

»Das ist heutzutage gesellschaftsfähig. Ja, mein Kind, ich bin mit einer Osteuropäerin liiert, die halb so alt ist wie ich. Sieh es einmal so: Es könnte schlimmer sein! Manche Väter outen sich. Das bleibt dir zumindest erspart.«

Viktoria versuchte die Informationen zu verdauen, mit denen ihr Vater sie bombardiert hatte.

»Was ich eigentlich sagen wollte, liebes Kind, ist, dass wir für dich da sind. Lassen wir die Vergangenheit ruhen! Ich bin so froh, dass wir miteinander reden, du sollst wieder Teil meines, unseres Lebens sein.«

»Wir? Hast du gerade wir gesagt?«

»Ja, natürlich, Sonja und ich!«

»Vater, entschuldige aber ich«, Viktoria räusperte sich erneut, »ich brauche Zeit, um das alles zu verdauen!« Ohne eine Antwort abzuwarten, legte sie auf, ihr war übel und ihr Kopf dröhnte plötzlich.

Was ist bloß los? Fragend schenkte sie den Rest der Flasche in das Glas. *Ein einschneidender Unfall lässt mich wie eine misslungene Kopie von Quasimodo aussehen und ich sitze in einem Loch in Kreuzberg, mit einem geistig behinderten Nachbarn als Freund und Seelentröster. Sven vögelt öffentlich mit einer Mitarbeiterin und tut, als sei ich gestorben! Und Vater, vor kurzer Zeit noch trauernder Witwer, erlebt seinen zweiten Frühling mit einer jungen Osteuropäerin!* In einem Zug leerte sie den Rest des Weins und lehnte sich fassungslos zurück. *Ich glaub, mein Schwein pfeift!*

Svens Hände ruhten auf zwei prallen Schenkeln, die auf ihm thronten und ihn immer weiter zum Höhepunkt trieben. Monikas Stöhnen begleitete ihre rhythmischen Bewegungen, die vollen Brüste tanzten auf und ab. *Wir sind so ein rattenscharfes Paar*, dachte Sven dabei genüsslich. *Bald leite ich die Agentur! Man wird sich um uns reißen!* Seine Finger verstärkten den Druck. *Ich werde mit Jason erst einmal über eine Gehaltserhöhung verhandeln.* Der Gedanke schoss ihm zeitgleich mit seinem Höhepunkt durch den Kopf.

»Baby, das war sensationell! Du verstehst mich wie keine andere.«

Monika lächelte. »Ich muss bald los.«

»Ach ja? Hast du noch eine Verabredung?«

»Das nicht, aber bei mir zuhause sieht es aus wie im Saustall. Morgen ist der einzige Tag, an dem ich mal wieder klar Schiff machen kann.«

»Schade, ich hatte gehofft, du bleibst bis Montag.«

Genüsslich räkelte Monika sich im Bett. »Das würde ich liebend gerne«, verführerisch strich sie über Svens Schenkel, »aber genau wie du darf ich mir in der Agentur jetzt keine Fehler erlauben. Außerdem will ich nicht, dass die Leute unnötig tratschen. Jasons Entscheidung ist noch offen.«

»Stimmt! Weißt du, welche Kandidaten im Rennen sind?«

»Nein, du?«

»Cora, davon gehe ich aus, aber dieser Mistkerl hat weitere Trümpfe in der Hand, da bin ich mir sicher!«

Geschickt stand Monika auf. »Ein Grund mehr, aufzupassen.«

Sven lächelte und zog die Decke bis unters Kinn, er konnte von dieser Frau nicht genug kriegen.

»Ich muss los«, hauchte sie mit einem Kuss in seine Richtung und lief ins Bad.

»Lass mich nicht so lange zappeln. Du hast dich rargemacht! Du weißt, wie sehr du mir fehlst«, rief er ihr hinterher.

»Ich gebe mein Bestes«, versprach Monika wenig später, und ließ ihn zurück.

Mein kleines Prachtstück, dachte Sven bei ihrem Anblick, griff nach seinem Smartphone und überlegte angestrengt. *Wer kam für Viktorias Posten noch in Frage? Monika fällt aus, sie ist relativ neu in der Agentur. Das Risiko geht Jason nicht ein, auch wenn sie verdammt gute Arbeit leistet. Thorsten wäre eine Möglichkeit, er ist schlüpfrig wie ein Fisch. Hält sich immer bedeckt, der kleine Scheißer, und schleimt für zwei. Alle Projekte, die er leitet, sind Geldbringer. Lange genug unter Viktorias Peitsche gelitten hat er auch.*

Sven stand kurzerhand auf, nahm eine Dusche und verließ wenig später beschwingt das Haus. Zufrieden, das Rätsel gelöst zu haben, stieg er in ein Taxi. *Zeit für einen Abstecher ins Felix*, entschied er. *Schlaf finde ich sowieso keinen mehr!*

– 18 –

Die Leute starrten Viktoria unverhohlen auf dem Weg ins Café an, während Tommy wie ein Wasserfall plapperte und vergnügt auf und ab hüpfte. Sie hörte ihm nicht zu. Der Anruf ihres Vaters vor ein paar Tagen hatte sie erneut aus der Bahn geworfen. Vielleicht hatte sie deswegen Tommys Drängen nachgegeben und die Einladung, seinen Arbeitsplatz kennenzulernen, angenommen. *Was hat mich nur geritten?*, schimpfte sie sich jetzt auf dem endlos scheinenden Weg.

»Da sind wir!«, rief Tommy und klatschte begeistert in die Hände. Er lief voraus und öffnete die Tür eines Cafés mit einer großzügigen Glasfront. Schlecht geputzt, stellte Viktoria im Vorbeigehen fest. Wer mag schon schmutzige Fenster?

Im Raum trat Stille ein, als Viktoria etwas verloren dastand. Erneut spürte sie die entsetzten Blicke und bereute die Entscheidung, Tommy begleitet zu haben.

»Ist das eine Maske?«, rief plötzlich eine hohe, piepsige Stimme. Ein kleines Mädchen kam zielstrebig auf Viktoria zu.

»Ist das eine Maske?«, wiederholte sie die Frage und stand aufgeregt vor ihr. Das mondförmige Gesicht des Kindes strahlte vor Aufregung.

»Ist das eine Maske?«, fragte das kleine Mädchen lauter, stampfte dabei ungeduldig mit dem Fuß auf und zeigte mit dem Finger auf Viktoria. Wortlos, die Kehle zugeschnürt, starrte sie das Kind an.

»Emma, komm setz dich! Emma, wir wollen eine heiße Schokolade trinken!« Ihre Betreuerin kam mit einem entschuldigenden Lächeln herbeigeeilt und trat neben Emma.

»Emma! Man sieht doch, dass es keine Maske ist! Die sind bunt! Wo ist hier was bunt?« Fragend deutete Tommy auf Viktorias Gesicht.

»Es sieht aus wie eine Maske! Ich will auch so eine, ich will auch so eine!« Emma fing an zu heulen. Völlig außer sich, stampfte sie wieder mit dem Fuß auf.

»Emma, wenn Super-Service-Man dir einen Kakao macht, hörst du dann auf zu plärren?«

Zögerlich hörte Emma auf und schniefte deutlich hörbar. Sichtlich fasziniert starrte sie das Objekt der Begierde an, scharrte mit den Füßen und strahlte Tommy an.

»Ja, ja, ja!«

Tommy führte das Mädchen an einen Tisch, an dem eine kleine Gruppe behinderter Kinder mit ihren Betreuern saß. Gesprächsfetzen füllten allmählich wieder das Café, während Viktoria unentschlossen dastand und sich umsah. Es gab nur vereinzelt freie Plätze. In einer Ecke entdeckte sie eine alte Dame und ging kurzentschlossen zu ihr.

»Verzeihen Sie, ist hier noch frei?«

Ein Nicken bestätigte die Frage. »Wie ham' Sen det hinjekricht?«, fragte die Dame.

»Den Aufruhr oder das Gesicht? Angerufen und gewonnen, bei ›Wünsch dir was‹.« Ihre eigene Schlagfertigkeit überraschte Viktoria.

Ernas kehliges Lachen kam als Antwort. »Ick bin Erna.«

»Viktoria.«

»Janz schön abjefahrn, der Look. Steht Ihnen aber, irjendwie. Jetzt wo der Kleene da is, kriejen wa vielleicht sojar noch nen Kaffe!« Erna zwinkerte ihr zu und lehnte

sich zurück. »Übrijens det einzije, wat hier jenießbar is.«
Ein vielsagender Blick unterstrich die Aussage.

»Ich weiß, ich hatte bereits das Muffinvergnügen.
Tommy ist mein Nachbar.«

»Ick wees, ick hab schon viel von Ihnen jehört! Der
Kleene is in Ordnung! Wat ihm an Grips fehlt, macht er
mit em Herzen wieder wett. Ohne den wär der Laden
längst pleite.« Abfällig sah Erna in den Raum.

»Was nicht weiter erstaunlich ist, vollkommen konzeptlos! Unglaublich, wenn man die Lage im Kiez be-
denkt. Da könnte man eine Menge mehr draus machen.«

»Meine Rede, aber uff mich hört hier ja keener!«

Viktoria lächelte, die alte Dame faszinierte sie. Ihre
wachen, stahlgrauen Augen, das raubeinige Lachen und
der trockene Humor verliehen ihr einen unvergleichlichen Charme. Sie folgte Ernas Blick. Tommy arbeitete
unermüdlich an der Kaffeemaschine. Ein Lockenschopf
stand neben ihm und stellte hektisch Bestellungen zusammen, um kurz darauf mit einem vollen Tablett an den
beiden vorbei zu rauschen. Viktoria hasste den gängigen
Trend des Gammellooks, er schien darin aufzugehen.

»Det is der Chef vom Laden«, belehrte sie Erna, »aber
eijentlich von Beruf rebellierender Sohn.«

»Verstehe, das erklärt so ziemlich alles.« Viktorias Fazit
folgte ein krächzendes Lachen.

»Kindchen, Sie sind in Ordnung! Sie jefallen mir!«

Viktoria lächelte und wandte ihren Blick Tommy zu.
Den Vorschlag der Betreuer aufzubrechen schmetterten
die Kinder lauthals ab, noch wollten sie ihren Held nicht
zurücklassen.

»Super-Service-Man, Super-Service-Man!« Der Stim-
menchor trieb Tommy an und belustigte die Gäste.

Der Junge sitzt auf einem Pulverfass, schoss es Viktoria
durch den Kopf. *Entweder sein Chef macht was aus diesem
Potential, oder er geht baden.*

»Wat machen Se eijentlich beruflich?«, fragte Erna, nachdem Tommy die beiden mit Kaffee versorgt hatte, und riss Viktoria aus ihrer Gedankenwelt.

»Werbebranche.«

»Na dann greifen Se dem Chaoten da drüben mal unter de Arme!«

»Das wird er sich nicht leisten können, geschweige denn wollen. Außerdem mache ich gerade eine Auszeit.«

»Verstehe.« Erna trank in Ruhe ihren Kaffee, bevor sie sich dann wieder Viktoria zuwandte. »Kindchen, eenen Jefallen müssen Se mir aber tun!«

»Und der wäre?«

»Kommen Se bald wieder! Ick muss los, bis denne!« Mit einem aufmunternden Lächeln verschwand Erna.

Viktoria beobachtete das Geschehen. Die meisten Gäste schienen nur etwas zu trinken, mit vereinzelten Ausnahmen. *Die Einrichtung ist eine Katastrophe, entschied sie. Keine Linie oder unverwechselbare Handschrift. Ein Haufen zusammengewürfelter, billiger alter Kram, aber ohne Pipi-Langstrumpf-Charme. Das muss man erst mal schaffen!*

Ein schlaksiger junger Mann kam vor ihr zum Stehen. Die schulterlangen Haare hielt ein wirr gebundener Zopf zusammen. Das zerknautschte T-Shirt mit Che Guevara stand den löchrigen Jeans und verdreckten Turnschuhen in nichts nach. Er spielte mit einem Tablett.

»Darf ich fragen, warum Sie mich so anstarren?«

»Kann ich dir was bringen?«

»Noch einen Kaffee, bitte.«

Der junge Mann zögerte einen Moment. »Sei mir nicht böse, aber ich glaube, die Wahrscheinlichkeit im Lotto zu gewinnen, ist höher, als die Hälfte seines Gesichts einzubüßen.«

»Sie sind offensichtlich mathematisch begabt, ohne sonstige Hobbys?«

Der junge Mann grinste. »Mathematikstudent. Ich liebe Wahrscheinlichkeitsrechnungen.«

»Wäre mir nicht aufgefallen.«

»Schicker Pulli, übrigens. Edles Tuch! Ist mir gleich ins Auge gesprungen. Hat bestimmt richtig Kohle verschlungen. Ich bin Max«, lächelnd streckte er ihr die Hand entgegen. Viktoria zögerte einen Augenblick und erwiderte dann ungewollt den Gruß.

»Viktoria. Freut mich.«

»Okay, einen Kaffee, sonst nichts?«

»Nein danke, Max. Es gibt Schöneres, als den restlichen Tag auf der Kloschüssel zu verbringen.«

Max lachte, als Viktoria ihn mit einem kühlen Blick zum Tresen bugsierte. *Was für ein Haufen von Chaoten*, dachte sie, *das ist ja fast nicht zu toppen*, und entschloss sich, die Auslage genauer zu inspizieren, da niemand ihr noch Beachtung zu schenken schien.

Lieblos zusammengewürfelte Einzelteile lagen in der Vitrine nebeneinander, bei denen ein Hungernder dankend abgelehnt hätte. Viktoria wollte zum Tisch zurück, als der Lockenschopf sie ansprach.

»Hi, du musst Tommys Nachbarin sein. Ich bin Jojo, Tommy ist ganz begeistert von dir.«

»Das beruht auf Gegenseitigkeit. Sie sind offenbar ein eingefleischter Duzer.«

»Klar! Wer ist das heutzutage nicht? Kann ich dir noch was bringen?«

»Max hat die Bestellung aufgenommen, danke.« Mit diesen Worten kehrte Viktoria zum Tisch zurück und ließ ihn stehen.

»Was Tommy an der findet, ist mir schleierhaft«, sagte Jojo, als er Max das volle Tablett reichte. »Arrogante Kuh, wenn du mich fragst.«

»Ich finde, sie hat was.«

»Ach ja? Was soll das sein? Außer den Narben ist an ihr nichts Außergewöhnliches und Zicken kennt die Welt zur Genüge!«

»Die Wahrscheinlichkeit, dass du dich irrst, ist hoch. Sie hat ganz eindeutig was, glaub mir!«

»Ich hab keine Zeit für den Scheiß, der Laden brummt. Los Keule, ran an den Speck!«

Viktoria verließ kurze Zeit später das Café, das Zwielicht der Dämmerung bot ihr Schutz vor den Blicken anderer. Sie ließ sich von ihren Füßen leiten. Der Weg führte sie zum Platz der Luftbrücke, den Columbiadamm entlang bis zum Viktoriapark. Die frische Luft tat Viktoria gut, sie fühlte sich belebt und frei. Tiefe Dunkelheit lag über Kreuzberg, als sie wieder in der Wohnung ankam.

Noch bevor Viktoria die Tür geschlossen hatte, klingelte ihr Smartphone. Die Nummer ihres Vaters erschien im Display. Zögernd nahm sie den Anruf entgegen.

»Viktoria? Störe ich?«

»Nein, ich bin gerade zur Tür hereingekommen. Ich war spazieren.«

»In der Dunkelheit? Ist das nicht gefährlich?«

»Nein Vater, mein Aussehen ist Abschreckung genug.«

»Rede nicht so! Du bist mehr als ein Gesicht! Du allein hast dir mit siebzehn in den Kopf gesetzt, dass nur Äußerlichkeiten zählen, leider Gottes«, er schien jemanden im Raum zu beruhigen, »egal, ich rufe nicht an, um zu streiten. Sonja fand vor einiger Zeit deine alte Chronik, erinnerst du dich überhaupt noch daran?«

»Jetzt wo du sie erwähnst, ja.«

»Ich möchte sie dir übergeben.«

»Hat sie darin gelesen?«

»Ich habe sie ihr gezeigt. Es ist ein sehr schönes Zeitdokument, Viktoria. Wir wollten es dir bringen. Was hältst du davon?«

»Nein! Auf keinen Fall! Das, das geht nicht! Ich, ich brauche noch etwas Zeit. Bitte, Vater!«

Ein Seufzer erklang in der Leitung. »Das dachte ich mir, ich lasse es dir per Post zukommen, zu schade!

Bedenke, dein alter Vater wird nicht ewig leben. Ich würde mich über ein baldiges Wiedersehen freuen.«

»Du klingst kerngesund! Kaum verwunderlich, bei der Pflege.« Viktoria bereute den Satz sofort. »Verzeih, das klang anders als beabsichtigt! Ich brauche noch Zeit, um das alles zu verdauen. Ich schicke dir gleich meine Anschrift, ich melde mich wieder, einverstanden?«

»Mach das. Und vergiss nie: Wir bieten dem Leben die Stirn! Kopf hoch! Bis bald, mein Kind.«

Stunden nach dem Gespräch saß Viktoria gedankenverloren in der Stille ihrer Wohnung, während Erinnerungen aus längst vergangenen Tagen wieder auflebten. Eine Ewigkeit lag dazwischen. Unzählige Jahre, in denen sie ein anderer Mensch geworden war.

Das Smartphone landete mit Schwung auf dem Sofa. Entnervt hatte es Sven dorthin gefeuert, nachdem er zum wiederholten Male nur eine Mailbox erreicht hatte.

»Verdammt!«, fluchte er, ging zum Barschrank und schenkte sich eine großzügige Portion Whiskey ein. Als er die Hälfte davon geleert hatte, klingelte das Smartphone. Monikas Nummer erschien auf dem Display.

»Ich dachte schon, du hast mich vergessen, meine Süße.«

»Dummerchen, du bist unvergesslich, das weißt du doch«, hauchte sie.

»Wo steckst du bloß? Ich wollte dich heute Abend zum Essen ausführen«, *und danach noch richtig Spaß haben*, beendete er den Satz in Gedanken.

»Im Büro, ich muss bis zur morgigen Besprechung noch ein paar Dinge in Ordnung bringen.«

»Braves Mädchen, einfach vorbildlich! Ich hab einen Tisch bei Adnan bestellt.«

Die Leitung blieb kurz still. »Gern, wir treffen uns direkt dort. Ich kann heute Abend nicht lange bleiben, ich –, wir müssen morgen in bester Verfassung sein. Passt das?«

»Natürlich! Beeil dich, damit uns noch ein wenig Zeit bleibt, mein Engel.«

»Bin schon unterwegs. Bis gleich.«

Sven leerte den Rest des Whiskeys in einem Zug. Seine innere Unruhe blieb. *Spielt Monika ein Spiel mit mir?* Die Frage beschäftigte ihn.

Eine knappe Stunde später lief Sven zu Fuß zum nahe gelegenen Restaurant, das wie so oft ausgebucht war. Sein gewohnter Tisch stand bereit, der Inhaber begrüßte ihn persönlich. Sie plauderten und tauschten die üblichen Banalitäten aus. Monikas Eintreten ließ auch Svens Gesprächspartner nicht unberührt.

Ihr eng anliegendes Kleid betonte das üppige Dekolleté ebenso wie ihr pralles Hinterteil. Geschmeidig schritt sie auf hohen Absätzen lächelnd durch das Lokal. Der rote Lippenstift unterstrich ihre einladenden Lippen. Frauen sahen sie voller Neid an, um dann mit eindeutigen Blicken zu signalisieren, dass sie die sofortige Aufmerksamkeit des Tischpartners wünschten. Nur wenige verstanden es, der Aufforderung rechtzeitig zu folgen.

Nach einem unterhaltsamen Abendessen lag Sven zufrieden im Bett, die nagenden Zweifel waren beseitigt. Der Abend war wunderbar leicht und beschwingt verlaufen und hatte seine innere Unruhe verdrängt. Selig schlief er kurze Zeit später mühelos ein.

Paul Seeberger saß vor dem Kamin und versuchte mit einem Glas Cognac, Ruhe zu finden. Spät am Abend gesellte sich seine Frau zu ihm, sah ihn kurz an und schüttelte dann lächelnd den Kopf.

»Du musst ihr Zeit geben, Paul, das ist alles ganz schön viel für sie, meinst du nicht?«

»Viktoria ist einer der stärksten Menschen, die ich kenne, und ich habe einige kennengelernt.« Er schwieg und betrachtete die Farbe des Cognacs, schwenkte ab und zu das Glas und atmete das Aroma ein. »Trotzdem, ich mache mir große Sorgen um sie. Ich weiß nicht, ob sie diese Bruchlandung verkraften kann«, er seufzte tief, »meine einzige Hoffnung ist, dass sie sich darauf besinnt, wer sie wirklich ist, oder zumindest war.«

»So etwas kann man verdrängen, aber nicht für immer.«

»Ihr bekloppter Mann hat sie darin erfolgreich unterstützt, aber Viktoria selbst hat während ihrer Abiturjahre den Grundstein für diese Selbstleugnung gelegt. Und«, wieder seufzte er und nahm einen Schluck Cognac, »meine Tochter ist genauso stur wie ich.« Er sah seine Frau eindringlich an und überlegte kurz. »Vielleicht sollten wir ihr es doch einfach persönlich bringen?«

»Nachdem Sie dich ausdrücklich darum gebeten hat, ihr Zeit zu geben? Nein, Paul! Das wäre ein Vertrauensbruch und ein schlechter Neustart. Du musst dich gedulden.«

»Geduld ist eine Tugend, die ich bis heute nicht erlernt hab, leider.« Paul Seeberger seufzte tief, nahm einen letzten Schluck und lächelte Sonja verschmitzt an.

Die Salbe war leer. Entnervt schmiss Viktoria sie in den Mülleimer und ging ins Wohnzimmer. Sie fand das Folgerezept auf dem Küchentisch. Der Weg zur Apotheke schien unvermeidbar. Sie seufzte und kehrte zurück ins Schlafzimmer, um kurz darauf das Haus zu verlassen.

In der Straße suchte sie Schutz vor unerwünschten Blicken hinter dem hohen Mantelkragen. Eine bekannte Stimme grüßte sie freudig vor der Apotheke.

»Kindchen, wat für 'ne Überraschung! Ick hab Se schon vermisst. Allet schick?«

»Erna, hallo! Wie schön Sie zu sehen! Danke und selbst?«

»Ick freu mich, Se unter Menschen zu sehen.«

»Musste sein, ich brauche Nachschub.«

»Na dann, nix wie los!«

Wie üblich starrten die Wartenden Viktoria unverhohlen an. Erna strafte alle mit bösen Blicken, der Apotheker entging ihrem Ärger ebenfalls nicht.

»Wat 'n? Noch nie 'ne Prinzessin jesehen?«

Der Mann lächelte höflich, nahm das Rezept entgegen und prüfte die Angaben.

»Wie ich sehe, hat ihr Arzt Ihnen ein exzellentes Präparat verordnet. Sind Sie damit zufrieden?«

»Ja, warum fragen Sie?«

»Es gibt noch zusätzliche pflanzliche Mittel, die den Heilungsprozess fördern, gleichzeitig pflegen und mögliche Spannungen reduzieren. Spannt Ihre Haut?«

»Allerdings.«

»Wildrosenöl und auch Olivenölpräparate können hier Abhilfe schaffen. Und bei Erschöpfung und Antriebslosigkeit empfehle ich Teebaumöl oder Lavendel. Wenn Sie möchten, stelle ich Ihnen gerne etwas zusammen.«

Viktoria überlegte kurz. Der Auseinandersetzung mit ihrem neuen Aussehen entzog sie sich sonst geschickt, aber ewig kann das nicht weitergehen, entschied sie jetzt. Sie seufzte kaum vernehmbar, vergrub die Hände tiefer in den Taschen und sah dem Apotheker direkt in die Augen.

»Gerne.«

»Und die junge Frau möchte 'ne Kundenkarte, so wie ick eene hab, da spart se noch fünf Prozent! Tut mir leid wejen vorhin, det war nich so jemeint.«

»Schon in Ordnung! Es geht nichts über einen persönlichen Wachhund. Ich finde, jeder sollte einen haben.«

Ernas kehliges Lachen hallte durch den Raum, kaum einer konnte ein Lächeln verkneifen.

Zurück in der Bergmannstraße kämpfte sich die Sonne durch, ein goldener Herbsttag stand bevor.

»Wat halten Se von 'nem Kaffe, Kindchen?«

»Gern, nach der Hilfe stehe ich in Ihrer Schuld. Und Erna?«

»Wat 'n?«

»Sie müssen mich nicht mit Sie ansprechen.«

»Na dann ham wa det ja jeklärt.«

Tommy stellte Tische und Stühle zurecht, als er die beiden erblickte, und tänzelte ihnen begeistert entgegen.

»Hurra, Hurra! Super-Service-Man bringt euch sofort einen Kaffee!« Klatschend eilte er ins Café, nachdem er sie stürmisch begrüßt hatte.

»Da siehste mal, wie leicht et is, jemanden 'ne Freude zu machen.«

»Das stimmt. Ich glaube, das werde ich öfter tun. Tommy ist ein Garant für gute Laune.«

»Na det klingt jut! Endlich hab ick Jesellschaft. Meine Mädels kann ick hier nich mitbringen, die brauchen zum Kaffe immer Kuchen! Die Nummer fällt leider aus!«

Zu Ernas Erstaunen brachte Max die Getränke.

»Hi! Tommy muss noch ein paar Kaffees machen und eurer darf nicht kalt werden«, grinste er und strich sein T-Shirt glatt. Homer Simpson starrte die Welt auf gelben Hintergrund mit riesigen Augen an. »Und ich soll dir ausrichten, die Kekse sind von Aldi.«

»Ick geh kaputt«, sofort griff Erna nach einem Keks. »Wurde aber auch Zeit!«

»Schickes T-Shirt, Max. Und so frisch gewaschen! Steht heute was Besonderes an?«

Max streifte zärtlich über Homers Kopf und lächelte Viktoria an. »Entgegen der hohen Wahrscheinlichkeit, dass es nicht passiert, hoffte ich, dass du mal wieder vorbeischaust. Ist wie 'n Sechser im Lotto. Und dann noch die Sonne!« Strahlend schaute er in den Himmel und kehrte ins Café zurück.

»Na siehste, den zweeten Verehrer haste ock schon«, brachte Erna mit vollem Mund heraus.

»Man gönnt sich ja sonst nichts.« Viktoria lächelte, genoss den Kaffee und die zarten Sonnenstrahlen. Unter Menschen zu sein tat gut, stellte sie erstaunt fest und spürte Ernas Blick.

»Kindchen, lass die Leute eenfach kieken! Die armen Schweine ham sonst nüschd zu tun!« Als Max erneut in der Tür erschien, hielt sie ihm gleich den leeren Teller entgegen. »Hier! Mach dich mal nützlich. Die sind nich verkehrt!«

Im Briefkasten begrüßte ein dicker Umschlag Viktoria, als sie viel später als ursprünglich geplant in den Hausflur trat. Sie prüfte den Absender und erkannte mühelos die schwungvolle Handschrift ihres Vaters. Mitsamt der restlichen Post stieg sie die Treppe hinauf.

Am Abend lag der Umschlag immer noch ungeöffnet auf dem Küchentisch. Viktoria blickte in den Nachthimmel. Strahlende Sterne warfen ein malerisches Licht auf die Dächer der Umgebung, doch ihre Gedanken kreisten um die eingetroffene Sendung.

Darin liegt ein anderes Leben, überlegte sie. *Damals war ich noch Vicky, die Tochter des Studienrates Seeberger und seiner Herzkranken Frau Sophia. Die liebe, dicke Vicky,* dachte sie. *Ja, das war einmal.*

Viktoria atmete tief ein und ging zum Küchentisch. Behutsam nahm sie den Umschlag an sich. Beim Öffnen fand sie eine Notiz ihres Vaters.

> Du solltest mit Stolz zurückblicken, mein Kind! Du hast es schon damals verstanden, Menschen zu begeistern, vergiss das nicht! Ich hätte es dir lieber persönlich übergeben. Ich hoffe, uns bleibt die Zeit, es ein andermal gemeinsam anzuschauen. Ich denke gerne an diese Jahre zurück!
> Dein dich liebender Vater.
>
> P. S.: Carsten Pfefferkorn war schon immer ein kleines Arschloch!

Viktoria lächelte, faltete den Brief und legte ihn beiseite. Nachdenklich nahm sie einen Schluck Wein. Ihr Blick ruhte auf einer Vergangenheit, die sie meisterhaft verdrängt hatte. Behutsam streifte sie über den roten Einband. »Viktorias Geheimnisse«, stand dort, in Gold umrahmt. Sie lächelte bei dem Gedanken. *Ja, darum hat so manch einer mich zutiefst beneidet.* Sie nahm das Buch und begann zögerlich, darin zu blättern. Gute Freunde hatten Sprüche für die Ewigkeit verfasst, viele waren Viktorias Einladung mit Stolz nachgegangen. Am Ende fand sie Carsten Pfefferkorns Eintrag. Danach folgten nur leere

Seiten. Sie hatte der Widmung entgegengefiebert, er war der Schwarm aller Mädchen gewesen.

Kleine dicke Vicky, wärst so gerne mein.
Kleine dicke Vicky, das kann aber nicht sein,
denn die kleine dicke Vicky sieht aus wie ein kleines Schwein!

Darunter hatte er unbeholfen Schweinegesichter gemalt, um seinen Worten Nachdruck zu verleihen.

Die Erinnerung, wie sie dagestanden hatte, sprachlos und zutiefst verletzt, schmerzte noch immer. Carsten hatte seine Freunde versammelt und Viktoria öffentlich verhöhnt. Mit aller Kraft hatte sie die Tränen zurückgehalten, sich in der Mädchentoilette verschanzt und ihnen erst dort freien Lauf gelassen. Carsten Pfefferkorn hatte dieser glücklichen Zeit abrupt und unwiderruflich ein Ende bereitet.

Cora legte die Handtasche ohne den üblichen Schwung auf dem Küchentisch ab. Erschöpft war sie die Stufen zu ihrer Wohnung hinaufgestiegen. Die zunehmende Unordnung begrüßte sie, ihr fehlte die Kraft, nach den langen Stunden im Büro für Ordnung zu sorgen. Mit einem großzügigen Glas Wein sank sie kurze Zeit später in das Sofa. Zu viele Fragezeichen quälten sie.

Ich halte das nicht mehr lange aus, überlegte sie. *Ich brauche Gewissheit! Jason wird immer unausstehlicher und Viktoria hält uns hin.* Bei diesem Gedanken fühlte sie sich elend. Viktoria fehlte Cora in vieler Hinsicht und sie konnte ihr weder helfen, noch sich von ihr befreien. Jason schloss jede Diskussion über Viktoria und die Möglichkeit einer Rückkehr vehement aus, er hatte Cora zuletzt bei der bloßen Erwähnung ihres Namens lauthals angebrüllt.

Sie rieb sich die Augen und lehnte den Kopf zurück. *Schlimmer ist, wie Monika mich in den Wahnsinn treibt.* Sie seufzte. *Sie trifft weiterhin Sven, da bin ich mir sicher! Gleichzeitig schickt sie haufenweise SMS und Liebesbekundungen! Wahrscheinlich will ich daran glauben. Wie konnte mir das nur passieren? Ausgerechnet sie, ausgerechnet jetzt!*

Ihr Smartphone meldete sich mit einer SMS:

Kann ich dich sehen? Bin noch im Büro. Ich brauche Deine Nähe. M.

Cora schloss kurz die Augen und tippte die Antwort. *Warum tue ich mir das an?*, fragte sie sich gleichzeitig. *Warum lasse ich es immer wieder zu? Weil jede Minute ohne sie eine Qual ist! Es gibt nichts Schöneres, als in ihren Armen zu liegen und sie zu spüren!*

Wenig später ließ Monika Coras Ängste und Zweifel verfliegen. Eng umschlungen standen die beiden verschmolzen in einem Kuss. Cora führte sie zum Sofa und vermied den Gang zum Schlafzimmer, aber der Versuchung zu widerstehen, kostete Kraft.

»Was ist?« Verführerisch lehnte Monika sich zurück.

»Ich, wir müssen reden.« Cora nahm den Wein und schenkte ihr ein Glas ein.

Monika nahm es und lächelte. »Also, was ist?«

Cora ließ sie nicht aus den Augen. *Wie sage ich es?* Verzweifelt suchte sie die passende Formulierung.

»Ich treffe mich weiterhin mit Sven, ja. Er ist argwöhnisch geworden, fordernd! Ihn jetzt vor den Kopf zu stoßen, wäre zu riskant.«

»Wie lange soll das noch so gehen?«

»Wenn es nach mir ginge, gar nicht mehr! Aber die Entscheidung über die Nachfolge hängt in der Schwebe.«

»Woher weißt du das?«

»Ich habe gestern mit Jason telefoniert.«

»Jason ruft dich direkt an? Alle Achtung!« Die Information löste bei Cora erneut Alarmglocken aus, das Gefühl, dass Monika mit ihr spielte, kroch wieder in ihr hoch.

»Er rief an, um mir persönlich zur Neumayer-Kampagne zu gratulieren. Dabei schloss er kategorisch aus, dass er mich für den Posten in Betracht zieht, auch wenn er meine Leistungen schätzt. Ich bin noch zu neu in der Agentur, das Risiko geht er nicht ein. Das Gespräch war nur von kurzer Dauer.«

Cora überlegte, ihr Bauchgefühl strafte Monika Lügen. Um Zeit zu gewinnen, nahm sie einen Schluck Wein und lehnte sich zurück.

»Sven möchte, dass ich bei ihm einziehe. Ich hab das zunächst ausgeschlossen, aber ich muss eine Lösung finden! Ich darf ihn nicht vor den Kopf stoßen und meine Position in der Firma gefährden. Es wäre einfacher, wenn wir endlich wüssten, was los ist!«

»Viktorias Bedenkzeit läuft bald aus. Danach sollte es relativ schnell gehen.«

»Hast du von ihr gehört?«

Cora lachte, schüttelte den Kopf und nahm einen Schluck Wein. »Viktoria versteht es, zu pokern. Sie wird keinem von uns einen Hinweis geben. Und sie ist überzeugt davon, dass ich sie genauso verraten habe wie Sven.«

»Ich kann mir nicht vorstellen, dass sie zurückkommt. Ihr Gesicht, ich meine —«

»Wann hast du sie gesehen?«

»Als sie aus der Klinik zurückkam. In ihrer Wohnung.«

»Verstehe«, eindringlich sah Cora sie an, Monika wirkte bei dieser Aussage zu gelassen für ihren Geschmack.

»Cora, ich liebe dich! Ich, ich hätte nie geglaubt, dass ein Mensch mir so nahe kommen kann. Ich meine es ernst, das hier ist kein Spiel für mich!« Monika stellte das Glas ab, schenkte Cora einen sehnsuchtsvollen Blick und streckte die Hand aus. Ihr sinnliches Parfüm lag in der Luft, während beide schwiegen.

Cora schloss die Augen, die Worte hatten einen Nerv getroffen. Ihr fehlte die Kraft, länger zu widerstehen. Sie stand auf und führte Monika ins Schlafzimmer. Wortlos zogen sie sich aus, gierig danach, ineinander aufzugehen. Die eintreffenden SMS auf Monikas Smartphone blieben unbemerkt.

Spätnachts lag Cora erschöpft im Bett, Stunden nachdem Monika gegangen war. Sie hätte sie so gerne in den Armen gehalten, ihren Duft eingeatmet und in Sicherheit gewähnt. Cora zog die Decke enger um sich, die Vorstellung schmerzte. Verzweifelt versuchte sie, den bitter nötigen Schlaf zu finden, doch ihre Gedanken kreisten um die Geliebte und ließen ihr keine Ruhe. Eine weitere schlaflose Nacht stand Cora bevor, gefangen in Ängsten, Sorgen und Schuldgefühlen.

– 20 –

Ein kurzer, spitzer Schrei ließ Cora aufblicken. Sie beendete das Telefonat und ging zum Eingangsbereich der Agentur, aus dessen Richtung er gekommen war. Schon nach wenigen Schritten erkannte sie die Ursache. Im Empfangsbereich herrschte Totenstille, keiner der Anwesenden rührte sich. Die Gesichter spiegelten Entsetzen, Mitleid, das ein oder andere Fassungslosigkeit. Die junge Frau am Empfang hielt die Hand vor den Mund und hatte Tränen in den Augen, während die Telefone heiß liefen.

»Guten Morgen Cora, ich hoffe, ich störe nicht? Ich muss dich sprechen.«

Viktorias Worte brachten Bewegung in den Bereich, alle Anwesenden eilten in unterschiedliche Richtungen, die junge Frau am Empfang senkte den Kopf und nahm einen Anruf entgegen.

»Ich hatte mich schon gefragt, ob Sie der Aufgabe, das Telefon zu bedienen, noch gewachsen sind«, bemerkte Viktoria eisig und ließ sie zurück. Cora folgte ihr. Viktorias Mantel mit hochgestelltem Kragen entging ihr ebenso wenig wie die ungewöhnlich sportlich elegante Aufmachung. Eine selbstbewusste Erscheinung mit unverwechselbarem Stil. Cora schloss die Tür und bot ihr an, Platz zu nehmen.

»Danke, ich brauche nicht lange.« Viktoria zog das Couvert aus der Tasche und warf es auf den Tisch. »Ich habe bereits mit Jason telefoniert. Ich akzeptiere sein Angebot.«

»Warum bist du gekommen? Du hättest es per Post schicken können und dir —«

»Die Schmach ersparen?«, schnitt Viktoria ihr ins Wort. »Du solltest mich besser kennen, Cora! So etwas mache ich noch immer persönlich. Ich bin so, wie ich bin! Dafür werde ich mich nicht länger schämen. Außerdem«, sie musterte Cora einen Augenblick eindringlich, bevor sie weitersprach, »finde ich es nur passend, dir die Hand zu reichen und dir für deine unermüdliche Mitarbeit und Loyalität in den vergangenen Jahren zu danken. Ich wünsche dir alles Gute! Ich habe immer gern mit dir gearbeitet, Cora. Und Jason meine Empfehlung für dich ausgesprochen. Du bist die Einzige, die diesem Affenstall Herr werden kann.« Viktoria vergrub die Hände in den Taschen und sah in den strahlend blauen Himmel über der Spree. »Den Ausblick vermisse ich.«

Cora trat neben sie ans Fenster. Die Oberbaumbrücke strahlte in ihrer ganzen Pracht und bot einen herrlichen Kontrast zu den Farben des Wassers. Der dichte Verkehr gab dem Ausblick die nötige Geschäftigkeit. Die geschichtsträchtige Vergangenheit verschmolz hier malerisch mit den Versprechungen der Zukunft. Cora wusste, ihre ehemalige Vorgesetzte hatte immer Ruhe und Inspiration darin gefunden.

»Was wirst du tun? Hast du schon Pläne?«

Viktoria wandte ihr das Gesicht zu und lächelte, bevor sie ein letztes Mal hinaussah.

»Das wird sich zeigen. Ich muss los, schick mir bitte meine persönlichen Sachen zu.«

»Wie so oft erstaunst du mich«, Cora zögerte einen Moment, bevor sie weitersprach. »Viktoria, ich weiß, du glaubst mir nicht, aber ich habe auch nach deinem Unfall versucht, hinter dir zu stehen, nur —«

»Du brauchst mir nichts zu erklären, Cora! Ich weiß, wie die Dinge hier laufen, sei unbesorgt! Viel Erfolg!«

Viktoria drückte Cora leicht am Arm, wandte sich mit einem geheimnisvollen Lächeln ab und ließ sie zurück. Die Tür fiel sanft ins Schloss. Noch bevor Cora einen klaren Gedanken fassen konnte, ging die Tür erneut mit Schwung auf und Sven erschien im Türrahmen.

»Sie steigt aus! Und sie will die Scheidung! Sie kommt einfach in mein Büro, knallt mir den Satz an den Kopf und lässt mich wie einen Lakaien stehen!«, rief er und baute sich sichtlich entrüstet vor Cora auf, während sie entnervt Svens Blick standhielt.

»Was hast du erwartet? Eine Erneuerung des Ehegelübdes?«

»Nein, ich —«

»Verstehe, du wärst gerne derjenige gewesen, der darum bittet?«

»Es kam so unerwartet, das ist alles.«

Cora konnte sich nicht länger beherrschen, nahm betont langsam Platz und verschränkte die Arme.

»Sven, du vögelst seit Wochen mit Monika! Sofern die Gerüchte stimmen, wohnt sie mehr oder weniger bei dir. Du hast nie versucht, Viktoria zurückzugewinnen, geschweige denn, sie um Verzeihung für dein feiges und geschmackloses Verhalten zu bitten! Wovon träumst du eigentlich nachts?« Sie lehnte sich vor und sah Sven direkt in die Augen. Er hielt ihrem Blick nicht lange stand, sondern schaute betreten auf seine Füße. *Du unsagbarer Feigling*, dachte Cora. *Du schwanzloses Etwas!*

»Ich weiß, es macht keinen Sinn. Aber, irgendwie fehlt sie mir.« Cora brach in schallendes Gelächter aus. Die ganze Anspannung der letzten Wochen floss in ihr Lachen ein. Svens Gesichtsausdruck schwenkte von betreten zu verärgert, während sie versuchte, sich wieder in den Griff zu kriegen. Entnervt wandte er sich ab.

»Natürlich fehlt sie dir! Sie hat dir permanent Zucker in den Arsch geblasen und alles getan, um dir zu gefallen! Unglaublich, aber wahr! Klar vermisst man eine solche Frau! Besonders eine, die beruflich weit mehr auf dem Kasten hat! Jetzt geh und leck deine Wunden, ich habe Besseres zu tun, als dich zu trösten«, rief Cora ihm hinterher.

Sven drehte sich auf dem Absatz um. »Das wirst du bereuen! Du hast gerade einen groben Fehler begangen!«

Cora schenkte weder seinen Worten Beachtung, noch der Tatsache, dass er die Tür mit Wucht zuknallte.

Als das Telefon kurz nach Mittag klingelte, hatte Cora eine Lösung für die anstehende Präsentation gefunden. Die Nummer des Anrufers trug nicht dazu bei, ihre Laune zu heben.

»Ich gratuliere!« Jasons Stimme klang sichtlich erfreut. »Diese Aufgabe haben sie mit Bravour gemeistert.« Cora vernahm den Abschlag eines Golfballes in der Leitung und verdrehte die Augen. »Eins schätze ich an ihr«, fuhr Jason fort, »sie wusste immer genau, wann es von Vorteil ist, eine Niederlage einzugestehen. Schlaues Kind! Trotzdem möchte ich Ihnen danken, Cora! Sie haben den Weg dafür geebnet und das in absoluter Rekordzeit! Glückwunsch! Übrigens hat Viktoria Sie für ihren Posten vorgeschlagen.«

»Ich weiß, sie war bereits hier.«

»Tatsächlich?«

»Ja, sie wollte persönlich Abschied nehmen.«

»Weltklasse, diese Frau! Alle Achtung! Wir sprechen uns bald! Und noch mal, meinen Glückwunsch!«

Cora ging zum Fenster. Das strahlende Blau des Himmels passte nicht zu ihrer Verfassung, sie fühlte sich leer, trostlos. Die Aussicht, in Viktorias Fußstapfen zu treten, ließ kein Hochgefühl aufkommen, denn wenn sie es recht überlegte, war ihr der Gedanke zuwider. Eine SMS schreckte sie auf.

> Das lange Warten hat bald ein Ende. Ich liebe dich, vergiss das nicht. M

Cora las die Nachricht noch viele Male, bevor sie ihr Smartphone beiseitelegte. *Zeit, mich auf meine Arbeit zu konzentrieren*, ermahnte sie sich, *die heiße Phase ist eingeleitet!*

Die Schlüterstraße war belebt, die umliegenden Restaurants freuten sich über genügend Publikum, Spaziergänger bevölkerten die Gehwege. Cora schaute zur obersten Etage hinauf. Viktorias ehemalige Wohnung lag im Dunkeln. *Die beiden sind also unterwegs*, überlegte sie. *Mal sehen, ob ich Glück habe.* Ohne zu zögern, ging Cora Richtung Kantstraße und blieb dabei dicht an der Hauswand. Im Schutz der Dunkelheit hatte sie einen guten Blick auf das Lokal und erkannte mühelos Monika und Sven, die beschwingt das Restaurant verließen. Cora drehte sich zu einem Hauseingang, um unerkannt zu bleiben. Gesprächsfetzen drangen zu ihr hinüber, als die beiden die Mommsenstraße überquerten und Richtung Ku'damm liefen. Sie folgte ihnen dicht auf und sah, wie Sven Monika beim Gehen enger an sich heranzog, während seine Hand über ihr fülliges Hinterteil glitt. Geschickt drehte er Monika plötzlich um und drückte sie an die Hauswand. Cora blieb wie angewurzelt stehen und suchte Schutz, um unentdeckt das Geschehen beobachten und hoffentlich hören zu können, was sie miteinander tuschelten. Sie stand nah genug, um zu sehen, wie die beiden eng umschlungen an der Wand lehnten und sich leidenschaftlich küssten. Cora hörte Sven stöhnen, als sie beobachtete, wie seine Hand sich von der Hüfte abwärts bewegte. Monika ließ ihn gewähren, um ihm kurz darauf Einhalt zu gebieten.

»Wir sind gleich da! Die Leute schauen schon!«, hörte Cora sie sagen.

»Na und?«

Monikas Lachen klang verspielt. »Komm mit, ich will dich, jetzt! In der Wohnung kann ich dir weit mehr Vergnügen bereiten.« Ein Kuss unterstrich ihr Versprechen. Sven vergrub sein Gesicht in ihrem Ausschnitt.

»Na dann los, ab mit dir!« Ein Klaps auf den Po trieb Monika in die gewünschte Richtung, während ihr Kichern durch die Straße klang. Vorsichtig folgte Cora ihnen und konnte den Schock über das, was sie gesehen hatte, kaum verkraften.

Kurze Zeit später sah sie die beiden im Hauseingang verschwinden und lehnte die Stirn gegen die kalte Hauswand. Die steigende Übelkeit nahm zu. *›Ich liebe dich‹ sieht anders aus*, hallte es in ihrem Kopf.

»Ist alles in Ordnung?« Ein Spaziergänger mit einem Hund schreckte sie auf. Verwirrt schaute Cora auf. Der kleine Dackel fing an zu bellen.

»Aus, Tiger!«

»Ja, alles bestens, danke!«

Cora ließ die beiden passieren, die Übelkeit nahm überhand. Sekunden später entleerte sie ihren Magen im Rinnstein und fand Halt an einem Verkehrsschild. Matt und erschöpft zog sie die Jacke enger, sah noch einmal zur Wohnung hinauf und ging wie ein geschlagener Hund Richtung Ku'damm. Mit gesenktem Kopf eilte Cora die Straße entlang und verbarg die Tränen hinter ihrer Haarpracht.

Sven lag wach im Bett. Monika hatte ihr Versprechen gehalten und ihn ausgiebig verwöhnt. *Diese Frau ist einfach unglaublich*, beglückwünschte er sich und stand auf. Wie so oft hatte sie nicht eingewilligt zu bleiben, eine Tatsache, die sein Glücksgefühl trübte.

Anfang der kommenden Woche werde ich den Mietvertrag im Alleingang übernehmen. Schon mal ein Schritt in die richtige Richtung, überlegte er. Den Gedanken an Viktorias kurzem Auftritt am Vormittag schob er vehement beiseite. *Sie hat es immer verstanden, mir ein Gefühl der Minderwertigkeit zu vermitteln,* dachte er, *aber das ist jetzt vorbei!*

Sven drehte die Dusche auf und malte sich unter dem warmen Wasserstrahl die gemeinsame Zukunft mit Monika aus. Seine Fantasien schlugen Purzelbäume, bis Viktoria ihm wieder in den Sinn kam.

Sie hat mir heute einen Gefallen getan, überlegte er. *Ich muss sie nicht mehr bemitleiden. An ihrem Unfall war sie selbst schuld! Und in der letzten Zeit war sie immer so verdammt anstrengend, im Bett hat es kaum noch geklappt. Machtbesessene Weiber sind ein Abtörn! Kein Wunder, dass ich mich anderweitig umgeschaut habe! Jetzt wird sie niemanden finden, der sie flachlegt. Und mit der Karriere ist es vorbei.*

Sven schaltete die Dusche aus, griff sich ein Handtuch und trat ans Waschbecken. Wohlwollend betrachtete er sein Spiegelbild. *Ich sehe immer noch verdammt gut aus,* lobte er sich. *Und ich weiß, was die Mädels wollen!* Sven trocknete sich ausgiebig und legte großzügig sein Lieblingsparfüm auf, *Egoiste* aus dem Hause Chanel.

Trotzdem, ich werde mich Viktoria gegenüber anständig verhalten, entschied er, *schließlich habe ich sie einmal geliebt!* Er warf den Bademantel über und lächelte sich ein letztes Mal an, seine Müdigkeit war verflogen. Er lief die Treppe hinunter, ging schnurstracks zum Barschrank und gönnte sich einen Whiskey. Mit dem Glas in der Hand ging Sven zum Fenster und sah hinaus. Der Ku'damm lag in der Stille der Nacht, vereinzelt rauschte ein Taxi vorbei.

Der Anblick ließ einen Funken Mitleid in Sven aufkommen. Viktoria hatte diesen Ausblick geliebt. *Sie hat echt die Arschkarte gezogen,* schoss es ihm durch den Kopf. *Ohne Mann, ohne Job, ohne Gesicht. Ist schon bitter! Aber ich kenne sie, selbst wenn ich es versuchen würde, sie lässt keine Hilfe zu! Ich sorge dafür, dass die Scheidung zivil abläuft, mehr will sie sowieso nicht! Das müsste ja wohl zu schaffen sein. Und dann werde ich mit dem Kapitel Viktoria Neufeld abschließen, meine Lehrjahre sind vorbei. Ich leite die Firma und Monika wird die starke Frau an meiner Seite. Jeder wird mich um sie beneiden!* Sven lächelte verträumt und leerte das Glas in einem Zug. *Mann oh Mann*, dachte er, *ich kann's kaum noch erwarten.*

Ungläubig starrte Erna auf die Berge von Kartons. Mit dem Finger zählte sie jeden Einzelnen und sah Viktoria schließlich kopfschüttelnd an.

»Det is jetzt nich dein Ernst?«

»Was?«

»Na, dette! Klamotten? Der janze Haufen? Wie willsten die hier unterbringen? Willste anbauen?«

»Ich werde einen Großteil davon verkaufen. Wird mein Startkapital aufstocken.«

»Wat 'n für 'n Startkapital?«

»Ich hab mich von der Werbebranche verabschiedet, ich fang komplett neu an.«

»Kiek ma eener an, wir machen Fortschritte! Det jefällt mir!«

Viktoria lächelte, sie hatte Erna ins Herz geschlossen, die Frau besaß Rückgrat und Charakter.

»Und, wat willste jetzt anstellen?« Erna ging zum Küchentisch. »Viktorias Geheimnisse, ick geh kaputt! Kann ick mal rinkieken?«

»Lesen, was da steht, Erna.«

»Verstehe, wir machen's spannend! Auch det jefällt mir«, Erna schaute in die offene Wohnküche.

»Ick war in der Küche nie zu jebrauchen. Für meene Eltern war det 'ne Katastrophe, zumal in der damalijen Zeit! Da lief der Hase noch anders. ›Du krichst nie 'nen Mann‹, hat meen Alter immer jebrüllt. Stimmt! Aber dafür 'ne Arbeit und meene Freiheit. Bereut hab ick's nie!«

»Kommst du aus der Gegend?«

»Det is meen Kiez! Hier bin ick und hier bleib ick! Auch ohne Bausparvertrach.«

»Und ohne dich wäre es nur halb so unterhaltsam, Erna!«

Erna lächelte und tätschelte ihre Hand. »Det haste nett jesagt, Kindchen.«

Es klingelte an der Tür. Viktoria ging, um zu öffnen. Als Tommys Blick auf die Kartons fiel, sah er sie besorgt an.

»Gehst du weg?«

»Nein, Tommy. Ich habe meine Kleider nachkommen lassen.«

Ungläubig trat er ein. »Was macht man mit so vielen Anziehsachen?«

»Zum Beispiel verkaufen.«

»Warum?«

»Weil es nicht mehr zu mir passt. Das, das ist Vergangenheit«, mit einem Hauch von Wehmut schweifte ihr Blick über die Kartons.

»Also werden wa ihr beim Sortieren helfen. Richtig, meen Kleener?«

»Erna! Erna!« Tommy hob die Arme und tänzelte freudig auf und ab.

Stunden später lagen zahllose Designerstücke über das Wohnzimmer verteilt. Ernas Staunen nahm kein Ende. Tommy hielt einen Mantel von Chanel hoch und bewunderte ihn.

»So schön, so schön!« Behutsam schmiegte er den Stoff an seine Wange.

»Der kommt in die Ecke mit den Sachen, die bleiben«, wies Viktoria ihn an. Begeistert legte Tommy ihn zu dem kleinen Stapel.

In der kommenden Woche arbeitet Viktoria jeden Tag unermüdlich. Die Arbeit bekräftigte sie in ihrem Vorhaben.

Mit Erstaunen stellte sie fest, wie leicht ihr der Abschied von einem Großteil der Sachen fiel. Immer öfter stand sie kopfschüttelnd vor einem Karton, dessen Inhalt sie lange Arbeitsstunden gekostet und Unmengen an Geld verschlungen hatte.

Sie hielt ihr Versprechen und machte jeden Tag eine kleine Pause, um mit Erna den rituellen Kaffee einzunehmen. Noch am Vortag hatte sie den Apotheker wieder besucht.

»Heute ohne Wachhund?«, hatte er gefragt.

»Allerdings. Erwartet mich im Café. Wenn ich nicht pünktlich erscheine, gibt's Ärger!«

»Das müssen wir verhindern! Was darf es sein?«

»Ihre üblichen Empfehlungen.«

»Das hört man gern! Kommt sofort.«

Wenig später stand die Tüte gepackt. Der Apotheker legte noch Traubenzucker hinein. »Hält scharfe Wachhunde bei Laune.«

Erna hatte Viktoria bereits erwartet, als sie kurz darauf eingetreten war.

»Mit freundlichen Grüßen vom Apotheker ihres Vertrauens«, lächelnd legte Viktoria die Stange Traubenzucker auf den Tisch.

»Kiek an, noch 'n Verehrer?«

»Nein, Erna. Die sind ausdrücklich für dich.«

Ein Strahlen erhellte Ernas Gesicht. »Schade, der is leider zu jung! Ick steh nich uff die Madonna-Methode. Halte mich strikt an kinderfreie Zonen.«

Max war kurz darauf am Tisch mit Kaffee und Keksen erschienen. Auf seinem roten T-Shirt stand: »Mich kann man mieten.«

»Ich überleg's mir, Max«, lachte Viktoria.

»Danke. Du weißt ja, die Hoffnung stirbt zuletzt.« Ernas kehliges Lachen hatte ihn bis hinter den Tresen begleitet.

Die darauffolgenden Tage brachte Viktoria den Rest der Aufgabe mit Schwung zu Ende. Die Angebote verschiedener Onlineportale für Luxus-Second-Hand-Artikel belohnten ihre Anstrengung. »Zeit in die Bresche zu springen und loszulegen«, entschied sie, griff nach Schal und Mantel und marschierte Richtung Café.

»Viktoria, Viktoria!«, freute sich Tommy, als sie ihm entgegenlief.

»Machst du mir einen Kaffee?«

»Ja, ja!«

»Ist Max da?«

»Nein. Max kommt erst morgen wieder.«

Kurz darauf erschien Jojo mit der Bestellung. »Tommy sagt, du möchtest Max sprechen? Kann ich dir helfen?«

»Danke, nein. Rein persönlich!«

»Verstehe«, Jojo lächelte vielsagend.

»Wohl kaum. Wie laufen die Geschäfte?«

Jojos Miene verfinsterte sich. Er steckte die Hände in die Taschen und sah Viktoria prüfend an.

»Wie kommst du darauf?«

»Weil ich mich frage, wie ein konzeptloser Laden wie deiner in dieser Kiezlage überlebt. Die Bergmannstraße ist der Kreuzberger Ku'damm, die Mieten sind schwindelerregend.«

Jojos Miene verfinsterte sich bei ihren Worten zunehmend. »Alles bestens. Wir verfügen über genügend Stammkundschaft, zu der du mittlerweile gehörst.« Er lächelte gequält.

»Schön zu wissen. Grüß Max von mir! Tommy sagt, er ist morgen da?«

»Am Nachmittag, passend zu deinem Kaffee.«

»Ich kann's kaum erwarten.« Viktorias abwertendes Lächeln erzielte die erwünschte Wirkung, Jojo zog sich hinter den Tresen zurück.

Pünktlich am Folgetag saß Viktoria wieder im Café. Tommy begrüßte sie wie immer freudig und eilte davon, um ihren Kaffee zuzubereiten. Kurz darauf erschien Max mit der Bestellung. Der Lauf eines Revolvers schmückte das T-Shirt des Tages. Darunter stand: »Es gibt viele Arschlöcher und zu wenig Kugeln.«

»Ist das auf mich gemünzt?«, fragte sie mit einem Augenzwinkern.

»Niemals. Obwohl ich nicht für Jojo sprechen kann.« Mit einem vielsagenden Blick stellt er den Kaffee mit Keksen ab. Viktoria betrachtete die Herzform. »Mit schönen Grüßen von ihm. Ihr beide scheint euch ja zu lieben.«

»Wie laufen die Geschäfte wirklich, Max?«

»Warum fragst du?«

»Persönliches Interesse.« Ihr Blick schweifte vielsagend in Tommys Richtung.

»Verstehe. Geht so.«

»Max, für einen angehenden Mathematiker ist deine Aussage sehr vage.«

»Firmengeheimnis.«

»Käme ein Partner in Betracht?«

»Gute Frage. Solange es sich dabei nicht um dich handelt, möglicherweise. Ansonsten liegt die Wahrscheinlichkeit bei null.«

»Endlich mal eine konkrete Aussage! Wie ich sehe, erfreue ich mich großer Beliebtheit.«

»In seinem Fall schon.«

»Jetzt noch mal zu meiner Frage: Wie lange kann er sich weiterschleppen? Tommy sprach von einem nötigen Wunder.«

»Hoher Wahrheitsgehalt.«

»Max, ernsthaft! Ich habe eine Idee und ich muss wissen, wie viel Zeit mir für die Umsetzung bleibt!«

»Keine, spar dir die Mühe! Du kommst als Partner nicht in Frage.«

»Ich sehe das anders. Letztendlich ist Jojo ein Geschäftsmann, oder?«

»Wenn der Wunsch allein zählt, sagen wir ja. Ich wette dagegen.«

»Um wie viel?«

»Einen Cent.«

»Schlag ein«, Viktoria reichte ihm die Hand.

»Wir machen es spannend. Du hast zwei Wochen Zeit, Deal?«

»Deal!«

Erna erschien in der Tür und kam schnurstracks auf die beiden zu. »Pappnase, Zeit für meenen Kaffe!«

»Kommt sofort!« Max verschwand mit einem siegessicheren Blick hinter dem Tresen.

»Du kiekst, wie 'ne Katze die 'nen Vojel verschluckt hat.«

»Ich habe einen Plan, Erna.«

»Kiek ma eener an, det jefällt mir! Ick profitier hoffentlich och davon?«

»Allerdings!«

»Na denn mach ma hinne, ick kann's kaum erwarten!«

Zahlreiche Kerzen spendeten Licht in der kleinen Dachgeschosswohnung. Viktoria ging zum Küchentisch, der mittlerweile als Arbeitsplatz diente. Die rote Chronik und kopierte Passagen für das künftige Vorhaben lagen fein säuberlich platziert. Auf ihrem Rechner beherbergte ein Ordner die kaufmännischen Vorgaben über verfügbares Kapital, ein Business-Plan und das Konzept. Sie dachte an die Wette mit Max und überlegte, ob es nicht leichtfertig gewesen war, sich darauf einzulassen.

In Kreuzburg tobte ein schwerer Regensturm. Dicke Regentropfen prasselten gegen das Fenster und heizten Viktorias innere Unruhe an. Das Klingeln ihres Smartphones schreckte sie auf.

»Viktoria, störe ich?«

»Im Gegenteil, Vater! Bitte entschuldige, dass ich mich nicht gemeldet habe.«

»Nicht der Rede wert, ist das Päckchen gut angekommen?«

»Ja, danke. Ich sitze gerade davor.«

»Wie geht es dir?«

Einen Moment lang schwieg sie. »Ich habe Angst, Vater.«

»Du?«

»Ja, ich! Ich —«, Viktoria brach ab und rieb sich die Stirn. »Ich lehne mich ziemlich weit aus dem Fenster.«

»Wie das?«

»Ich habe das Ausstiegsangebot der Agentur angenommen und will mit einem neuen Projekt durchstarten, ohne zu wissen, ob ich es überhaupt kann.«

Paul Seebergers tiefes Lachen tönte durch die Leitung und steigerte Viktorias Nervosität. Sie beobachtete das Fenster, das den prasselnden Tropfen standhielt.

»Mein liebes Kind, das ist völlig verständlich! Sei stolz auf die Fortschritte der letzten Wochen! Ich staune nicht schlecht.«

»Du hast Recht. Ich muss nach vorne schauen, sonst geht das in die Hose.«

»Du warst noch nie verzagt, Viktoria. Fang jetzt nicht damit an. Reine Zeitverschwendung! Biete dem Leben die Stirn und kämpfe, das konntest du schon immer am besten.«

»Du hast recht, Vater!«

»Weißt du eigentlich, was aus diesem Vollidioten Pfefferkorn geworden ist?«

»Nein.«

»Bankkaufmann in der hiesigen Sparkasse, nicht mal zum Filialleiter hat er es gebracht! Deine Freundin, Nanni, die mit den vielen Pickeln, hat es geschafft, ihm den Posten vor der Nase wegzuschnappen. Ausgerechnet, wo er sie doch immer gnadenlos gehänselt hat! Ich wäre manchmal zu gern ein Mäuschen dort. Noch Fragen?«

Viktoria lächelte. »Nein, Vater! Danke für die Info!«

»Gute Nacht, mein Kind. Und viel Erfolg! Ich glaube fest an dich!«

Seine Worte hingen Viktoria noch lange nach, schweigend saß sie und lauschte dem Gewitter, das allmählich nachließ. Regentropfen rieselten langsam die Scheibe herab, der Höhepunkt des Sturms war überschritten. Tief in Gedanken saß sie und beobachtete, wie das Unwetter abebbte und Stille eintrat. Vater hat schon immer verstanden, mich zu beschwichtigen, überlegte sie und merkte plötzlich, wie sehr er ihr in den vergangenen Jahren gefehlt hatte.

Viktoria ging zur Terrassentür und öffnete sie. Die Luft roch herrlich nach Regen. Sie spürte die Ruhe, die in ihr einkehrte. Der Himmel war noch grau und verhangen, aber nicht mehr so bedrohlich wie zuvor. Der Wind hatte nachgelassen und schien die Wolken voranzutreiben, weit weg von den Dächern der Stadt.

Mit verschränkten Armen sah Viktoria in den Himmel. Sie schob die Gedanken an das Vorhaben der Zukunft beiseite, immer noch unschlüssig über den Weg, der vor ihr lag, und ließ sich in den Erinnerungen längst vergangener Zeiten treiben.

– 22 –

Die offene Wohnküche glich einem Schlachtfeld. Schmutzige Kochlöffel, Schalen und Bleche belagerten die Spüle, die ganze Wohnung roch verbrannt. Verkrampft versuchte Viktoria, entspannt zu bleiben und scheiterte kläglich. Kein Ablauf saß. Der Apfelkuchen mit Zimtbutter landete im Müll. Der Pflaumen-Marzipankuchen war misslungen, weil sie vergessen hatte, die Backzeit einzustellen, und sich auf ihr Business-Konzept konzentriert hatte. Der Rotweinkuchen schmeckte zu stark nach Rotwein. Entnervt feuerte sie die Ladung in den Mülleimer. Scheppernd setzte die leere Form auf dem Spülhaufen auf. Sie wollte ein Paket Mehl hinterher feuern, als es an der Wohnungstür läutete. Wütend ging sie zur Tür, während es erneut Sturm klingelte. Viktoria öffnete die Tür einen Spaltbreit und spähte hinaus, wie erwartet stand Tommy vor ihr.

»Alles in Ordnung?«, fragte er besorgt.

»Ja. Ich bin nur beschäftigt.«

»Kann Tommy dir helfen?«

»Nein, lieb von dir. Ein anderes Mal!«

»Es riecht so komisch verbrannt«, Tommy zupfte nervös an seinen Haaren. »Ist wirklich alles in Ordnung?«

»Ja, Tommy! Bis bald!«

»Versprochen?«

»Aber ja!«

Viktoria schloss die Tür und lehnte sich dagegen. Als sie den Anblick der Küche sah, sank sie langsam in die Knie und schlug die Hände vors Gesicht. »Was habe ich mir nur dabei gedacht«, fluchte sie. »Warum, verdammt noch mal, klappt es nicht?«

Mühsam kam Viktoria wieder auf die Beine und ging zur Terrassentür. Sie riss die Tür auf und trat nach draußen in den kühlen Herbsttag. *Wie kann man nur so bescheuert sein*, ärgerte sie sich. *So absolut größenwahnsinnig! Du eingebildete, blöde Kuh!* Sie presste die Fäuste gegen die Schläfen und lehnte die Stirn an das kalte Geländer.

Ein kleiner Vogel ließ Viktoria kurze Zeit später aufblicken, der unweit von ihr landete. Der zierliche Kopf drehte und wendete sich. Unruhig sah er zu ihr und spähte erneut in die Ferne. Plötzlich setzte er zum Flug an und verschwand in Windeseile. Wehmütig schaute sie ihm nach und kehrte schließlich in die Wohnung zurück.

Überall roch es verbrannt. Viktoria ging zur Arbeitsfläche, ließ die Hand in einen kleinen Mehlhaufen sinken, spielte geistesabwesend mit der samtig weichen Masse und dachte angestrengt nach. Was ist heute anders als früher? Eine unsichtbare Wand schien die Gegenwart von der Vergangenheit zu trennen. Sie betrachte die feine Staubwolke, die ihr Fingerspiel verursachte.

Die Antwort auf ihre Frage kam schleppend. *Du hast dich verändert, um hundertachtzig Grad gedreht! Die sorglose, dicke, kleine Vicky existiert nicht mehr. Du bist Viktoria Neufeld, die Agenturchefin, vor denen die meisten sich fürchten. Zumindest warst du das vor einigen Wochen noch. Und jetzt? Wer bist du jetzt?* Sie klopfte die Hände ab und ließ das Chaos zurück.

Im Badezimmer kam sie vor dem Spiegel zum Halt und schwieg. *Wie ich dieses Aussehen hasse*, schrie Viktoria innerlich und schlug wütend mit den Fäusten gegen das Waschbecken. *Bin ich das? Muss ich das sein?*

Verloren zwischen ihrem alten Selbst und dem Jetzt stand Viktoria und weinte, ließ der Wut, Verzweiflung und Trauer der letzten Wochen freien Lauf. Kauernd sank sie vor der Badewanne zusammen und schluchzte. Regine Kolloffs Worte fielen ihr wieder ein: *Das Schicksal hat Ihnen einen schweren Schlag versetzt, darüber besteht kein Zweifel. Tun Sie sich einen Gefallen. Baden sie nicht länger als nötig in Selbstmitleid. Sie wissen nie, was noch kommt.* Als ihr die Kraft zum Weinen fehlte, schlief sie erschöpft auf dem Boden ein.

Als Viktoria erwachte, dämmerte es. Mühsam stand sie auf, spülte das verheulte Gesicht mit kaltem Wasser ab und betrachtete erneut den Spiegel. Nach mehreren Minuten streckte sie ihrem Spiegelbild die Zunge raus, schnitt unzählige Grimassen, erschrak sich dabei mehrmals selbst und brach in ein befreiendes Lachen aus.

Das Schlachtfeld des Vormittags erwartete Viktoria bei der Rückkehr in die offene Wohnküche. Resolut schob sie die Ärmel zurück und begann, das Chaos zu beseitigen. Als eine saubere Küche ihr entgegenstrahlte, ging sie zur Nachbartür und klingelte. Tommys eilende Schritte waren zu hören, bevor die Tür aufging und sein besorgtes Gesicht im Türrahmen erschien.

»Wo warst du? Tommy hat sich Sorgen gemacht!«

»Ich hatte etwas zu erledigen. Hast du Hunger?«

»Ja. Tommy kocht Makkaroni, willst du auch welche?«

»Gerne!«

Lächelnd stand Viktoria kurze Zeit später vor Tommys kleiner Kochnische und beobachtete, wie er die Tomatensauce beschwingt in einem Topf erwärmte. Das Blubbern des Nudelwassers begleitete die Melodie, die er dabei summte und ein appetitlicher Geruch verteilte sich im Raum.

»Soll ich den Tisch decken?«

»Nein! Das macht Super-Service-Man!«

»Aber ich kann dir doch helfen!«

»Tommy macht das gerne!«

Summend deckte er den Tisch. Viktoria beobachtete stillschweigend, wie er wenig später die Makkaroni mit Tomatensauce bedeckte und liebevoll auf dem Teller anrichtete. Den Parmesan verstreute er schwungvoll mit einem großen Löffel.

»Fertig, fertig!«, lachte Tommy und zog einen Stuhl für sie hervor.

»Das sieht toll aus«, befand Viktoria, »wie gemalt!«

Begeistert klatschte Tommy in die Hände und nahm Platz. Die gesamte Portion verschwand in Rekordzeit. Als die Töpfe keinen Nachschlag mehr boten, lehnte sich Viktoria zufrieden zurück.

»Ich platze gleich! Das war köstlich!«

»Hurra, hurra!« Erfreut streckte Tommy die Arme in die Höhe.

»Hast du dir das beigebracht?«

»Nein, Marly, Tommys Oma. Sie ist leider tot.« Ein Schatten huschte über sein Gesicht. »Tommy vermisst sie. Ohne Marly wäre Tommy nicht Super-Service-Man.«

»Verstehe. Dir macht Kochen Spaß, stimmt's?«

»Ja, aber am Anfang nicht! Da ging immer alles daneben«, er lachte vergnügt. »Marly hat immer gesagt: Tommy, wir üben das so lange, bis es klappt! Und dann hat es plötzlich Spaß gemacht! Üben, üben, üben, bis es klappt! Das hat Tommy gemacht! Wollen wir ›Mensch ärgere dich nicht‹ spielen?«

»Gute Idee!« Viktoria stand auf und begann, den Tisch abzuräumen.

»Tommy macht das später, lass es stehen! Jetzt müssen wir spielen!«

Auch an diesem Abend ging Tommy als der klare Sieger hervor, erfreut klatschte er in die Hände.

»Wir haben beide gewonnen!«, rief er.

»Wieso?«

»Weil du dich nicht ärgerst! Tommy macht dafür den Abwasch!«

»Aber nur heute, einverstanden?«

»Einverstanden! Kommst du morgen ins Café? Max hat schon nach dir gefragt. Und Erna auch!«

»Mal sehen, ich habe eine Überraschung für dich. Und ich kann erst vorbeischauen, wenn sie fertig ist.«

Wieder klatschte Tommy erfreut in die Hände, sein Gesicht strahlte.

»Tommy liebt Überraschungen, hurra, hurra, hurra!«

»Gut, dann muss ich jetzt weitermachen.«

Tanzend begleitete er Viktoria zum Eingang. Mit einem Lächeln öffnete sie die Tür, nachdem Tommy sie überschwänglich verabschiedet hatte.

Zurück in ihrer Wohnung ging Viktoria zum Küchentisch und studierte ein Rezept. »Das ist es, damit werde ich ihn überraschen«, entschied sie. Doch auch die darauffolgenden Tage brachten kein besseres Ergebnis.

Erna saß mit zwei Tassen Kaffee parat, als Viktoria ein paar Wochen später im Café eintraf. Tommy lief freudestrahlend auf sie zu und klatschte aufgeregt in die Hände.

»Hast du meine Überraschung dabei?«

»Morgen, Tommy! Am Mittag kommst du kurz zu mir und dann bringen wir sie hierher, abgemacht?«

»Hurra! Ja, das machen wir!«

»Wat 'n für 'ne Überraschung?«

»Überraschung!«, riefen beide im Chor und lachten.

»Det jefällt mir!«

Viktoria setzte sich zu Erna und nahm einen Schluck Kaffee. Als sie aufschaute, stand Max vor ihr. Ein breites Grinsen schmückte sein Gesicht. Das T-Shirt des Tages trug die Botschaft: »Ich nehme keine Drogen, ich bin so.«

»Du schuldest mir einen Cent.«

»Stimmt, aber den Verlust war es wert! Morgen ist es soweit.«

Max stand und lachte. »Alter! Das will ich sehen! Ich hab frei. Trotzdem, ich komm gerne vorbei! Jojos Laune verschlechtert sich mit jedem Tag, deine Chancen stehen also gleich null.«

»Warten wir's ab.«

»Ick versteh nur noch Bahnhof, aber ick bin dabei! Det lass ich mir nich entjehen!« Erna verschränkte die Arme und lehnte sich demonstrativ zurück.

»Übrigens, du siehst irgendwie anders aus. Besser, finde ich.« Max musterte Viktoria eindringlich.

»Ich hab ein wenig zugelegt in den letzten Tagen. Hat mit meinem Projekt zu tun.« Geheimnisvoll zwinkerte sie Max zu. »Im Gegensatz zu früher kann ich entspannter mit der Waage umgehen.«

»Steht dir. Definitiv! Lässt dich nicht so —«, er brach ab und suchte nach dem passenden Wort.

»Dürr!«, befand Erna. »Nich mehr so 'n dürret Jestell. Jefällt mir!«

Viktoria lächelte, als Jojo mit finsterer Miene an ihnen vorbeischlappte. Er grüßte lustlos und begann, die Stühle zurechtzurücken. Viktoria nahm ihren Kaffee, entschuldigte sich und ging zu ihm.

»Grüß dich.«

»Hey, was geht?«

»Bist du morgen Mittag hier?«

»Ich bin jeden Tag hier. Warum fragst du?«

»Ich wollte vorbeikommen und mit dir reden.«

»Das kannst du jetzt auch.« Jojo widmete sich wieder den Stühlen. Als Viktoria schwieg, hörte er damit auf und sah sie an.

»Ich möchte mit dir ins Geschäft kommen.«

»Bin nicht interessiert, such dir ein anderes Opfer.« Wieder begann er, die Stühle zurechtzurücken.

»Meine Einschätzung ist, dass du bis Ende des Jahres zumachen kannst. Es sei denn, ein Wunder geschieht.«

»Ach ja?«

»Schon mal darüber nachgedacht, wie Tommy sich dann fühlt?« Viktorias Worte brachten Jojo zum Stehen. Verdrossen sah er sie an und schwieg. »Also«, fuhr sie fort, »mein Vorschlag lautet: Ich bringe morgen etwas mit. Wenn am Abend alles verkauft ist, gibst du mir eine Chance, den Rest klären wir später. Einverstanden?«

Schweigend stand Jojo und umklammerte die Stuhllehne, bis er schließlich die Augen schloss und tief einatmete. Viktoria wartete geduldig und leerte ihren Kaffee.

»Wenn nicht für dich, dann für Tommy. Ich denke, das bist du ihm schuldig.«

»Ich bin gespannt!« Ohne ein weiteres Wort ließ Jojo sie stehen und ging ins Café zurück.

Das war wohl ein Ja, entschied Viktoria im Stillen. Mit der leeren Tasse prostete sie Erna zu, stellte sie ab und trat den Heimweg an. Sie zog den Mantelkragen hoch, um die Kälte abzuwehren, und lief mit den Händen in den Taschen vergraben in Gedanken vertieft zurück. Ein entscheidender Tag lag vor ihr. Beherzt eilte Viktoria die Stufen hinauf und schloss beschwingt die Tür.

– 23 –

Alles stand feinsäuberlich aufgereiht, dunkelbraune Muffins mit rosa Zuckerguss und einer thronenden dunklen Kirsche in der Mitte füllten drei Kuchenbleche. Der Anblick glich einem Hochglanz-Werbefoto. *Perfekt*, freute sich Viktoria.

Das Klingeln an der Wohnungstür unterbrach sie. Viktoria schaute auf die Uhr. *Passt genau! Ich wusste, er kommt zu früh*, freute sie sich und ging zur Tür. Noch bevor sie öffnete, klingelte es erneut. Tommy stand im Türrahmen und zupfte nervös an seinen Haaren.

»Hast du Tommys Überraschung?« Er wollte weiterreden, aber starrte sie stattdessen erstaunt an. »Dieser Duft, er kommt von hier?« Noch ungläubiger als zuvor sah er sie an. »Tommy hat ihn schon im Treppenhaus gerochen. Er ist«, angestrengt suchte er kurz das passende Wort, »wunderbar!«

Viktoria schmunzelte, als er an ihr vorbeilief. Tommy verstummte, als er in der kleinen, offenen Wohnküche zum Stehen kam. *Mal sehen, ob er klatscht*, fragte sie sich. Nichts geschah. Tommy stand wie angewurzelt und schaute völlig verzückt auf den hölzernen Esstisch, so als habe er den Heiligen Gral entdeckt. Anstatt zu klatschen, hatte er die Hände zum Gebet gefaltet und ließ die Fingerspitzen gegeneinander trippeln.

»Das ist so schön«, hauchte er kaum hörbar, »so schön! Und der Duft, der Duft!« Tommy brach ab und betrachtete wieder Viktorias Kreation, die genauso gut roch, wie sie aussah. Viktoria lachte lauthals, Tommys Anblick war die Mühe wert gewesen.

»Möchtest du einen probieren?«, fragte sie ihn.

Begeistert klatschte Tommy in die Hände. »Oh ja, oh ja, oh ja!«

Auf einem kleinen Teller reichte Viktoria ihm einen Muffin und wartete gespannt mit verschränkten Armen. Tommy nahm einen großen Bissen und kaute genüsslich mit geschlossenen Augen. Ein sanftes Brummen erklang, bevor ein weiterer Happen folgte. Das Brummen hörte man jetzt laut und deutlich. Tommy verspeiste den gesamten Muffin schweigend. Die thronende Kirsche hielt er sich als krönenden Abschluss auf, leckte dann jeden einzelnen seiner Finger einen nach dem anderen ab, öffnete die Augen und sah Viktoria entzückt an.

»Tommy ist im Himmel!« Ein zartes Lächeln ging von Ohr zu Ohr.

»Wirklich?« Prüfend sah sie ihn an.

»Tommy schwört! Kriegt Tommy noch einen?«

»Nein.«

Vorwurfsvoll sah er Viktoria an. »Warum?«

»Weil wir noch viel zu tun haben!«, entschied sie und holte eine Einkaufstasche.

»Muffins kaufen?«, fragte er hoffnungsvoll.

»Muffins liefern, Tommy! Hier!« Viktoria reichte ihm den Beutel. Fragend sah er sie an. »Na los, schau nach, was es ist!«

Als Tommy ein Paket mit einer großen Schleife hervorzog, strahlten seine Augen.

»Ein Geschenk! Tommy liebt Geschenke!«

»Pack es aus!«

Begeistert begann er, die Schleife zu entfernen und das Papier aufzureißen. Eine rote Kochschürze kam zum Vorschein. Auf der Brustfläche war ein Superman-Logo eingestickt und in goldener Schrift stand darüber Super-Service-Man. Tommy ließ die Schürze langsam sinken, seine Augen funkelten feucht.

»Ist die für mich?«

»Kennst du noch einen Super-Service-Man?« Viktoria nahm die Schürze und streifte sie Tommy über. »Passt genau!« Sie trat einen Schritt zurück, betrachtete ihn prüfend und lächelte zufrieden.

»Im Schlafzimmer ist ein Spiegel. Geh dich ruhig bewundern!«

Ohne zu zögern, folgte Tommy der Aufforderung. Kurz darauf hörte Viktoria ein Glucksen und klatschende Hände. Sie lächelte, Tommy zu beschenken war die reinste Freude. Minuten später erschien er wieder in der Wohnküche.

»Aber zum Arbeiten kann Tommy sie nicht anbehalten! Sie wird sonst schmutzig!«, ereiferte er sich.

»In der Tasche sind noch mehr, für jeden Tag eine. Also, ab mit uns!« Tommys Applaus und Glucksen begleitete Viktoria zur Küche. Voller Stolz trug er die Schürze und trat neben sie.

»Wenn du das kannst, warum hast du dann in einem Büro gearbeitet?«

Die Frage kam unerwartet.

»Wichtig ist, dass ich mich wieder daran erinnert habe, nach all dieser Zeit.«

»Wie kann man so etwas vergessen?«

»Schluss damit! Wir müssen die Ladung ins Café bringen! Ich geh mir schnell die Hände waschen.«

Im Schlafzimmer fiel Viktorias Blick auf den Spiegel, in dem Tommy sich begutachtet hatte. Die große Stola, die sie darüber drapiert hatte, lag fein säuberlich gefaltet auf dem Bett. Einen Moment lang zögerte sie, bevor sie den Text entdeckte, der mit rotem Lippenstift darauf gekritzelt stand: »Schau mich an!« Darunter lächelte ein

Smiley sie an. Viktoria musste lächeln, legte die Stola beiseite und verließ den Raum.

Jojo betrachtete die Muffins und hatte Mühe, sich dem köstlichen Duft zu entziehen. Wie kleine Gemälde thronten sie vor ihm. Er hätte schreien können. Warum musste ausgerechnet diese arrogante Kuh solche Meisterwerke zaubern? Max, Erna und Tommy standen und bewunderten Viktorias Werk andächtig.

»Hier«, sagte Viktoria und verteilte Kostproben. Kauen und Stille folgten, bevor Max als Erster das Wort ergriff.

»Alter! Hammer! Wahnsinn, Mann!«

Tommy und Erna pflichteten ihm bei. Alle Augen ruhten auf Jojo, der sich lieber die Zunge abgebissen hätte, als ihm zuzustimmen. Adolf Herzig ersparte ihm eine Antwort. »Du hast mir gerade noch gefehlt«, fluchte Jojo leise.

Herzig trat auf die Gruppe zu. Bei Viktorias Anblick verschlug es ihm kurz die Sprache.

»Ach du ahnst es nicht, jetzt auch Monster im Angebot? Der Laden wird ja immer besser! Ist das deine neue Strategie, Junge? Die Rocky Horror Show?«

»Adolf Herzig, du bist und bleibst 'n Armleuchter! Keen Wunder, dass deine Frau jestorben is, bei so 'ner Jiftspritze wie dir! Komm Kindchen, wir nehmen 'nen Kaffe!« Tommy begleitete die beiden zu ihrem Tisch und Max verzog sich kopfschüttelnd hinter dem Tresen.

»Wer ist das?«, fragte Viktoria.

»Det ist der Vermieter. Stinkreich und verbittert«, antworte Erna, mit einem vernichtenden Blick in Adolfs Richtung.

»Tommy, bring ihm einen Muffin.« Entsetzt sahen beide sie an. »Bitte, tu was ich sage!«

Herzig staunte nicht schlecht, als Tommy widerstrebend mit einem Muffin vor ihm erschien. Er lehnte zunächst dankend ab, überlegte es sich aber anders, als er das Gebäck genauer betrachtete. Nach einem ersten Bissen sah er verwundert erst Tommy, dann Jojo an und bestellte gleich noch einen. Und ein Bier.

»Bier und 'nen Muffin, ick fasse et nich!«, wetterte Erna.

Viktoria schmunzelte und ging wortlos zu ihm.

»Seit wann gibt es hier genießbare Speisen? Wer hat die gemacht?« Fragend sah Herzig sie an.

»Ich«, antwortete Viktoria und hielt seinem Blick stand.

»Oh, Monstertörtchen also! Ich nehme noch zwei mit nach Hause.«

»Gern! Das macht neun Euro und fünfzig Cent. Und wir freuen uns über Trinkgeld.« Viktoria lächelte, alle Augen ruhten auf ihr.

»Ich zahle hier nie. Das ist mein Laden!« Entgeistert sah Adolf sie an.

»Ab heute schon! Das Bier übernehme ich. Tommy, Herr Herzig möchte gern zahlen! Kümmerst du dich bitte darum?«

»Ja, ja! Super-Service-Man kommt sofort!«

Max stimmte hinter der Theke in Tommys Grinsen ein, Erna klatschte in die Hände und Jojo tat beschäftigt. Adolf Herzig verspeiste in aller Ruhe den zweiten Muffin, kippte das Bier hinterher und zahlte, wenn auch zögernd.

»Stimmt so.« Er zwinkerte Tommy aufmunternd zu.

»Das sind fünfzehn Euro!«

»Richtig, mein Kleiner! Die habt ihr euch verdient. Wir sehen uns bald wieder!« Mit diesen Worten winkte er Jojo mit einem zynischen Lächeln zu und verließ das Lokal. Viktoria setzte sich zu Erna, als Tommy den Kaffee servierte.

»Und bring uns noch so zwee Dinger!«

»Super-Service-Man kommt sofort!«

»Det haste jut jemacht, Kindchen! Endlich gibt's hier wat Schmackhaftet! Jetzt kann ick meene Mädels mitbringen!«

»Dann sorg dafür, dass sie heute kommen! Wenn am Abend alle verkauft sind, bin ich im Geschäft!«

»Daruff kannste eenen lassen! Ach und Tommy? Schicke Schürze, jefällt mir!«

»Die hat Viktoria mir geschenkt. Für jeden Tag eine!«, verkündete er stolz.

»Det hab ick mir jedacht. Hat Klasse, jenau wie sie!«

Die beiden prosteten sich mit Kaffee zu, während Jojo sie aufmerksam beobachtete. Es wurmte ihn ungemein, dass Viktoria Adolf Herzig dazu gebracht hatte, zu zahlen. Sein Blick fiel auf die sauber aufgereihten Muffins, die wirklich verführerisch aussahen, ihr Duft allein war ein Genuss. *Nein, ich werde keinen davon anrühren*, entschied er und versuchte verzweifelt, gegen die Versuchung anzukämpfen.

»Hier«, sagte Tommy, der plötzlich lächelnd neben ihm stand und ihm einen halben Muffin reichte. »Viktoria teilt gerne mit dir.« Jojo verzog gequält das Gesicht und hätte sich am liebsten die Hand abgebissen. Nach dem ersten Stück vergaß er den Gedanken. *Die sind wirklich der Hammer,* entschied er.

Am frühen Abend war kein einziger Muffin übrig. Max hatte in eine kleine Schachtel voll investiert. Erna hatte Wort gehalten und ihre Mädels zusammengetrommelt. Eine Schar Kleinkinder samt Betreuern hatten am Nachmittag nicht genug davon bekommen können und die Nachricht wie ein Lauffeuer verbreitet. Tommy war den restlichen Tag überglücklich mit seiner Schürze durch den Laden getanzt und hatte Muffins serviert, einen nach dem anderen.

Max saß mit Jojo zusammen, als Viktoria sich am Abend zu ihnen gesellte. Andächtig streichelte Max das T-Shirt des Tages: »Ich habe mich heute gewogen. Ich bin zu klein.« Wortlos kramte Viktoria in der Tasche und legte einen Cent auf den Tisch.

»Respekt! Alter, wenn sie mehr als nur Muffins backen kann, solltest du sie ins Geschäft holen. Echt jetzt, Mann!«

»Ich habe ein ganzes Buch voller Rezepte. Jedes davon konnte ich aus dem Effeff und mit ein bisschen Übung kriege ich es wieder hin. So etwas verlernt man nicht, wie ich festgestellt habe.«

Jojo saß und schwieg. Viktoria und Max tauschten vielsagende Blicke aus.

»Ich wollte nie einen Partner im Geschäft.«

»Ich wollte auch nie einen Unfall erleiden, der die Hälfte meines Gesichtes zerstört. Passiert ist es trotzdem.«

Viktorias Worte verfehlten ihre Wirkung nicht, zum ersten Mal sah Jojo sie aufmerksam an.

»Ich habe alles verloren und das ist ein Scheißgefühl, falls du dich fragen solltest. Wenn du es verhindern kannst, tu es! Ich biete dir an, als Partnerin einzusteigen. Ich habe ein Konzept, ich kann backen und den Kopf voller Pläne.«

»Ich nicht.«

»Noch nicht! Erfolg ist nicht verwerflich, Jojo! Wie du damit umgehst, ist ausschlaggebend! Ich weiß, wovon ich spreche! Wenn ich darüber nachdenke, war ich ein absoluter Kotzbrocken mit Ansehen, Erfolg und Geld. Das ist vorbei, diesmal gehe ich es anders an.«

»Freut mich zu hören.«

»Alter, mach's nicht so spannend. Du hast keine Wahl!« Max warf ihm einen mahnenden Blick zu.

»Abgemacht. Unter einer Bedingung.«

»Und die wäre?«

»Der Laden bleibt so, wie er ist.«

»Nein, Jojo! Er kriegt genauso ein Facelift wie die Auslage in der Theke, wir brauchen Umsatz und das schnell! Dazu einen neuen Namen und eine unverwechselbare Handschrift. Wir müssen die Nadel im Heuhaufen sein, die jeder sucht!«

Jojo raufte die Locken, Max rieb sich die Augen und Viktoria lehnte sich schweigend zurück.

»Und wie soll er heißen, dieser Laden mit der unverwechselbaren Handschrift?«

»Wir richten uns da ganz nach dem Vermieter: ›Monstertörtchen‹. Der Name ist einprägsam.«

Max lächelte sie bewundernd an. »Respekt«, bemerkte er erneut.

»Das ist nicht dein Ernst?«

»Doch! Ich war dem alten Kauz dankbar für die Eingebung, der Name hat mir nämlich noch gefehlt. Also«, fuhr sie fort und streckte ihm die Hand entgegen, »sind wir im Geschäft?«

Max hob die Hände in die Luft und dankte stillschweigend dem Himmel, als Jojo schließlich einschlug und Viktoria anlächelte.

»Ich bringe morgen Nachschub und den Business-Plan. Max kann ihn prüfen. Du wirst sehen, mein Vorschlag ist fair.« Mit diesen Worten stand sie auf.

»Wo willst du hin?«, fragte Jojo irritiert.

»Tommy die gute Nachricht überliefern, Makkaroni essen und eine Runde ›Mensch ärgere dich nicht‹ spielen.«

»Klingt geil!«, entschied Max. »Ich bin dabei.«

»Wenn du mitkommst, machst du ihn damit sehr glücklich. Na los! Zu viert macht es mehr Spaß.«

Max erhob sich ebenfalls. »Komm schon, Mann! Ich weiß du willst es auch. Schließ ab und gib dir 'nen Ruck. Heute kommt sowieso keiner mehr. Na los, Alter!« Er zog Jojo auf die Füße und fing an, die Lichter auszuschalten.

Gemeinsam räumten sie die Stühle zurecht, schlossen den Laden ab und traten hinaus in den Abend. Feiner Nieselregen dauerte schon seit Stunden an, doch Viktoria störte sich nicht daran. Die erste Hürde hatte sie gemeistert, jetzt konnte es losgehen! Es war ein verdammt gutes Gefühl.

– 24 –

Das Meeting stand kurz bevor. Cora saß angespannt am Konferenztisch und dachte nach. Wochenlang hatte Jason sie auf Trab gehalten und ihre Nerven blank gelegt. Von einem Tag auf den anderen hatte er das bevorstehende Treffen anberaumt.

Cora hatte sich in den vergangenen Wochen mit Arbeit verschanzt, um den überwältigenden Schmerz zu verdrängen. Geschickt hatte sie Sven genutzt, um Monika in der Agentur zu umgehen. Kein Mensch hatte sie je zuvor so tief verletzt.

Jason betrat den Raum, Sven und Monika folgten ihm im Schlepptau. Binnen Kürze trafen die fehlenden Schlüsselfiguren ein. Jason bot allen an, Platz zu nehmen, und lächelte zufrieden in die Runde.

»Ich danke Ihnen für Ihr Kommen! Welch eine beeindruckende Mannschaft«, er legte eine Pause ein, während keiner der Anwesenden einen Ton sagte. Das Fallen einer Stecknadel hätte in diesem Moment Aufsehen erregt. »Wie sie vielleicht wissen, kam es mit Frau Neufeld zu einer gütigen Einigung nach diesem tragischen Unfall. Sie wird ihren Erfolg auf andere Art fortsetzen.« Cora und Sven sahen einander kurz an. Jason räusperte sich. »Ich habe in den letzten Wochen händeringend überlegt, wer die Nachfolge antreten könnte. Die Entscheidung ist mir nicht leicht gefallen, denn Frau Neufeld hat in den vergangenen Jahren ein Team zusammengestellt, das seinesgleichen sucht. Dennoch brauchen wir dringend einen führenden Kopf. Nach reiflicher Überlegung möchte ich Sie heute nicht länger auf die Folter spannen und Ihnen die neue Leitfigur der Green Field-Agentur vorstellen, Frau Monika Sommer.«

Ein Raunen ging durch das Zimmer. Monikas Miene verriet nichts, sie lächelte kühl und dankte Jason mit einem Nicken. Svens Gesicht sprach Bände, als er fassungslos ins Leere starrte. Cora schluckte schwer, bevor einer der Anwesenden begann, zu applaudieren, und alle zögerlich einstimmten. Jason gab Monika mit einem Handzeichen zu verstehen, dass er eine kurze Ansprache erwartete.

Geschmeidig erhob sich die neue Agenturchefin und die Auswahl ihrer Kleidung verriet, dass die Entscheidung für sie nicht völlig überraschend kam. Ihr schwarzes Etuikleid saß perfekt, genauso wie die grauen Nylons und Pumps von schwindelerregender Höhe, auf denen sie wie immer kerzengerade stand. Monikas Haarpracht wurde von einem streng gebundenen Zopf zusammengehalten und ein feuerroter Lippenstift betonte die vollen Lippen.

»Ich möchte mich zunächst bei Ihnen für Ihre Wahl bedanken und für das entgegengebrachte Vertrauen, besonders in Anbetracht der Tatsache, dass ich noch relativ neu in der Agentur bin. Ich habe Frau Neufelds Führungsstil immer bewundert.«

Cora hätte sich bei diesen Worten am liebsten übergeben und sah Monika vielsagend an, die ihrem Blick auswich und unbeirrt weitersprach.

»Der Meinige ist genauso unverwechselbar. Ich habe sehr präzise Vorstellungen, wohin ich die Agentur führen möchte. Anders ausgedrückt, es liegt viel Arbeit vor uns und genau wie Sie, freue ich mich auf diese Herausforderung.«

Jason klatschte Beifall, alle Anwesenden stimmten ein. Monika dankte ihm lächelnd und nahm Platz.

»Herrschaften, Sie haben es gehört, es liegt viel Arbeit vor uns! Ich danke Ihnen für Ihr Kommen und möchte Sie nicht länger aufhalten. Cora, Sie bleiben bitte noch.«

Die Geladenen verließen den Raum, Sven immer noch fassungslos. Monika setzte sich neben Jason ans Tischende und sah Cora aufmerksam an, die sich räusperte, die Beine übereinanderschlug und sich zurücklehnte.

»Wie ich bereits sagte, die Entscheidung ist mir nicht leicht gefallen, besonders in Ihrem Fall. Weitere ernstzunehmende Kandidaten gab es kaum. Doch bisher hat mein Instinkt mich immer die richtige Wahl treffen lassen, und er deutete ohne jeden Zweifel auf Monika.« Jason bedachte sie mit einem kurzen Lächeln. »Ich hoffe, Sie bleiben uns treu und leisten an Monikas Seite genauso gute Arbeit?«

»Selbstverständlich.«

Jason strich ausgiebig seine Hose glatt und ließ Cora dabei nicht aus den Augen. »Hervorragend! Meine Damen! Ich schlage ein Mittagessen vor, um die Entscheidung zu feiern. Darf ich bitten?«

Beide folgten der Aufforderung. Cora lief schweigend hinter Jason und Monika her und schenkte der Unterhaltung kaum Aufmerksamkeit. Ein Gang über glühende Kohlen wäre ihr in diesem Moment lieber gewesen.

Max prüfte die Zahlen erneut. Um ein Haar wäre Viktoria mit ihm zusammengestoßen, als sie ein frisches Tablett Flammkuchen aus der Küche brachte.

»Max, schau gefälligst, wo du hinläufst!«

»Kein Ding! Deine Köstlichkeiten esse ich auch vom Boden und unseren Kunden geht es genauso.«

Viktoria lächelte, ihre Kreationen verkauften sich im Handumdrehen. Die Schlangen an der Theke ebbten nicht ab, im Gegenteil, bei ausverkauftem Angebot kam es öfter zu enttäuschten Rufen, bei Kindern konnte es zu Tränen und Gezeter kommen.

»Was sagen die Zahlen?«, fragte sie beiläufig.

»Alles bestens. Wenn das so weitergeht, muss Jojo nie mehr betteln gehen.« Max prüfte immer noch die Berechnungen.

»Er ist betteln gegangen? Ist das dein Ernst?«

Max sah auf. »Bei seiner Mutter. Aber eigentlich solltest du das nicht wissen! Bleibt unter uns, okay?«

»Was ist es dir wert?«

Fassungslos schaute er Viktoria an. »Kleiner Scherz«, beruhigte sie ihn und tätschelte Max die Schulter.

»Alter, du kannst einen echt erwischen!« Erleichtert stimmte er in Viktorias Lachen ein.

»Hilfst du mir kurz?«

»Klar, wenn's was zu naschen gibt, immer!«

Die kleine Küche duftete herrlich, in der Viktoria geschickt jeden Zentimeter Platz nutzte. Doch bevor sie es verhindern konnte, hatte Max einen Finger in der Backmischung. Ebenso schnell klatschte sie ihm auf die Handfläche.

»Aua!«

»Wir sind hier nicht im Kindergarten! Das ist kostbar und du ein armer Student.«

»Aber ein glücklicher, denn manchmal bin ich schnell genug.«

»Verteil die bitte säuberlich auf dem Tablett, dann kann ich weitermachen.« Als Max schwieg und sie aufmunternd ansah, musste Viktoria lauthals lachen. »Einen darfst du haben, nicht mehr!«

Jetzt machte Max sich an die Arbeit.

»Sag mal, Tommy hat mir erzählt, du hättest vergessen, dass du so gut backen kannst. Das ergibt keinen logischen Sinn!«

Viktoria sah nicht auf, sondern widmete ihre Aufmerksamkeit dem Teig. Sie mochte Max. Klares, strukturiertes Denken war seine Stärke, auch wenn er als Chaot rüberkam. Schließlich sah sie auf.

»Verdrängt.« Sie hielt seinem fragenden Blick stand und zögerte erneut. »Ich war eine absolute Backmeisterin, bis zum Ende der Oberstufe. Dann hat mir ein kleines Arschloch mein zartes Selbstvertrauen zerstört. Und die Lust, Kuchen zu backen. Schließlich war ich damals die kleine, dicke Vicky.«

Max wollte die versprochene Belohnung genießen, hielt aber inne. »Wieso hast du ihm überhaupt Beachtung geschenkt?« Der Happen verschwand in seinem Mund.

»Ich war optisch gesehen kein Bringer, im Gegensatz zu ihm. Und ich war so verdammt verknallt! Ich wollte ihm um jeden Preis gefallen. Du kannst dir nicht vorstellen, wie ich mich gequält habe! Nach den Sommerferien stand eine neue Viktoria vor ihm. Ich war strahlend schön!«

Max lächelte. »Und, hast du ihn erobert?«

»Natürlich nicht, in meinem Kopf bin ich die kleine, dicke Vicky geblieben, egal wie sehr ich dagegen angekämpft habe.«

»Ich war immer ein Außenseiter. Jojo ist der Erste, mit dem mich eine wahre Freundschaft verbindet.«

»Nicht verwunderlich, bei deiner Intelligenz! Muss anstrengend sein, in einer Welt voller Idioten zu leben.« Viktoria zwinkerte ihm zu und nahm ihre Arbeit wieder auf. »Mein Leben lief danach anders. Ich war immer darauf bedacht, optisch einen prägenden Eindruck zu machen. Ich wollte Erfolg und Ansehen. Beides habe ich mir hart erkämpft. Und verloren, in einem winzigen Moment der Unachtsamkeit. Alles futsch, die ganze Mühe umsonst.« Sie machte eine ausschweifende Armbewegung.

»Wieso, optisch einprägend bist du noch immer.« Max grinste, während Viktoria schwieg und ihn eindringlich ansah, bis sie es nicht länger aushielt und herzhaft lachte.

»Ja, da hast du recht.« Viktoria sah kurz auf. »Bleibt unter uns, diese Unterredung. Einverstanden?«

»Kein Ding. Was ist es dir wert?« Max grinste und hielt seine Hand zum Abklatsch bereit. »Kleiner Scherz!«

»Du bist echt in Ordnung, Max! Hier, nimm das Tablett und zieh Leine. Und wenn einer flöten geht, finde ich dich, so schnell und weit kannst du nicht kommen!«

Lachend verließ Max die Küche. Viktoria sah ihm noch eine Weile nach, bevor sie sich erneut dem Teig widmete. Wenig später erschien sein Kopf wieder in der Tür.

»Tommy fragt, wie es mit dem Nachschub für die Muffins aussieht?«

»Kommt in einer halben Stunde!«

»Das wird ihn nicht freuen!«, sagte er und verschwand.

Unbeirrt arbeitete Viktoria weiter, um kurz darauf ein Heulen und einen aufgeregten Tommy zu hören, der offensichtlich bemüht war, jemanden zu besänftigen. Viktoria wischte sich die Hände an der Schürze und ging ins Café.

Ein plärrendes Kind stampfte hochrot im Gesicht wütend mit dem Fuß und feuerte ihren Kuschelteddy durch das Lokal. Der verzweifelte Vater wusste nicht mehr weiter.

»Warum kann die Tante nicht schneller backen?«, heulte das Kind lauthals.

»Weil es schmecken soll, meine Kleine.«

Viktoria trat neben Max hinter der Theke. Bei Viktorias Anblick wurde das Mädchen hysterisch.

»Vielleicht solltest du die jungen Kunden doch besser Tommy überlassen«, bemerkte Max.

Viktoria warf ihm einen scharfen Blick zu und sagte laut und deutlich: »Hör zu Maus, die Tante mag brüllende Kinder nicht, da kann sie richtig pampig werden. Und dann«, sie legte eine kurze, vielsagende Pause ein, »gehen die Muffins in die Hose.«

Das Mädchen sah sie entsetzt an und nahm artig das Kuscheltier, das ihr Vater ihr reichte, der Viktoria dankbar ansah. Aufgeregt lutschte die Kleine am Daumen und schniefte geräuschvoll.

»Noch Fragen?«, bemerkte Viktoria mit eindeutigem Blick zu Max, bevor sie seelenruhig in der Küche verschwand.

Cora saß vertieft in ein Schreiben, als es an der Tür klopfte. Hannah erschien im Türrahmen und zögerte.

»Komm rein!«

Schüchtern trat die junge Frau mit einer farbenfrohen Pappschachtel in der Hand an Coras Schreibtisch, die interessiert aufsah.

»Was gibt's?«

»Koste mal!«

Hannah öffnete die dekorative Schachtel und brachte Miniatur-Aprikosenküchlein zum Vorschein, die wie gemalt aussahen.

»Ist das für eine Kampagne?« Die junge Mitarbeiterin schüttelte den Kopf und blieb hartnäckig. Cora nahm ein Küchlein, biss vorsichtig ab und verdrehte die Augen.

»Die sind himmlisch! Wo hast du die her?«

»Aus einem Café in Kreuzberg, mein Freund wohnt nicht weit entfernt, in der Nähe der Bergmannstraße. Es ist die neue Adresse für Kuchen und Gebäck. Man muss Schlange stehen, aber es lohnt sich! Der Laden war davor kaum erwähnenswert. Jetzt sieht das anders aus.«

Interessiert sah Cora die junge Frau an, während sie genüsslich die Krümel des Mürbeteigs aufpickte.

»Was verschweigst du mir?« Cora konnte nicht widerstehen und nahm das zweite Küchlein.

»Viktoria steckt dahinter.«

»Wie meinst du das?«

»Sie backt in diesem Café, und die Leute stehen Schlange.«

Cora hatte das letzte Stück Kuchen verspeist und fixierte die leere Schachtel, die nur noch ein paar Krümel aufwies.

»Das ist nicht dein Ernst!«

»Doch, ich habe sie gesehen.« Hannah zögerte kurz. »Ich war ziemlich schockiert! Ihr schönes Gesicht so ruiniert! Sie tat mir leid, auch wenn sie eine totale Zicke sein konnte, aber so etwas wünsche ich niemandem!«

»Hast du mit ihr gesprochen?«

»Nein! Ich war mit meinem Freund verabredet, er stand für Kuchen an, wie eine Menge anderer Leute. Sie war es, glaub mir! Er hat mir hinterher erzählt, dass die Frau mit den zwei Gesichtern hinter den Köstlichkeiten steht. Ihr Aussehen und Können sind das Gesprächsthema im Kiez. Seitdem sie dort ist, läuft der Laden auf Hochtouren.«

Cora lehnte sich im Sessel zurück, immer noch erstaunt über die Neuigkeiten.

»Na ja, ich dachte, es würde dich interessieren zu wissen, was aus Viktoria geworden ist.«

»Das tut es. Wo sagtest du, ist dieses Café?«

Hannah legte eine Visitenkarte auf den Tisch. Cora studierte sie eingehend und lächelte. *Viktoria hat ihren Sinn für Humor nicht verloren, alle Achtung!*

»Ich muss los!«

»Danke für die Info!«

Erneut betrachtete Cora die Karte. ›Monstertörtchen‹ stand in schokoladenfarbener Schrift auf bonbonfarbenen Hintergrund, Viktorias Handschrift war klar und deutlich erkennbar. Das Design war einprägsam, kreativ und unterschwellig elegant. *Aber Backen? In einem Café in Kreuzberg? Das ergibt keinen Sinn,* dachte sie irritiert. *Früher hat sie Süßwaren nicht einmal angeschaut, geschweige denn ver-speist!* Ruhelos schritt Cora durch das Büro und überlegte angestrengt. *Kuchen backen in Kreuzberg!* Wieder betrachtete sie die Visitenkarte. Die fröhliche Aufmachung ließ sie die eigene verfahrene Situation für einen kurzen Moment vergessen.

Paul Seeberger verzehrte genüsslich das letzte Stück Marzipantorte, das vor wenigen Tagen per Post eingetroffen war. Sonja betrachtete die bonbonfarbene Blechdose mit der Aufschrift Monstertörtchen und lächelte bewundernd.

»Deine Tochter hat Geschmack, das muss ich schon sagen. Und sie ist eine kluge Geschäftsfrau, mit diesen wunderschönen Dosen bleibt der Genuss noch lange in Erinnerung.«

»Da gebe ich dir recht«, zufrieden verspeiste Paul die letzten Krümel. »Sie macht aus einer Niederlage einen Erfolg und schafft es auch noch, andere damit zu bereichern. Ich bin mächtig stolz auf sie! Und du, mein Engel, hast gut daran getan, mich an ihre Chronik zu erinnern.« Paul lächelte geheimnisvoll und lehnte sich zurück. Sonja verschränkte die Arme und sah ihn eindringlich an.

»Paul Seeberger! Bei diesem Blick ahne ich nichts Gutes! Was führst du im Schilde?«

»Lass dich überraschen, mein Engel.«

– 25 –

Das Schild hing noch immer schief. Zum wiederholten Mal versuchte Jojo, dem Handwerker hilfreiche Anweisungen zu geben, und blieb erfolglos. Verzweifelt raufte er seine Locken, als Tommy mit Viktoria im Schlepptau erschien.

»Hier, das wird dir helfen.«

Entnervt nahm Jojo den Becher Kaffee und wehrte ihren fragenden Blick mit erhobener Hand ab.

»Ich hab das im Griff!«

Viktoria zögerte kurz und verschränkte die Arme. *Wenn sie jetzt auch nur einen Ton sagt*, schoss es Jojo durch den Kopf, *drehe ich durch!*

»Kein Ding, ich hab genug in der Küche zu tun. Wann kommt unser herziger Adolf?«

»Mann, den habe ich völlig vergessen! Meistens am Nachmittag.«

Viktoria begutachtete noch einmal das Schild mit der Aufschrift ›Monstertörtchen‹, den leise fluchenden Mann auf der Leiter und überlies Jojo schweigend seinem Schicksal.

»Stopp, genau richtig!«

Der Handwerker stieß einen Freudenschrei aus. Jojo betrachtete das vollendete Werk. Am Wochenende hatten sie dem Laden gemeinsam ein Lifting verpasst. Jojo musste bei diesem Gedanken lächeln. Ja, solche Ausdrücke benutzte Viktoria gerne.

»In meinem Fall ist es zwecklos«, hatte sie gesagt. »Aber darunter soll das Geschäft nicht leiden. Schließlich sind unsere Monstertörtchen ziemlich heiße Ware, findet ihr nicht?«

Viktoria hat Größe, überlegte Jojo. Aus einer billigen Beleidigung den neuen Namen für sein Unternehmen zu machen, das schaffen wenige. *Und der Laden sieht verdammt geil aus*, befand er jetzt. *Unverwechselbar, knallig, einladend und gemütlich. Er hat Klasse, genau wie sie.*

Ihre Kundschaft hatte ihnen die Schließung übers Wochenende schnell verziehen, stellte Jojo zufrieden fest und führte den erschöpften Mann ins Café, in dem kein Tisch frei war. Tommy versprühte gute Laune, fand tröstende Worte bei ausverkauftem Sortiment und nahm bereitwillig Bestellungen auf, während Max sich um die Getränke kümmerte. *Besser geht's nicht*, dachte Jojo und reichte dem dankbaren Handwerker einen Schokomuffin und einen Kaffee.

Die Schlange an der Theke begann sich zu lichten, als die Tür mit Schwung aufging. Viktoria wollte in die Küche gehen und prüfte gerade die Auslage. Sorgfältig sah sie nach rechts und dann nach links.

»Wahnsinn! Wahnsinn!« Der Ausruf brachte Viktoria zum Stehen, der Mann starrte sie unverhohlen an. »Wahnsinn!«, rief er erneut.

Mit wachsender Nervosität beobachtete Jojo das Geschehen.

»Wenn ich dir einen Tipp geben kann, die Wahrscheinlichkeit, dass dir gleich was um die Ohren fliegt, ist hoch.« Max sah den Fremden eindringlich an.

»Wahnsinn!«, rief dieser unbeirrt, während Viktorias Miene sich verfinsterte.

»Kann ich Ihnen helfen?«, fragte sie mit eisiger Stimme. Im Raum war es still geworden, alle Blicke ruhten auf ihr.

»Und wie! Hendrik Sonne«, er reichte seine Hand über den Tresen, doch Viktoria ignorierte die Geste. »Ich bin Fotograf. Ihr Gesicht, Wahnsinn! Genau so ein Aussehen suche ich für meine neue Ausstellung!«

»Bitte nicht«, flehte Jojo. »Scheiße verdammt, nein!« Der Handwerker schaute fasziniert zu, kaute genüsslich vor sich hin, und nippte ab und zu am Kaffee. Viktorias Miene versteinerte sich. Jojo wollte etwas sagen, doch Max kam ihm zuvor.

»Die Wahrscheinlichkeit hat sich soeben verzehnfacht. Mein Vorschlag, du gehst jetzt besser!« Eindringlich sah er den Fotografen an, der in seiner Tasche kramte.

»Hier ist meine Visitenkarte, das ist kein Scherz! Ihr Gesicht ist genau das, was ich suche! Wahnsinn, Wahnsinn!« Mit diesen Worten lächelte er Viktoria aufmunternd an, legte die Karte auf den Tresen und schritt Richtung Tür. »Rufen Sie mich an, Sie werden es nicht bereuen!«

Im Café herrschte Totenstille. Alle Augen ruhten auf Viktoria. Als der Fotograf die Tür fast erreicht hatte, verfehlte ein Kaffeebecher ihn nur knapp und zerschellte am Türrahmen. Erstaunt drehte er sich um, lachte und winkte zum Abschied. Wütend sah Viktoria ihm nach.

»Wat hab ick jesagt Mädels, der Laden schlägt RTL II ohne Probleme!« Erna prostete ihren Freundinnen begeistert mit Kaffee zu, die lautstark zustimmten.

Jojo war zur Theke gelaufen und nahm die auf dem Tresen hinterlegte Karte. Viktoria stand weiterhin mit versteinertem Gesicht neben einem sichtlich betretenen Max. *Das hat sie nicht verdient*, dachte er.

»Ein schlechter Scherz, ziemlich geschmacklos.« Jojo bemerkte die Tränen in Viktorias Augen, als sie sich wortlos umwandte und in der Küche verschwand.

Viktoria saß auf einer Bank. Nach dem Vorfall im Café hatte sie dringend frische Luft gebraucht. *Zu schade, dass die Tasse diesen Affen verfehlt hatte,* ärgerte sie sich noch immer, atmete tief ein und schloss die Augen.

Kurze Zeit später betrachtete sie geistesabwesend eine Schar Kinder, die im Viktoriapark unterwegs waren. Ein kleines Mädchen lief etwas abseits, stolperte und fiel. Ohne in Tränen auszubrechen, rappelte sie sich auf, rieb die Handflächen und wischte den Dreck von den Knien ab. Sie lächelte ihrer Aufseherin zu, die in der Nähe stand. Kurzerhand eilte sie der bunten Truppe hinterher, hatte die anderen mühelos eingeholt und führte die Spitze an. Mit erhobenen Händen klatschte das Kind und hüpfte voraus.

Eine geborene Gewinnerin, dachte Viktoria. *Nicht unterzukriegen!* Lange noch sah sie dem Mädchen nach, seufzte ein letztes Mal und trat den Rückweg an. Ihr Smartphone riss sie aus den Gedanken. Max Stimme erklang in der Leitung.

»Der Führer ist da.«

»Mist, den hatte ich ganz vergessen! Ich komme!« Viktoria eilte zurück und freute sich jedes Mal, wenn Kunden sie mit ergatterter Beute anlächelten und zuwinkten.

Adolf Herzig erwartete sie bereits und verspeiste ein Aprikosenküchlein. *Mit Sahne, war ja klar,* dachte Viktoria und ging direkt auf ihn zu.

»Herr Herzig, ich hoffe, Sie mussten nicht zu lange warten! Entschuldigen Sie, ich hatte den Termin später im Kopf!«

Adolf lächelte und lehnte sich genüsslich zurück. »Kein Problem, Monstertörtchen, passt schon! Der ist verdammt lecker, Kompliment!«

Sie setzte sich ihm gegenüber und wartete, bis Jojo verdrossen Platz nahm.

»Herr Herzig«, begann Viktoria das Gespräch. »Bevor Herr Richter und ich eine Partnerschaft eingegangen sind, hatten Sie eine Mieterhöhung angekündigt.«

»Richtig!«

»Und wie sie vielleicht in den vergangenen Wochen bemerkt haben, floriert das Geschäft seit geraumer Zeit.«

»Richtig. Monstertörtchen, worauf wollen Sie hinaus?«

Viktoria lächelte seelenruhig und hielt Herzigs fragenden Blick stand. »Jeder Vermieter freut sich über zahlende Mieter.«

»Richtig!«

»Und der Bezirk ist, was diese Tatsache betrifft, nicht immer zuverlässig.«

Adolf schwieg, lächelte zynisch und hielt ihrem Blick stand. »Monstertörtchen, ich bin gespannt!«

Noch lange, nachdem Herzig das Café verlassen hatte, musste Viktoria lächeln. *Der Alte ist ein zäher Knochen,* dachte sie. *Aber so grimmig, wie er tut, ist er nicht.* Über eine Stunde hatte sie mit ihm verhandelt und es genossen. Jojo hatte die meiste Zeit geschwiegen. Letztendlich gelangten sie zu einem Konsens, der allen gerecht wurde.

Die Mieterhöhung hatte sie auf sieben Prozent heruntergehandelt, darüber hinaus erhielten sie den angrenzenden Laden, den Viktoria schon länger im Blick hatte, als zusätzliche Mietfläche. Für die Zeit der Sanierung und Instandsetzung von maximal sechs Monaten mietfrei. *Das ist großzügig,* dachte sie. Er hätte sich quer stellen können. So stand ihnen jetzt die Möglichkeit offen, die bestehende Küche zu modernisieren und Platz für die geplante Expansion zu schaffen.

Viktoria betrachtete Jojo, der immer noch keinen Ton gesagt hatte. Auch ein Flammkuchen trug nicht dazu bei, seine Stimmung zu heben.

»Was ist? Die Verhandlung ist super gelaufen. Warum ziehst du so ein Gesicht?«, fragte sie schließlich.

Jojo ignorierte die Äußerung und spielte mit der Gabel. Viktoria betrachtete ihn gebannt und schwieg.

»Mir geht das alles zu schnell. Ich meine, klar hast du den Karren aus dem Dreck gezogen! Aber jetzt gleich auszuflippen und noch weitere Kosten, Personal und Arbeit auf sich nehmen, ich weiß nicht. Das ist ganz schön viel auf einmal, sorry!«

»Jojo, einen Lauf muss man ausnutzen! Wir sehen vom ersten Tag an, dass die Nachfrage da ist und den Geschmacksnerv trifft. Wer in so einer Situation zögert, verliert Zeit und letztendlich Geld! Ja, wir brauchen Personal und ja, wir müssen investieren! Aber anders geht es nicht!«

»Ich will einfach meine Ruhe, vor mich hin schippern, verstehst du? Nichts weiter! Ist das zu viel verlangt?«

»Du willst in einem Traum leben, Jojo, aber den muss man sich leisten können! Wer kann das schon? Wir beide leider nicht. Also schau nach vorne und lass dich mitreißen. Zusammen ist das zu schaffen!«

Jojo sah sie eindringlich an. Viktoria ließ ihn gewähren und schwieg. Eine kleine Ewigkeit schien so zu verstreichen.

»Wie machst du das?«, fragte er.

»Wie mache ich was?«

»Du kämpfst unermüdlich und scheinst daraus deine Kraft zu tanken. Wirst du nie müde?«

»Natürlich, ich falle jeden Abend tot ins Bett und krieche morgens wieder raus. Aber ich schaffe etwas! Und das treibt mich an. Ich kann nicht anders, so bin ich eben!«

»Dir scheint alles mühelos von der Hand zu gehen, so als wäre es ein Kinderspiel.«

»Jojo, ich habe früh gelernt, eine Maske zu tragen und eine Darstellung zu bieten. Genau genommen mit siebzehn Jahren. Das Problem ist, ich konnte sie nicht mehr ablegen. Ich war sie geworden. Und der Unfall –«, Viktoria stockte kurz, »der Unfall hat sie mir aus dem Gesicht gerissen. In gewisser Weise kann man es als einen

Befreiungsschlag sehen, auch wenn der Preis ein hoher ist. Natürlich hätte ich gerne mein altes Aussehen zurück«, sie deutete auf ihre vernarbte Gesichtshälfte, »trotzdem! Es gibt mir die Möglichkeit, noch einmal ich selbst zu werden und etwas zu tun, das ein Kinderspiel für mich ist, ja! Und das ist ein verdammt gutes Gefühl! Ich gehe darin auf. Und ich lasse mir diese Chance nicht nehmen!«

Jojo schwieg und lächelte, dann zog er den Teller zu sich heran und begann zu essen. »Scheiße«, sagte er zwischen zwei Bissen, »wir machen das einfach!«

Max erschien mit verklärtem Gesicht vor Viktoria und streichelte zärtlich Bart Simpson auf seinem T-Shirt. Sie war gerade dabei, ein Blech aus dem Ofen ziehen, als sie aufblickte und ihn wahrnahm.

»Was gibt's? Ich hatte doch gesagt, ich bringe die letzte Fuhre noch raus.«

»Da draußen steht eine rattenscharfe Schnecke und fragt nach dir.«

»Nach mir? Wie sieht sie aus?«

»Rattenscharf.«

»Max, das hatte ich verstanden. Also noch mal, wie sieht sie aus?«

»Rotschopf, hochgewachsen. Ne echte Amazone, rattenscharf!«

Behutsam stellte Viktoria das Blech ab und betrachtete ihr Werk. *Perfekt*, freute sie sich, nahm seelenruhig ein Handtuch und wischte sich die Finger trocken. *Was kann sie hier wollen?*, überlegte sie und ließ Max in der Küche zurück.

Cora verspeiste einen Schokomuffin und schien die verhohlenen Blicke der Bewunderer und Neider zu ignorieren. *Das war schon immer eine ihrer Stärken gewesen*, stellte Viktoria bewundernd fest.

»Cora, was für eine Überraschung! Darf man gratulieren?«

»Leider nein! Ich wollte es nicht glauben, als Hannah mir von diesem Laden erzählte, alle Achtung!«

Viktoria nahm am Tisch Platz und betrachtete Cora eindringlich, die blasse Gesichtsfarbe fiel ihr sofort auf, sie sah müde und entnervt aus.

»Danke. Schön, dass es dir schmeckt.«

»Ich hab gleich eine Bestellung beim Super-Service-Man zum Mitnehmen geordert, zu niedlich! Ist der Name dein Einfall?«

»Nein, nur die Schürze. Tommy hat sich selbst dazu ernannt.«

»Und trifft damit den Nagel auf den Kopf! Du siehst übrigens gut aus, Viktoria.«

Viktorias Lächeln erstarb. »Sehr witzig, Cora. Warum bist du hier?«

»Ich meine es ernst! Du siehst gut aus, glücklich! Ich bin nicht hergekommen, um dich zu beleidigen.«

»Wieso also dann?«

»Weil ich am Ende bin, in vielerlei Hinsicht! Ich brauche deinen Rat. Und du fehlst mir, um ehrlich zu sein.« Das letzte Stück Muffin verschwand in ihrem Mund.

»War Jason dämlich genug, jemand anderem als dir meinen Posten zu übertragen?«

»Allerdings.«

»Sven?«

»So dämlich nun auch wieder nicht! Monika Sommer ist deine Nachfolgerin.«

Die Nachricht schmerzte, Viktoria ließ Cora nicht aus den Augen und verschränkte die Arme.

»Elender Mistkerl«, schimpfte sie.

»Ganz deiner Meinung.«

»Sie hat alles bekommen, was sie wollte, verdammtes Miststück!«

»Wieder richtig. Es gibt nur ein Problem.«

»Ich bin gespannt.«

»Ich war dumm genug, eine Affäre mit Monika ein-zugehen, bevor Jason seine Entscheidung gefällt hatte. Eine ziemlich verfahrene Situation. Ich weiß echt nicht weiter!«

Viktoria saß sprachlos mit offenem Mund, ihr blieb die Luft weg. Cora verzog das Gesicht, lehnte sich zurück und verschränkte ebenfalls die Arme. Schweigend sahen sie einander an.

»Das glaub ich dir gern! Heilige Scheiße«, flüsterte Viktoria schließlich, »ich brauch jetzt was Stärkeres als Kaffee!«

– 26 –

Die Schlüterstraße lag menschenleer in der Stille der Nacht. Sven lag schnarchend auf dem Sofa, sein Whiskeyglas lag auf dem Boden.

Monikas unangekündigter Besuch hatte ihn aus der Bahn geworfen. Die beiden waren bei Adnan verabredet gewesen. Eine halbe Stunde vorher stand Monika überraschend vor der Wohnungstür. Völlig überrumpelt vergaß Sven fast, sie hineinzubitten. Monika stolzierte auf ihren High Heels an ihm vorbei und nahm in Viktorias Lieblingssessel Platz. Sven ahnte nichts Gutes.

»Sven, wir müssen reden.«

»Auf einmal? Bis jetzt hast du mich, so gut es ging, hingehalten.«

»Ich leite von nun an die Agentur, das mit uns kann so nicht weitergehen. Ich muss in jedem Fall fair erscheinen.«

»Süße, was soll das? Vorher war dir das egal!«

»Da war ich nicht Chefin der Agentur.«

»Was ist mit uns? Ich meine …«

»Ist das dein Ernst? Wir sind ins Bett gestiegen, das ist alles! Oder habe ich was verpasst?«

»Das macht man anfangs so! Und es war verdammt geil, oder etwa nicht?«

»Sven, es war Sex, keine Liebe. Zukunftsplanung ausgeschlossen! Bringen wir es vernünftig zu Ende, meine Entscheidung steht fest.«

Sven sank auf das Sofa und starrte sie fassungslos an. Monika stand kurz darauf auf und sah auf ihn herab. Der endgültige Schlag folgte.

»Tu mir den Gefallen, nimm es wie ein Mann! An deiner Position in der Agentur ändert sich nichts, sei unbesorgt! Und scharfe Bräute gibt es in der Stadt zur Genüge. Ich muss los, wir sehen uns morgen.«

Sven hörte die Tür ins Schloss fallen und blieb sprachlos auf dem Sofa sitzen. Eine kleine Ewigkeit verging, bis er aufstand und sich eine angebrochene Flasche Whiskey und ein Glas holte. Er sank wieder auf das Sofa, schenkte sich ein und trank regelmäßig von der Nervennahrung. Ein paar Stunden später war die Flasche leer und Sven voll.

Das kann nicht sein, dachte er zum wiederholten Mal mit steigender Wut. *Das kann sie nicht machen, nicht mit mir! Ich hab alles für sie aufs Spiel gesetzt, meine Ehe, meine Stellung, mein Leben! Das kann sie nicht machen, verdammt!* Er schaute zum Fenster und sah schwarz, die Nacht raubte ihm das gewohnte Panoramabild. *Ich habe alles verloren*, dachte er grimmig, *verfluchtes Miststück!*

Sven lehnte den Kopf zurück und schlief schnarchend ein. Das Whiskeyglas entglitt seiner Hand und hinterließ einen deutlich sichtbaren Fleck auf dem champagnerfarbenen Teppich. Das perfekte Styling war dahin.

Der Umbau nahm allmählich Form an. Viktoria stand mit verschränkten Armen und begutachtete die Fortschritte. Der afrikanische Arbeiter, der ihr von Anfang an aufgefallen war, saß und verzehrte sein Essen.

Ein köstlicher Duft hing in der Luft, Viktoria hatte Schwierigkeiten, sich zu konzentrieren. *Verdammt! Was ist da drin?*, grübelte sie. Als er ihr wortlos ein Stück hinhielt, zögerte Viktoria, bis ihre Neugier siegte, und sie die Einladung annahm.

Der Teig war saftig und locker, das Aroma umwerfend. Viktoria schloss die Augen, biss ab und kaute vorsichtig. *Wahnsinn*, dachte sie und verzehrte das restliche Probestück.

»Bananenbrot«, sagte der Mann.

»Aus welcher Bäckerei stammt das?«

»Ich backen.«

»Sie haben das gemacht?«

Er nickte und reichte ihr ein weiteres Stück.

»Köstlich, vielen Dank! Woher können Sie das?«

»Ich Koch.«

»Sie sind Koch? Wieso arbeiten Sie dann als Hilfsarbeiter auf einer Baustelle?«

»Für Koch nix Arbeit«, er zuckte mit den Schultern.

»Wie lange sind Sie schon in Deutschland?«

»Zwei Jahre.«

»Zwei Jahre? Wieso können Sie nicht besser Deutsch?«

»Nix Zeit. Viel arbeiten.«

Viktoria nahm den Mann ins Visier. Er war groß gewachsen mit kräftigen Händen. Sein markantes Gesicht ließ den Mann sehr ernst wirken, aber er hielt ihrem Blick mühelos stand und strahlte eine ruhende Kraft aus, die ihr gefiel.

»Wie heißen Sie?«

»Ramon.«

»Ich mache Ihnen einen Vorschlag, Ramon. Am nächsten freien Tag kommen Sie und arbeiten einen Tag mit mir, ihre Papiere und Unterlagen bringen Sie mit. Wenn alles passt, können Sie bei mir anfangen. Sie müssen mir allerdings zusätzlich etwas versprechen.«

Fragend sah Ramon sie an und verstaute seelenruhig seine Sachen.

»Sie absolvieren genügend Abendkurse, um unsere Sprache zu beherrschen, sonst bleiben sie chancenlos.«

Ramons Augen leuchteten, ein Lächeln umspielte seine Lippen. Er stand auf, klopfte sich ab und reichte Viktoria die Hand.

»Gut! Ramon Samstag kommen.«

»Gut, ich werde am Samstag kommen. Sprechen Sie es mir nach, es ist alles eine Frage der Übung.«

Gehorsam wiederholte Ramon das Gesagte, ohne dass der Anflug eines Lächelns ihn verließ. »Was mit Gesicht?«, fragte er und deutete auf die rechte Hälfte. »Mann?«

»Nein, ein Autounfall.«

»Hm. Schade.«

»Allerdings! Wir sehen uns Samstag um sieben Uhr, bis dann!«

Zurück im Café weihte Viktoria Jojo in ihr Vorhaben ein, der beiläufig zuhörte. Seine Aufmerksamkeit galt einer neuen Kreation, die sich großer Nachfrage erfreute.

»Lass ihn doch selber entscheiden, ob er Deutsch lernen will. Echt geil, das Zeug!«

»Nein! Schließlich soll er unser neuer Mitarbeiter werden und nicht unser persönlicher Neger!«

»Politisch inkorrekt«, schmunzelte Max. Das T-Shirt des Tages verkündete: »Die kürzeste Horrorgeschichte – Montag«.

»Politisch korrekt kann mich mal kreuzweise! Der Mann verdient eine Chance, und zwar in jeder Hinsicht!«

Max grinste breit und nickte, griff ebenfalls nach einem Birnenmuffin mit Ingwer und biss herzhaft ab. »Geil, Alter!«, stöhnte er.

»Die sind für den Verkauf, ihr Pappnasen! Nehmt euch ein Beispiel an Tommy und macht euch nützlich!«

»Gönn uns doch auch mal was!«, wetterten beide im Chor.

»Oh Mann, womit habe ich das verdient!«

Ramons Bananenbrot ging Viktoria nicht mehr aus dem Kopf, ihre Vorfreude auf Samstag stieg mit jeder Minute.

Am Nachmittag kam Max kauend in die Küche, als Viktoria Zuckerguss auf frischgebackene Muffins verteilte. Immer noch kauend wanderte Max' Hand in Richtung der Kirschen, die parat standen. Viktorias Blick gebot ihm Einhalt.

»Max, du hast noch was im Mund und ich möchte ehrlich gesagt nicht wissen, woher du das wieder stibitzt hast! Bei den Kirschen ist Schluss, die sind gezählt!«

Sichtlich enttäuscht hielt Max inne und strich sein T-Shirt glatt. »Montag ist echt nicht mein Tag. Egal, im Café wartet Besuch auf dich.«

»Bist du sicher? Ich erwarte niemanden, wer soll das sein?«

»Dein Vater, toller Mann übrigens, und deine Schwester.«

Viktoria ließ den Zuckerguss sinken, die Farbe war aus ihrem Gesicht gewichen. »Ich habe keine Schwester. Um genau zu sein, bin ich ein Einzelkind.«

»Ups, sorry! Egal, seine Begleitung ist 'ne echt heiße Nummer, Respekt! Der Alte hat's drauf.« Als Max Viktorias Gesichtsausdruck bemerkte, fügte er hinzu: »Ups, noch mal sorry!«

»Den Besuch brauche ich wie ein Loch im Kopf.«

»Ich sag ja«, pflichtete Max ihr bei, »Montag!«

Viktoria wischte sich die Hände ab und ließ Max nicht aus den Augen. Sie atmete tief ein und sah Richtung Tür.

»Komm schon«, sagte Max, »du kannst das! Wenn nicht du, wer dann?«

Im Café war kein Platz mehr frei, die übliche Schlange wartete geduldig vor der Theke. Viktoria nutzte den Schutz der Wartenden, um ungesehen in den Raum zu spähen. Sie erkannte ihren Vater mühelos. Paul Seeberger war gealtert, aber die silbergrauen Schläfen machten ihn noch attraktiver und hoben die bestechenden dunklen Augen hervor. Lächelnd saß er und plauderte mit Tommy, der immer wieder bewundernd seine Begleitung anlächelte und erfreut in die Hände klatschte.

Viktoria konnte sein Verhalten nachvollziehen, Sonja war bildhübsch. Ihr warmherziges Lächeln verzauberte Tommy, der völlig aus dem Häuschen schien, die blonden Haare hingen offen von den Schultern und rahmten ihr dezent geschminktes Gesicht, in dem wache, grüne Augen strahlten. Viktorias Magen krampfte sich zusammen, alles an dieser Frau schien perfekt.

»Na los«, drängte sie Max, der jetzt neben ihr stand, »mach's nicht so spannend, pack den Stier bei den Hörnern! Hier«, fügte er hinzu und reichte ihr die letzten beiden Birnenmuffins, »das wird ihnen die Sprache verschlagen.«

Viktoria sah entgeistert erst Max und dann die Muffins an und schluckte schwer. Mit bleiernen Füßen kam sie geistesabwesend hinter der Theke hervor und lächelte höflich Kunden zu, die sie grüßten.

»Viktoria, Viktoria«, rief Tommy aufgeregt, als sie neben ihm zum Stehen kam, »du musst Tommys neue Freundin Sonja kennenlernen, sie ist so lieb!« Begeistert klatschte er wieder in die Hände und strahlte Viktoria an.

»Das ist lieb von dir, Tommy«, sagte Viktoria und lächelte gequält. »Hallo Vater, das ist eine Überraschung, das muss ich schon sagen!«

Mit zitternden Händen stellte sie den Teller ab und nahm Sonja ins Visier.

Eine leere Rotweinflasche stand auf dem Tisch, den Rest der Zweiten verteilte Viktoria in die beiden Gläser. Sie nahm ihr Glas und prostete Erna zu, die sie besorgt ansah. Tommy saß neben ihr und zupfte nervös an den Haaren.

»Kindchen, det bist du nich!«, sagte Erna kopfschüttelnd und nippte am Glas.

Viktoria schloss die Augen, der Überraschungsbesuch ihres Vaters hatte sie überfordert. Das Wiedersehen war überschattet gewesen von Viktorias eisiger Verschlossenheit gegenüber Sonja, das hatte sie beide spüren lassen. Weder Sonjas herzliche, bemühte Art, noch Paul Seebergers unübersehbare Freude über das Wiedersehen mit seiner Tochter hatten Viktoria zum Einlenken bewogen, die sich neben der schönen jungen Frau entblößt und hässlich gefühlt hatte. Den bittenden Blicken ihres Vaters war sie geschickt ausgewichen. Nach einer quälenden Stunde waren die beiden aufgebrochen. Paul Seeberger hatte sich schweren Herzens von seiner Tochter verabschiedet, die Arbeit als Grund für das frühzeitige Ende des Treffens vorgeschoben hatte.

»Entschuldige Vater, aber wie du siehst, ist wie so oft die Hölle los«, hatte Viktoria sich entschuldigt, dankbar darüber, dass sie nicht gänzlich lügen musste.

Paul Seeberger hatte verständnisvoll gelächelt, aber die Traurigkeit und Enttäuschung in seinem Blick waren unübersehbar gewesen. Er hatte sie in die Arme genommen und fast erdrückt.

»Schon gut, mein Kind. Ich hoffe, du nimmst mir den überraschenden Besuch nicht übel?«

»Natürlich nicht Vater«, hatte Viktoria mit einem gezwungenen Lächeln erwidert, »wie lange bleibt ihr noch in der Stadt?«

»Wir haben Karten für ein Musical heute Abend und wollen morgen wieder zurück. Wir sind für Freunde eingesprungen, Martins Frau liegt mit Grippe im Bett und er wollte die Tickets nicht verfallen lassen. Da hab ich die Gelegenheit beim Schopf gepackt und gedacht, wir überraschen dich! Morgen geht es zurück, wir haben zuhause eine Verpflichtung in der Kirchengemeinde, die wir nicht absagen können.«

»Verstehe! Dann wünsche ich euch beiden einen zauberhaften Abend und eine gute Heimreise. Ich melde mich bald wieder, versprochen!«

»Tu das, mein liebes Kind. Tu das!«

Noch einmal hatte er Viktoria in seine Arme genommen und gedrückt. Sie hatte diese Sekunden genossen, die Umarmung fühlte sich wunderbar vertraut an. Höflich hatte sie Sonja die Hand zum Abschied gereicht und steif gelächelt.

Erna hatte Viktoria am frühen Abend nach Hause begleitet, nachdem sie das Treffen mit besorgtem Blick verfolgt hatte. Tommy war nach der Arbeit ebenfalls gekommen, um nach ihr zu sehen.

»Kindchen, du musst ihr ’ne Chance geben, die is nich verkehrt. Glob mir, det tut dir nich jut.«

»Tommy findet Sonja auch nett, sie ist so lieb!«, pflichtete er Erna bei.

»Sie ist bildschön«, sagte Viktoria tonlos.

»Det is nich der Grund, warum dein Papa mit ihr zusammen ist, det kannste globen!«

»Ach nein, sondern?«

»Hör auf det, wat Tommy sagt. Sie ist ’ne liebe, det hat man jesehen. Klar is se hübsch, aber det is in dem Fall nebensächlich, glob mir.«

»Wie kannst du so sicher sein?«

Erna seufzte tief. »Jetzt pass ma uff, Kindchen! Ick war nie wirklich hübsch, aber Männermangel gab’s bei mir nich! Und ick red von echten Männern, tolle Kerle! Und weeste wieso?«

Schweigend schüttelte Viktoria den Kopf, auch Tommy sah Erna erwartungsvoll an und hielt die Luft an.

»Weil se mit mir richtig Spaß haben konnten! Wat ham wir abjelacht! Ick hab denen Wärme gegeben, hab mit denen gequatscht und die Jungs waren im Himmel, alle, det kannste globen! Und dem alten Seeberger jeht et nich anders, echte Männer können nur mit echten Frauen.«

Erna nahm einen kräftigen Schluck und lehnte sich zurück. Viktoria starrte in die Luft, trank ihren Wein und überlegte. Wenn sie Sonja zufällig kennengelernt hätte, wäre sie ihr auf Anhieb sympathisch gewesen, auch wenn das makellose Aussehen der jungen Frau einen wunden Punkt traf. Instinktiv spürte sie, dass Erna recht hatte, aber ihre nagende Eifersucht ließ sich nicht völlig beiseiteschieben, auch wenn Viktoria begann, ihre abweisende Art gegenüber Sonja zu bereuen.

»Jib ihr 'ne Chance, Kindchen. Die Größe haste, det wees ick!«

»Ja«, pflichtete Tommy Erna mit Nachdruck bei, griff nach den leeren Flaschen und lächelte aufmunternd, »wenn nicht Viktoria, wer dann?« Mit Schwung stand er auf und begann, Ordnung zu schaffen.

– 27 –

Max saß konzentriert im Café und prüfte Viktorias Zahlenvorgabe. Tommy tänzelte fröhlich durch den Raum und bediente die Gäste. Stillschweigend stellte Viktoria seinen Lieblingskuchen auf den Tisch ab. Max schaute kurz auf, lächelte und rechnete weiter. Sie setzte sich zu ihm.

»Jo! Das passt«, entschied er, schob die Zahlen beiseite und attackierte den Kuchen. Tommy erschien zum passenden Moment mit Kaffee und stand mit fragendem Blick da.

»Tommy, ich hab das im Griff. Bleib entspannt«, versicherte Jojo, der neben Max am Tisch saß.

»Worum geht's?«, fragte Viktoria. Alle drei sahen sie an. Jojo spielte mit seinem Kaffeebecher.

»Ich habe einen Termin mit Hendrik Sonne für dich vereinbart.«

Viktoria überlegte kurz, der Name sagte ihr nichts, bis ihr plötzlich die Begegnung mit dem Fotografen einfiel, den sie mit einem fliegenden Becher verabschiedet hatte.

»Du hast was gemacht?«, fuhr sie Jojo an und brachte einige Gäste dazu, interessiert aufzusehen. Tommy zupfte nervös an seiner Schürze und Max konzentriert sich voll und ganz auf den Kuchen, aber Jojo hielt ihrem wütenden Blick stand.

»Ich habe Hendrik Sonne recherchiert. Er ist ein Spitzenfotograf mit äußerst ungewöhnlichem Blickwinkel! Superrenommiert, ein echter Künstler.«

»Das ist nicht dein Ernst?«

»Doch Viktoria! Wir glauben, es ist genau das, was du brauchst.«

»Und das ist eurer Ansicht nach was?« Wütend sah sie in die Runde.

»Du musst dich wieder anschauen! Tommy mag dein Gesicht!« Aufgebracht hielt er ihrem Blick stand. »Es ist, es ist«, händeringend suchte er nach den passenden Worten, »etwas ganz Besonderes!« Erfreut über die Findung strahlte er Viktoria an und verschränkte die Arme.

»Das kann man wohl sagen, Tommy.« Viktoria lächelte zynisch, obwohl sie am liebsten geschrien hätte. Tommys Lächeln schwand.

»Tommy mag dein Gesicht, Tommy mag dich! Sogar Jojo mag dich jetzt! Also musst du es auch wieder!« Besorgnis spiegelte sich in seinen Augen, während Viktoria von einem zum anderen sah und schwieg.

»Viktoria, nach so einem Unfall, so einer einschneidenden Veränderung hast du Quantensprünge hingelegt.« Max schob den leeren Teller beiseite und wischte sich den Mund mit dem Handrücken ab. »Ernsthaft! Für mich als Mathematiker ist das schwindelerregend und nicht ganz zu begreifen.«

»Ick war noch nie Model!« Erna stand plötzlich mit verschränkten Armen neben Tommy. »Davon träumt doch heute jeder, ick och! Aber mich will keener! Kindchen, spring über deinen Schatten, et wird dir jut tun!«

Einstimmig pflichteten sie Erna bei, die aufmunternd zwinkerte. Viktoria schwieg.

»Und erzähl uns nicht, du hast keine Zeit! Ramon hält die Stellung!« Tommy verschränkte die Arme noch fester, um seinen Worten Nachdruck zu verleihen.

Ramon arbeitete bereits mehrere Wochen in der Küche und Viktoria wollte ihn nicht mehr missen, denn er hatte sich als extrem lernfähig und arbeitswillig erwiesen, und war sich für keine Arbeit zu schade. Das hatte Viktoria vom ersten Tag an beeindruckt, genau wie die Leidenschaft, mit der er seine Tätigkeit verrichtete und mit ihr über Rezepte sprach, was mit zunehmenden Sprachkenntnissen leichter für beide wurde.

Zudem war Ramons ruhiges aber wissbegieriges Wesen allen auf Anhieb sympathisch und mit wachsender Sicherheit taute er mehr und mehr auf. Tommy himmelt ihn an und mit Jojo saß er oft nach getaner Arbeit und entspannte mit einem Bier oder auch mehreren. Viktoria achtete unablässig darauf, sein Deutsch zu verbessern und lieferte sich gerne Diskussionen mit Jojo darüber, unterstützt von Max, der Ramon dabei half. Und die exotischen Neuheiten nahm der wachsende Kundenstamm freudig an, wie Viktoria mit Genugtuung feststellte.

»Richtig«, bekräftigte Erna Tommys Aussage jetzt. »Der Schokomuffin hat allet im Griff!«

»Nur weil Ramon aus Afrika ist, musst du ihn nicht als Schokomuffin beleidigen!« Entnervt sah Jojo sie an.

»Wer beleidigt ihn denn? Det is meen Schokomuffin, meene dunkle Praline, det is 'n Kompliment! Außerdem isset meen Kumpel! Wir waren jestern eenen heben, hat richtich wat druff, der Kleene!« Erna lächelte zufrieden.

»Ich dachte, du hältst dich strikt an kinderfreie Zonen?«

»Man kann och mal 'ne Ausnahme machen.«

»Das ist nicht dein Ernst?«, fragte Viktoria und alle Augen richteten sich auf Erna.

»Globt ihr, ick klebe abends uff 'm Sofa? Pah! Dafür bin ick viel zu jung! Und Spaß kann man mit dem haben! Jetränkte Rumpraline, mehr sag ick nich.« Ihr kehliges Lachen hallte durch den Raum.

»Warum hast du Tommy nicht mitgenommen?«

»Du verträchst nix, meen Süßer. War besser so.«

Viktoria musste lachen, auch Jojo und Max stimmten ein, nur Tommy war beleidigt. Erna tätschelte seinen Arm so lange, bis er aufgab.

»Wird man hier bedient?«, rief ein Kunde aus der Schlange der Wartenden.

»Oh, Tommy kommt sofort!« Zur Belustigung der Gäste lief er mit erhobenen Händen aufgeregt hinter den Tresen. »Super-Service-Man ist da!«, rief er und gluckste vor Aufregung.

»Ich helfe ihm«, entschied Max, nahm seinen Teller und schlurfte hinterher.

»Bis der ankommt, hat sich die Schlange uffjelöst.«

Erneut musste Viktoria lachen und spürte Jojos Blick, der ihre Wut langsam verdrängte.

»Ich denke darüber nach«, mahnend bot sie den beiden Einhalt. »Und das heißt nicht, dass ich es mache, klar?«

Nun hielten Erna und Jojo abwehrend die Hände hoch.

»Na, geht doch«, beschloss sie und ließ die beiden zurück.

»Ick wette, sie macht et.«

»Ich wette dagegen.« Besorgt sah Jojo ihr nach.

»Wie viel?«

»Wie viel was?«

»Na, um wie viel woll'n wa wetten, sonst macht et keenen Spaß!«

Lächelnd schüttelte Jojo den Kopf. »Erna, du bist einfach ohne Worte.«

»Keene Ausrede, wie viel?«

»Einen Schokomuffin.«

Erna grinste und schlug ein. In diesem Moment spazierte Adolf Herzig durch die Tür und trübte ihre Laune.

»Oh Mann, der Tach sollte doch schön werden!«, ereiferte sie sich.

»Halt die Klappe, Erna! Oder ich erzähl der Bildzeitung, dass du dich an armen schwarzen Kindern vergreifst.«

»Du warst schon immer 'ne Petze, Herzig!«

»Schade, dass du so denkst, ich wollte dich auf ein Stück Kuchen einladen.«

»Wat'n? Die seltsame Wandlung des alten Herzigs? Nee, lass man schön stecken! Ick mach los, bis denne, Kinder!«

Cora spielte mit ihrer Gabel und schob die Speise hin und her. Monika hatte sie zum Gespräch gebeten, das Katz- und Mausspiel der vergangenen Wochen musste ein Ende nehmen. Beide schwiegen, das Essen stand unangerührt.

»Du kannst mir nicht ewig ausweichen.«

»Ich weiß, deshalb sitzen wir ja hier.«

»Cora, ich liebe dich, ich meine es ernst!«

»Wie lange wusstest du von Jasons Entscheidung?«

»Eine Weile.«

»So, so! Und trotzdem hast du die Sache mit Sven weiterlaufen lassen. Mich zu warnen kam dir auch nie in den Sinn! Aber du sprichst von Liebe. Entschuldige, Monika, das passt nicht zusammen!«

»Es war falsch von mir! Meine Karriere aufs Spiel zu setzen schien mir zu riskant! Das war ein großer Fehler, das weiß ich jetzt. Es tut mir so unendlich leid!«

»Du hast mich über die Klinge springen lassen und das, ohne zu zögern! Du vögelst durch die Gegend und sprichst von Liebe.«

»Nein! Ich habe Sven niemals auch nur annähernd Hoffnung gemacht und die Sache gleich nach meiner Benennung beendet, falls es dich interessiert.«

»Vor einem Monat, vielleicht. Das Thema ist erledigt! Du hast mich belogen Monika, ich kann dir nicht trauen! Ich wäre dir chancenlos ausgeliefert.«

»Cora, bitte! Gib mir noch eine Chance!«

»Tut mir leid«, erschöpft stand sie auf. »Sag's mir gleich, muss ich mir einen neuen Job suchen? Ich kann damit umgehen.«

»Nein! Ich bin Profi genug. Und du ein wichtiger Teil der Agentur.«

»Danke für die Einladung, wir sehen uns morgen.« Ohne die Antwort abzuwarten, verließ Cora das Lokal.

Den kurzen Heimweg legte sie im Eilschritt zurück und raste wie eine Fliehende die belebte Straße entlang. In der Wohnung angekommen übergab sie sich in der Spüle, weiter kam sie nicht. Cora wischte den Mund ab, spülte reichlich Wasser nach und sank in die Knie. Der bittere Geschmack ekelte sie an. *Gott verdammt, wie soll ich das nur aushalten?*

Sie glitt auf den Boden und schrie den aufgestauten Schmerz heraus, bis eine bleierne Leere sich in ihr ausbreitete. Lange Zeit verging, bis Cora schließlich erschöpft einschlief. Viktorias Worte klangen ihr im Ohr. *Du hast dir den Mist eingebrockt, also steh es durch. Wenn du kannst, bleib, ansonsten zieh die Reißleine! Eine andere Wahl bleibt dir nicht.*

Stolz präsentierte Ramon seine neueste Kreation, Basbousa, ein marokkanisches Grieß-Kokos-Kuchen-Rezept, das er verfeinert hatte. Bewundernd beugte sich Viktoria vor und atmete das Aroma ein.

Mit einem Blick zu Max sagte sie: »Wenn du mit deinen Fingern auch nur in die Nähe kommst, bringe ich dich um!«

Max hob abwehrend die Hände und trat den Rückweg ins Café an, begleitet von Ramons Grinsen.

»Was mit Fotograf?«, fragte er und stellte das Kunstwerk zur Seite.

»Was ist mit dem Fotografen«, wiederholte Viktoria automatisch und begann mit Nachdruck einen Teig zu bearbeiten. »Was soll mit ihm sein?«

»Jojo hat Termin gemacht. Und, du gehst?«

»Gehst du, ist die richtige Folge für eine Frage und es ist ein Termin, nicht Termin.«

»Keine Frage, Jojo hat ein Termin gemacht«, beschloss Ramon und grinste wieder.

»Das entscheide immer noch ich, danke.«

»Aber ist gute Idee.«

»Was fehlt?«, fragte Viktoria mit hochgezogener Augenbraue.

»Nix, Teig ist gut, warum?«

»Ich rede vom Satzbau!«

Ramon schwieg und stellte die Zutaten für den nächsten Arbeitsgang zusammen. »Eine gute Idee!«, sagte er schließlich zögernd. Viktoria nickte zufrieden. »Ich habe richtig gesagt,« freute er sich, »und Chefin muss gehen!«, fügte er hinzu, bevor er sie mit einem Handtuch abwarf und lachte. Kopfschüttelnd hob Viktoria es auf und widmete sich wieder ihrer Arbeit.

Paul Seeberger klappte sein Buch zu, legte es entnervt zur Seite und sah in das prasselnde Feuer. Sonja kam mit dem Telefon am Ohr ins Zimmer und ließ ihn aufblicken.

»Danke, Viktoria, es geht mir gut. Warte, ich reiche dir deinen Vater. Wir würden uns auch freuen, dich bald wiederzusehen, gerne, bis bald!« Lächelnd reichte sie Paul den Hörer und verließ das Zimmer.

»Wie ich sehe, machst du Fortschritte mit meiner Frau, das freut deinen alten Vater.«

»Ich wusste nicht, dass ihr verheiratet seid. Guten Abend Vater. Ich muss mich entschuldigen für mein Verhalten während eures Besuchs und die Tatsache, dass ich mich erst jetzt melde.«

»Sonja ist meine Frau, auch ohne Trauschein, und es kann gut sein, dass ich sie im kommenden Jahr heirate, sofern sie das will.«

In der Leitung wurde es still. Paul Seeberger schloss die Augen und seufzte tief, wartete jedoch geduldig auf eine Antwort, die nicht kam.

»Viktoria, du bist meine Tochter, du hast vor Sonja nichts zu befürchten, aber selbst dir zuliebe würde, könnte ich sie niemals aufgeben. Ich hoffe, du wirst eines Tages einsehen, warum. Wie geht es dir, mein Kind? Wir waren äußerst beeindruckt von deinem neuen Unterfangen und besonders von dir, du scheinst dich in Windeseile zu erholen. Ich bin sehr stolz auf dich, musst du wissen.«

»Danke Vater, ich mache Fortschritte, ja. Hör zu, ich, dein Besuch hat mich überrumpelt, es war ein schlechter Start für uns beide, für uns alle. Ich —«

»Sonja hat von Anfang an versucht, mich davon abzuhalten, aus genau diesem Grund. Aber du kennst ja deinen alten Vater, ein sturer Bock ist nichts dagegen.« Viktorias Lachen in der Leitung gab ihm Auftrieb. »Wann sehen wir uns wieder? Es gibt so vieles, über das wir sprechen sollten, ich war so froh, nach so langer Zeit endlich wieder mit dir zusammenzukommen!«

»Ich muss sehen, wie sich alles hier entwickelt.«

»Noch einmal lasse ich nicht fünf Jahre ins Land ziehen.«

»Davon redet auch niemand!«

»Spätestens Weihnachten möchte ich dich sehen, darauf bestehe ich. Tust du das, deinem alten Vater zuliebe? Wenn ich mich schon bis dahin gedulde?«

»Allerspätestens dann Vater, versprochen!«

»Gut, und in der Zwischenzeit kannst du mich ja mit Gebäck in Schach halten und mir die Wartezeit versüßen?«

»Das ist ja wohl das Mindeste!«

»Abgemacht! Pass auf dich auf mein Kind. Und melde dich bald wieder, versprochen?«

»Versprochen!«

Beruhigt legte Paul das Telefon auf den Tisch, lehnte sich im Sessel zurück und sah wieder in die Flammen.

Sonja hat recht, dachte er, *ich muss ihr Zeit lassen. Wo doch Geduld nicht gerade eine meiner Tugenden ist! Hauptsache, der erste Schritt ist getan, den hatte ich mir schlimmer vorgestellt.* Paul räusperte sich und erinnerte sich noch zu gut an das letzte Treffen, die Beerdigung von Viktorias Mutter. Der Kontakt zu Viktoria war zu dieser Zeit bereits sehr dünn gesät gewesen, um genau zu sein, hatte Svens Einfluss auf Pauls Tochter ihn Jahr für Jahr schwinden lassen. Das war für Paul immer ein Streitpunkt gewesen, er hatte nie verstanden, warum eine starke Frau wie Viktoria, mit weit mehr Fähigkeiten und Talenten, sich einem Mann wie Sven bereitwillig unterordnete. Als hörig hatte er ihr Verhalten beim letzten Treffen bezeichnet und damit den Streit heraufbeschworen, der letztendlich zum Bruch in der Beziehung geführt hatte. Viktorias Unnahbarkeit, ihr Streben nach körperlicher Perfektion und die Art und Weise, wie sie permanent darauf bedacht gewesen war, Sven zu gefallen, hatten ihren Vater dazu gebracht, seiner Wut während der Trauerfeier Luft zu machen.

Fünf Jahre hat uns das gekostet, dachte er. *Das war es nicht wert gewesen.* Zugegeben, Sven hatte Charme, aber weder Rückgrat noch Tiefgang. *Da wird noch was kommen*, sagte sein Bauch ihm jetzt, *das Ding ist noch nicht ausgestanden!* Er kam auf die Beine und stand gedankenverloren vor den knisternden Flammen. Die Vorfreude auf die nächste Paketsendung aus Berlin lenkte ihn schließlich ab.

Das sonnendurchflutete Studio imponierte Viktoria und verdrängte die Tatsache, dass sie einem Termin mit Hendrik Sonne zugestimmt hatte. Ausgerechnet Adolf Herzig war letztendlich der Auslöser gewesen. Jojo und Ramon hatten erneut versucht, sie zu überreden, als er mit einem Stück Kuchen, das unter einem Berg Sahne vergraben lag, plötzlich neben ihr gestanden hatte.

»Als Angsthasen stufe ich sie nicht ein, Monstertörtchen. Tagchen Ramon, Ihr Kokoskram ist eine Wucht! Wenn das so weitergeht, muss ich mir die Hosen weiter machen lassen. Haben Sie kein Mitleid mit einem alten Mann? Das hätte sich Peter Pan hier kaum träumen lassen, auf einmal im Gespann mit zwei solchen Könnern zu arbeiten. Nimm dir mal ein Beispiel an ihm Pappnase, der Junge hat Körperspannung!«

Ramon lächelte verlegen, Jojo verdrehte die Augen und Viktoria schluckte schwer. Herzigs Worte trafen einen wunden Punkt. Später am Abend hatte sie dem Termin mit Hendrik Sonne zugestimmt.

Tommy hatte darauf bestanden, mitzukommen, und sie war ihm in diesem Moment dankbar dafür. Völlig aus dem Häuschen ließ er sich alles zeigen und glückste vor Vergnügen, ab und an klatschte er begeistert in die Hände.

»Na dann wollen wir mal! Danke, dass du gekommen bist! Die Entscheidung war sicherlich keine leichte! Du wirst es nicht bereuen, glaub mir.« Sanft drückte Hendrik ihren Arm.

»Lass uns loslegen, bevor ich es mir anders überlege.«

Hendrik warf einen kurzen Blick auf Viktoria und Tommy.

»Ich arbeite ausschließlich in Schwarz-Weiß, das ist prägnanter. In der nächsten Ausstellung geht es mir um Gegensätze und die sind in deinem Gesicht perfekt vereint.«

Viktoria vergrub die Hände in den Taschen. »Ganz ehrlich Hendrik, ich weiß nicht, ob ich das schaffe.«

Tommy wurde bei diesem Satz hektisch, sein Gesichtsausdruck spiegelte Aufruhr. Er zupfte an den Haaren, das typische Anzeichen für steigende Nervosität.

»Wir fangen mit einer Aufnahme von euch beiden an, was haltet ihr davon? Wir zeigen dein schönes Profil mit Tommys Gesicht frontal dahinter, das wird gut.« Ohne zu zögern, fing er die ersten Bilder ein. Das Resultat erschien kurz darauf auf dem Bildschirm. Tommy gluckste vor Freude und klatschte begeistert in die Hände.

»Weiter, weiter!«, forderte Tommy und tänzelte auf und ab.

Hendrik arbeitete konzentriert und zielstrebig. Viktorias Vertrauen und Entspannung stiegen mit der Gelassenheit seiner Anweisungen.

Der Tag neigte sich bereits dem Ende, als endlich alle Aufnahmen im Kasten waren. Hendrik hatte magische Bilder eingefangen, die Viktoria in einem völlig neuen Blickwinkel zeigten. Er hatte Recht behalten, wie Viktoria sich eingestehen musste, die Mühe hatte sich gelohnt.

»Die Arbeit ist noch nicht abgeschlossen. Manche müssen noch intensiv bearbeitet werden. Trotzdem, das wird eine runde Sache! Danke, du bist wirklich mutig.« Unvermittelt nahm er Viktoria in die Arme, die sich bei der Berührung ungewollt verkrampfte. Hendrik ließ los und dankte ihr mit einem Lächeln.

»Ich hoffe, du kommst zur Eröffnung der Ausstellung? Ich schicke dir eine Einladung, sobald es so weit ist.«

»Tommy kommt mit«, rief Tommy begeistert. »Tommy ist dabei!«

»Alle kommen mit«, entschied Viktoria. »Jojo, Max, Erna, Ramon. Sogar den herzigen Adolf nehme ich mit.« Sie lächelte und reichte Hendrik die Hand zum Abschied. »Bis bald, Hendrik, ich bin gespannt!«

Als Viktoria kurze Zeit später in der kalten Abendluft ankam, atmete sie auf. Tommy hüpfte neben ihr her, vollkommen aufgewühlt von den Geschehnissen des Tages. Sie legten einen Großteil des Heimwegs schweigend zurück. Viktoria beobachtete, wie Tommy scheinbar selig durch die Welt spazierte. *Ich muss noch viel von ihm lernen*, dachte sie und lächelte verträumt.

Die Adventszeit war angebrochen. Viktoria stieß fast mit Adolf Herzig zusammen, der in diesem Moment das Café betrat.

»Monstertörtchen, ich hoffe, es ist noch Aprikosenkuchen übrig!«

»Sicher, nur die Sahne ist ausgegangen.« Verschmitzt lächelte Viktoria ihn an.

»Sehr witzig! Kuchen ohne Sahne ist zum Fenster rausgeschmissenes Geld. Ich nehme eine doppelte Portion.«

»Kommt sofort!«

»Monstertörtchen, auf Sie ist Verlass!«

Adolf Herzig saß mit überkreuzten Beinen und verschränkten Armen und sah wie immer voller Zynismus um sich, als Viktoria den Teller geschickt vor ihm platzierte und Herzig feierlich eine große Tüte Adventsplätzchen reichte, an der ein Couvert hing. Interessiert musterte Adolf erst den Umschlag, dann sie.

»Wie Sie richtig annahmen, bin ich kein Angsthase.«

Herzig öffnete den Umschlag und zog eine Karte heraus, die Viktorias Gesicht schmückte. Die vernarbte

Hälfte lag im Dunkeln und Viktoria sah geheimnisvoll in die Kamera.

Jojo hatte mit seinen Worten nicht untertrieben, Hendrik Sonne war ein außergewöhnlicher Künstler. Er hatte magische Bilder geschaffen, die den Alltag mit ihrem neuen Aussehen in den Hintergrund drängten und widerspiegelten, was Tommy immer gesehen hatte. Eine Frau mit zwei Gesichtern.

Adolf Herzig lehnte sich genüsslich zurück, grinste breit und schob ein großzügiges Stück Kuchen mit Sahne in den Mund.

»Monstertörtchen, es wird mir eine Ehre sein.«

Sven baute beim Anblick des Plakates fast einen Unfall. Er fuhr rechts ran, schaute genauer hin und starrte fasziniert das Bild an. Keine Frage, es war Viktoria! Geschickt aufgenommen, man könnte meinen, sie ist wie früher. Er griff nach seinem Smartphone und wählte eine Nummer.

»Heiko, Sven hier! Sag mal, sagt dir der Name Hendrik Sonne was?«

»Einer der ganz großen Fotokünstler. Macht bald wieder eine lang erwartete Fotoausstellung. Hab das Plakat schon gesehen, geile Nummer! War viele Jahre in New York und kam vor knapp zwölf Monaten nach Berlin. Sagt, die Stadt ist nicht mehr zu schlagen. Sag mal, auf dem Bild, das ist doch Viktoria, oder?«

»Sie ist es, definitiv!«

»Die Ausstellung schau ich mir an! Hannah erzählte mir, sie backt Kuchen in Kreuzberg und die Leute stehen Schlange.«

»Was du nicht sagst! Wo genau?«

»Warte kurz, ich frage sie«, während Heiko durch den Raum brüllte, schaute Sven erneut das Plakat an. »Friesen, Höhe Bergmann.«

»Wie heißt er?«

»Monstertörtchen.«

»Wie bitte?«

»Monstertörtchen. Geile Idee!«

»Alles klar. Ich hab noch einen Termin, falls die Schlange mich sucht.«

»Kein Ding! Die Zicke ist heute ungenießbar, lass dir Zeit.«

Wenig später lenkte Sven den Wagen zu der angegebenen Adresse und sah die Schlange der Wartenden, die bis auf die Straße reichte. Nachdem er den Kampf um einen Parkplatz gewonnen hatte, ging er ins Café und suchte einen Platz, was sich als schwierig erwies, da es kaum freie Tische gab.

»Super-Service-Man zu Diensten, was kann ich bringen?«

Sven betrachtete den Mann kurz. *Komischer Vogel, scheinbar behindert. Arme Sau*, dachte er und spähte in die Auslage.

»Ich nehme einen Muffin und einen Kaffee!«

»Kommt sofort!«

Die Einrichtung gefiel Sven, mühelos erkannte er Viktorias Handschrift. *Aber das Publikum*, dachte er. *Typisch Kreuzberg, zum Kotzen! Linke, Alternative, Künstler und die üblichen Bekloppten, wie die schrullige Alte am Nebentisch. Einfach ätzend!* Sven lächelte gönnerhaft, als Tommy ihm seine Bestellung servierte.

»Danke, ganz reizend von Ihnen!«

Beim ersten Bissen stellte Sven bereits fest, dass der Muffin eine Sensation war. *Unglaublich, ich wusste gar nicht, dass Viktoria backen kann! Außer Frühstück oder Sushi-Lieferungen nutzten wir die Küche nie, dabei hat sie richtig was auf dem Kasten, sieh mal einer an! Auf die Füße gefallen!* Als Sven aufsah, zuckte er zusammen. Mit finsterem Blick und verschränkten Armen stand Viktoria vor ihm.

»Hast du dich verlaufen?«

Sven betrachtete sie eingehend. *Leider kein Vergleich zum Plakat*, entschied er. *Wirklich zu schade!*

»Viktoria, ich muss schon sagen, ich entdecke lauter neue Seiten an dir! Erst dein Gesicht auf einer Werbung und nun das«, vielsagend deutete er auf seinen Teller. »Köstlich!«

Viktoria stand einen Moment schweigend da und musterte Sven. Als ein älterer Herr sich an den Nachbartisch setzte, nickte sie ihm kurz freundlich zu, während die schrullige Alte über den Neuankömmling wetterte.

»Mensch Erna, jetzt gib endlich Ruhe! Lass dich einladen!«, sagte der ältere Herr.

»Kommt nich in Frage! Ick lade dich ein, oder du ziehst Leine, Herzig!«

Sven betrachtete die beiden kurz und wandte sich wieder an Viktoria. »Reizendes Publikum, das muss ich schon sagen. Aber an Umsatz scheint es nicht zu mangeln, alle Achtung! Wie geht es dir?«

»Was willst du?«

Sven lächelte süffisant. »Du scheinst dich prächtig zu entwickeln, Glückwunsch! Das wird sich zweifelsohne auszahlen, vielleicht auch für mich, wer weiß.«

»Was soll das heißen?«

»Sollte ich jemals in Probleme geraten, könnte ich auf die Unterstützung meiner zukünftigen Exfrau zählen. Gleiches Scheidungsrecht für alle.«

Viktoria wurde blass. Sven zuckte unwillkürlich zurück, als sie die Hände auf dem Tisch abstützte, sich bedrohlich vorbeugte und ihn dabei nicht aus den Augen ließ.

»Jetzt hör genau zu, du Einfaltspinsel! Sobald ich die Scheidung einreiche, werden wir beide einvernehmlich bereits eine außergerichtliche Vereinbarung getroffen haben, die den Ehegattenausgleich auf unseren gemeinsamen Wunsch hin ausschließt. Noch Fragen?«

»Viktoria, ein banaler Scherz am Rande, nichts weiter!«

»Gut zu wissen! Und jetzt nimm deinen armseligen Arsch in beide Hände und sieh zu, dass du Land gewinnst!«

Sven verschränkte die Arme. »Und wenn ich mich weigere?«

»Ramon!«, brüllte Viktoria durch den Laden. Binnen Sekunden sah Sven einen groß gewachsenen Afrikaner hinter der Theke, der sich am Handtuch die Hände trocknete und ihn finster anstarrte. *Muss der Tellerwäscher sein,* überlegte er. *Kräftige Pranken, der Bursche!*

»Ramon, der Gast möchte gehen!«

Ramon feuerte das Handtuch beiseite und eilte auf ihn zu. Sven sprang auf.

»Nicht nötig, ich habe verstanden! War schön dich zu sehen, Viktoria. Ich muss los!« Und obwohl Sven versuchte, seine Angst zu verbergen, floh er zur Tür.

»Monstertörtchen, klären Sie mich auf! Wer war der Lackaffe?«

»Mein zukünftiger Exmann.«

»Det glob ick jetzt nich! Ne, also janz ehrlich, nee!« ereiferte sich Erna.

»Wenn das wahr ist, kann ich nur sagen: Seien Sie froh, dass Sie ihn los sind! Eine Flitzpiepe vom Feinsten!«

»Ick stimme dir unjern zu, aber Recht haste, Herzig! Ne absolute Weichwurst, pah! Kindchen, dank dem Himmel, das de entkommen bist!«

»Erna, du hattest schon immer einen Sinn fürs Dramatische!«

»Halt die Klappe, Herzig! Oder ick überleg's mir noch anders mit der Einladung.«

Adolf lehnte sich genüsslich zurück. »Wir nehmen zwei Aprikosenküchlein. Aber bitte mit Sahne!«

– 29 –

Die Galerie quoll über vor Gästen, der Ausstellung von Hendrik Sonne war entgegengefiebert worden. Die Kunstszene, Journalisten und Fotografen nahmen die neuen Werke mit großem Interesse in Augenschein. Die Fotografien strotzten vor Spannung und gaben Viktorias Gesicht das, was im Alltag fehlte, eine erschreckende, magische Anziehungskraft.

Jojo, Max, Tommy und Erna standen bewundernd vor den Bildern.

»Jetzt verstehe ich, was er meinte. Wahnsinn! Echt schräg! Hut ab Viktoria!« Max prostete ihr anerkennend zu. Sie lächelte und schwieg.

»Sogar der Bürgermeister von Berlin ist da!«, stieß Tommy aufgeregt hervor.

»Alter, der ist immer da, wo Champagner fließt«, gab Max zurück. »Ein waschechter Sozialdemokrat.«

»Was ist ein Sozialdemokrat?«

»Unser Regierender!«, riefen Jojo und Max im Chor. »Aber jetzt übernimmt ja sein Nachfolger das Ruder, hoffen wir, dass er rechnen kann, schließlich haben wir ja die Absicht, einen Flughafen zu bauen, Prost!«, fügte Viktoria hinzu und brachte damit die kleine Truppe zum Lachen. Erna hörte abrupt auf, als sie einen neuen Gast erspähte.

»Ick glob et einfach nich! Det müsst ihr euch ankieken!«, brachte sie gerade noch hervor, als Adolf Herzig ihnen mit einem imposanten Blumenstrauß entgegenkam.

»Scheint sojar in 'nen neuen Anzug investiert zu haben. Ick geh kaputt!«

»Abend ihr Pappnasen! Erna, Monstertörtchen«, Herzig lächelte freundlich. »Die sind für Ihren Mut, etwas Seltenes in der heutigen Welt. Das Sahneproblem kriegen wir noch in den Griff! Eine kleine Aufmerksamkeit für Sie.« Feierlich überreichte er Viktoria den Strauß. »Tja Erna, ich kann auch anders.«

Erna stand mit offenem Mund sprachlos da, alle mussten sich ein Lachen verkneifen. Tommy gluckste fröhlich und bewunderte die Blumen.

»Wenn du deine Sprache wiedergefunden hast, kannst du mich ja mal durch die Ausstellung führen, oder gebührt die Ehre nur Ramon?« Keiner hielt es länger aus, alle brachen in Gelächter aus, selbst Erna stimmte ein.

»Wo steckt er überhaupt?«. Fragend schaute Adolf sich um.

»Bei seinem Verlobten, sie stehen da drüben. Zu meinem Bedauern ein sehr eifersüchtijer Jenosse.« Erna rollte vielsagend die Augen.

Adolf Herzig reichte ihr galant seinen Arm. »Na dann wollen wir mal.« Geschickt führte er die noch immer entgeisterte Erna durch den Raum.

»Das glaub ich jetzt nicht«, befand Max. »Das ist irgendwie unlogisch.«

»Genau deshalb finde ich es besonders amüsant«, sagte Viktoria, lächelte verträumt und ließ ihren Blick schweifen. Die geladenen Gäste drängten sich vor den Bildern und diskutierten heftig über die Aufnahmen. Jojo und Max genossen den Champagner und Tommy streichelte die Blumen, bis Erna und ihr Kavalier nach geraumer Zeit zurückkehrten.

»Monstertörtchen, stramme Leistung. Zum Wohl!«

»Als Model biste zu jebrauchen, liegt am unverwechselbaren Look!« Ernas kehliges Lachen klang durch das Stimmengewirr.

»So, wollen wir?« Adolf Herzig sah Erna fragend an.

»Kindchen, wir verabschieden uns, wir hamm noch wat zu klären.« Ernas vielsagender Blick folgte.

»Herrschaften, bis die Tage! Und Monstertörtchen, die Sahne nicht vergessen.« Mit einem Zwinkern verabschiedete Herzig sich, nahm Erna galant am Arm und ging mit ihr in Richtung Ausgang.

»Habe ich das gerade richtig verstanden? Herzig führt sie noch aus?«

»Jojo, in den letzten Monaten ist mir eins klar geworden: Nichts ist unmöglich, zum Wohl!«

»Schön, dass du so denkst, Viktoria. Tommy hat noch eine Überraschung für dich«, bemerkte Jojo betont gelassen.

»Und die wäre?«, fragte Viktoria angespannt, denn Tommys nervöser Blick verhieß nichts Gutes.

»Tommy hat noch zwei Gäste eingeladen, versprichst du Tommy, nicht böse mit ihm zu sein?«, sagte Tommy mit einem bittenden Lächeln.

Viktoria schloss die Augen, sie ahnte, wer die beiden Überraschungsgäste waren.

»Guten Abend Viktoria, Max, Jojo! Und Tommy, vielen Dank für die Einladung! Ich hoffe, die Überraschung ist gelungen?«

Viktoria drehte sich um und stand unvermittelt ihrem Vater und Sonja gegenüber, die an diesem Abend zauberhaft aussah und alle anstrahlte. Viktoria ließ sich von ihrem Vater ausgiebig drücken und schaffte es, Sonja freundlich zu grüßen.

»Schön, dass ihr gekommen seid, unerwartet, aber schön!«

»Darf Tommy Sonja die Ausstellung zeigen?«, fragte Tommy aufgeregt und trippelte bereits mit den Füßen.

»Das ist eine prima Idee!«, bedankte sich Sonja und hakte ihn unter.

»Wir drehen auch noch mal 'ne Runde«, sagte Jojo. »Los Max, lass uns den Schampus jagen!«

Willig folgte Max der Einladung und ließ Vater und Tochter zurück, die einen Moment lang schwiegen.

»Ich platze vor Stolz, Viktoria!«

Viktoria verschränkte die Arme und sah ihn fragend an.

»Dein ungeduldiger Vater hat es einfach nicht mehr ausgehalten, verzeih mir! Und als Sonja im Café anrief, um Weihnachtsgebäck zu bestellen, hat Tommy uns eingeladen. Wolltest du mir diesen grandiosen Moment tatsächlich verweigern?«

»Ich habe lange mit mir gerungen, glaub mir! Ich wollte dir eins der Bilder als Geschenk zu Weihnachten mitbringen. Aber ich bin glücklich, dass Tommy mich gerettet hat, den Fehler hätte ich bereut.«

Paul lächelte versöhnlich. »Ich habe das Bild, das die Ausstellung beworben hat, sofort gekauft. Herr Sonne war so freundlich es gleich für mich zu reservieren.«

»Warum, weil ich darauf fast so aussehe wie früher?«

Pauls Lächeln schwand. »Nein mein Kind, da irrst du.« Er nahm zwei Gläser Champagner von einem Kellner entgegen und reichte Viktoria ein frisches Glas, die es dankend annahm.

»Dieses Bild zeigt, dass du deine Zukunft, die im Dunkeln lag, fabelhaft gemeistert hast und darauf bin ich unendlich stolz und sehr, sehr glücklich! Du bist und bleibst weit mehr als ein Gesicht für mich. Du, liebe Viktoria, bist ein außergewöhnlicher Mensch, der andere mitreißen und bereichern kann! Auf dein Wohl, mein Kind und herzlichen Glückwunsch zu deinem Erfolg.«

»Danke, Vater, das hast du schön gesagt.«

»Jetzt, wo wir allein sind, wollte ich abschließend ein Wort über die Vergangenheit sagen und sie dann ruhen lassen, auch unserer Zukunft willen.«

Viktoria atmete bei diesen Worten tief ein und sah ihren Vater eindringlich an, der beschwichtigend die Hand hob.

»Ich habe nicht vor, bereits Gesagtes zu wiederholen oder neu aufleben zu lassen, dafür ist zu viel geschehen. Nein, es geht um Sonja und deine Mutter, Gott hab sie selig.«

»Vater, bitte!«

»Lass mich ausreden, Viktoria, es ist wichtig! Ich habe deine Mutter geliebt, ich denke, das weißt du. Aber ihre Krankheit und ihre zurückhaltende Art, die manchmal fast an Unnahbarkeit grenzte, haben mich unsagbar viel Kraft gekostet. Ich hätte sie niemals verlassen, dafür habe ich sie zu sehr geliebt und respektiert. Sonja gibt mir diese Kraft zurück und die Jahre, in denen ich gealtert bin. Sie gibt mir Wärme, Geborgenheit und unendlich viel Lebensfreude. Aber sie wird weder dich noch deine Mutter jemals ersetzen. Und deswegen wünsche ich mir nichts mehr, als dass du ihr eine Chance gibst, unserer gemeinsamen Zukunft zuliebe.«

Viktoria betrachtete lange schweigend ihr Glas, bis sie schließlich auf ihren Vater zuging und ihn innig drückte.

»Ob du es glaubst oder nicht, das hatte ich sowieso vor, denn die Jahre ohne dich waren verlorene Jahre. Aber es kann ab und an holprig werden, ich bin auch nur ein Mensch.«

Wortlos hakten sie einander unter und begannen, sich die Ausstellung gemeinsam anzusehen.

Viktoria stand mit verschränkten Armen und begutachtete die erweiterte Ladenfläche. Jojo trank seinen Kaffee, während Max die Hände in den Taschen vergrub.

»Hat das Budget etwas gesprengt«, bemerkte er.

»Um wie viel?« Prüfend sah sie Max an.

»Knapp zehn Prozent.«

»Nicht der Rede wert.«

Viktorias Aussage erntete Jojos vorwurfsvollen Blick, demonstrativ trank er schweigend seinen Kaffee. Sie ignorierte ihn und betrachtete zufrieden das Ergebnis. Eine Glasfront gab Einblick in die modernisierte Küche, die um einiges vergrößert worden war, vor der eine Fläche für Verpackung und Versand lag. Der Bürobereich lag verdeckt hinter Milchglas. Aber Viktorias ganzer Stolz stand vor der Tür, ein kleiner Lieferwagen in Bonbontönen mit der Aufschrift ›Monstertörtchen‹.

»Die ersten Bestellungen liegen schon vor, Erna meistert die Annahme und Verwaltung spielend.«

Jojo rollte die Augen. Er selbst hatte Erna die Stelle vorgeschlagen, in der Hoffnung, dass sie ablehnte. Erna hatte ihm den Gefallen nicht getan und das Angebot erfreut angenommen.

»Jetzt müssen wir noch einen verlässlichen Fahrer finden, die erste Runde geht an dich. Achmed schlägt seinen Sohn vor, kennst du ihn?«, fragte Viktoria.

»Flüchtig. Studiert glaube ich und hilft ihm im Gemüsehandel. Er kann ihn entbehren, die Tochter ist alt genug, um ihn zu ersetzen.«

»Okay. Übrigens, die Tour führt bis nach Dahlem. Zu einer Frau Richter. Seid ihr zufällig verwandt?«

»Nicht dein Ernst?«

»Doch Alter, freu dich auf ein Wiedersehen«, besorgt sah Max ihn an. Jojo rieb sich die Augen und ließ die beiden allein.

»Was ist?«

»Helena Richter ist Jojos Mutter. Schwierige Kiste, wenn du mich fragst.«

»Vielleicht die beste Art für ein versöhnendes Gespräch? Schließlich kann er endlich einen Erfolg vorweisen.«

»Der interessiert Jojo nicht, soweit solltest du ihn mittlerweile kennen.« Max streichelte sein T-Shirt. »Nimm das Leben nicht so ernst. Du kommst hier eh nicht lebend raus!«, verkündete die Botschaft des Tages.

Im Café begrüßte Adolf Herzig Viktoria. Vor ihm stand ein Teller mit Kuchen und eine Tasse Kaffee.

»Herr Herzig, was sehe ich! Keine Sahne und dafür Kaffee? Alles in Ordnung?«

»Monstertörtchen, alles bestens! Den Laden haben Sie gut hingebogen, gefällt mir! Erna hat mir alles gezeigt. Aber, ich hatte nichts anderes erwartet.« Mit einem weniger freundlichen Blick gab er Max zu verstehen, dass er Nachschub benötigte. Viktoria ließ die beiden zurück und ging schnurstracks in die Küche, wo Ramon zufrieden sein Werk betrachtete. Der Duft von Bananenbrot hing in der Luft.

»Perfektes Timing! Da kann ich gleich etwas naschen«, entschied sie, erreichte das Ziel aber nicht, da Ramon ihr blitzschnell auf die Finger klopfte.

»Alles schon bezahlt, Pfoten weg! Das ist kein Kindergarten!«

»Fehlerfreies Deutsch, ich bin begeistert! Und du bist strenger als ich, das gefällt mir! Im Kampf gegen Max stehe ich nicht mehr allein.« Lobend klopfte sie ihm auf die Schulter.

Schweigend drehte Ramon sich um und hielt einen Teller für Viktoria bereit. Ein Grinsen ging von Ohr zu Ohr.

»Auf alte Zeiten«, strahlte er und reichte ihr die duftenden Probestücke, die er extra für sie bereitgelegt hatte.

Der Lieferwagen hielt vor der Einfahrt. Entnervt seufzte Jojo, es half alles nichts. Seine Mutter hatte eine ganze Palette von Kuchen und Keksen bestellt.

Die Tür ging auf und Helena Richter trat hinaus, begleitet von dem jungen Hund, den Jojo beim letzten Besuch gesehen hatte. Laut bellend eilte er zum Tor. Jojo zog den Schlüssel ab und stieg aus. Winkend kam seine Mutter auf ihn zu, lächelte und ermahnte den Jack Russel, nicht so viel Lärm zu machen. Für den Bruchteil einer Sekunde schien Jojo zurückversetzt in seine Kindheit.

»Hallo mein Junge, komm rein! Soll ich dir helfen? Ich habe mehr bestellt als nötig, aber die Damen freuen sich immer über solche Köstlichkeiten!«

»Geht schon, danke!« Jojo lächelte und öffnete die Ladeluke, in der fünf Kisten bereitstanden. Er zog sie vorsichtig heraus, schloss die Tür und ging auf seine Mutter zu. Noch bevor er etwas sagen konnte, hatte sie ihm die Hälfte der Ladung abgenommen.

Die Küche erkannte Jojo kaum wieder, modernes Bulthaup-Design ersetzte den ehemaligen Landhausstil aus Kindertagen. Jojo hielt inne, als er eine Fotografie von Viktoria aus Hendrik Sonnes Ausstellung bemerkte. Helena folgte seinem Blick.

»Ich finde es überaus gelungen. Was meinst du?«

Jojo starrte gebannt auf das Bild, auf dem Viktoria in einen Spiegel schaute. Das Spiegelbild war seitenverkehrt, so sah die vernarbte Gesichtshälfte die unversehrte an und umgekehrt.

»Ich hatte schon lange nach dem passenden Motiv für die Küche gesucht. Es ist perfekt! Hendrik Sonne ist immer eine Investition wert.«

»Ja«, erwiderte Jojo nach einer Pause. »Letztendlich erkennen wir uns alle in diesem Bild wieder. Es ist nicht immer alles so, wie es scheint.«

Helena Richter lächelte erfreut, öffnete behutsam die erste Schachtel und betrachtete wohlwollend den Inhalt.

»Lauter kleine Kunstwerke. Eine wirklich mutige Person, diese Viktoria! Hendrik erzählte mir von ihr auf der Ausstellung. Du warst leider schon weg! Allein die Namensgebung, köstlich!«

»Ja, sie hat Größe. Soll ich sie in die Kammer stellen?«

»Bitte, die Damen kommen morgen Vormittag. Du kennst ja den Weg.«

Jojo zögerte, noch immer war es seltsam, hier zu sein. Sein letzter Besuch lag Jahre zurück. Als er wieder in die Küche trat, hielt ihm seine Mutter ein Glas Wasser entgegen.

»Ich mach besser los, bevor Vater kommt.« In einem Zug trank Jojo das Glas leer und spürte den Blick seiner Mutter auf sich ruhen, während sie einen Bilderrahmen hervorzog.

»Trinkgeld fand ich unangebracht. Ich dachte, du freust dich vielleicht hierüber.« Sie reichte ihm eine gerahmte Fotografie.

Jojo betrachtete das Geschenk, ein Schnappschuss aus glücklichen Tagen. Alexander hielt seinen kleinen Bruder in den Armen, der ihn fest umklammerte. Beide lachten. Das Bild strahlte eine innige Verbundenheit aus. Von unerwarteten Gefühlen übermannt, räusperte Jojo sich.

»Danke, das hatte ich völlig vergessen. Er hat mich vor einiger Zeit besucht und sah beeindruckend aus. Es —« Jojo brach ab. »Es tat gut, ihn zu sehen. Ich nehme an, er ist Vaters ganzer Stolz.«

»Die beiden pflegen kaum noch Kontakt. Euer Vater kommt mit Alexanders Frau nicht zurecht, einer Russin.«

»Verstehe. Wie so oft tolerant und weltoffen.«

Helenas strafender Blick ließ Jojo schweigen. Erneut betrachtete er das Bild und lächelte gequält. Der junge Hund kratzte eifrig an der Tür.

»Ich muss los, Mutter. War schön dich zu sehen! Danke hierfür«, er hielt den Rahmen hoch.

»Dein Erfolg freut mich sehr, Jonas. Ich bin froh, dass du einen starken Compagnon gefunden hast. Weiterhin gutes Gelingen! Wir sehen uns hoffentlich bald wieder.«

Jojo wollte etwas erwidern. Letztendlich entschied er dagegen, er war es leid, in jedem Wort seiner Mutter einen Angriff zu sehen. Er winkte ihr lächelnd zu und trat vor die Tür. Der Hund verabschiedete ihn mit lautstarkem Bellen.

Jojo atmete tief ein, die frische Abendluft wirkte belebend. Als Kind hatte er diese Jahreszeit geliebt. Das Anwesen war wie in jeder Vorweihnachtszeit prachtvoll geschmückt, die schönste Zeit des Jahres. *Das war einmal*, dachte Jojo und schloss schweren Herzens das Tor. Erneut betrachte er das Bild. *Ich werde ihn anrufen*, versprach er sich. *Das schulde ich ihm.*

– 30 –

Ramon musterte eine junge Frau, die nervös an ihrem bunten Schal zupfte, den sie mehrfach um den Hals geschlungen hatte. Als Viktoria eintrat, lächelte er vielsagend.

»Hi, ich bin Jenny! Jenny aus Pankow.«

»Hallo Jenny aus Pankow. Ich bin Viktoria Neufeld.«

»Ich hab mich für die Stelle beworben. Hier«, sagte sie, reichte Viktoria die Unterlagen und musterte sie verstohlen. »Ich bringe die besten Voraussetzungen für den Job.«

»Ach ja?«

»Ja, meine Haare sind genauso rosa wie Ihre Visitenkarten.«

»Verstehe. Nehmen Sie doch Platz.«

Seelenruhig prüfte Viktoria die Bewerbungsunterlagen. Ramon warf ab und an einen Blick auf die beiden, um sich dann wieder auf die Arbeit zu konzentrieren.

»Also, Jenny aus Pankow. Erklären Sie mir bitte, warum Sie Ihre Ausbildung in der Bäckerei abgebrochen haben. Sie stehen ohne abgeschlossene Berufsausbildung da und das ein halbes Jahr vor der Abschlussprüfung. Wir backen ebenfalls, wie Ihnen sicherlich aufgefallen ist.«

»Da musste ich immer so früh aufstehen. Und der Vorgesetzte war ein ausgewachsener Mobber, echt jetzt! Außerdem gab es in dem Verein nur vorgefertigte Ware, ich suche was Kreatives!«

»Verstehe. Backen Sie auch?«

»Verzieren liegt mir mehr. Deko und so, das macht mir echt Spaß.«

»Wie sieht's mit Saubermachen aus? Verpacken, Stapeln, Sandwiches belegen? Das ist ein kleiner Betrieb, da muss jeder ran.«

»Geputzt habe ich, seitdem ich denken kann, das war bei uns zuhause so üblich, da mussten alle ihren Beitrag leisten. Wenn ich dafür bezahlt werde, umso besser! Ich bin mir für nichts zu schade! Und 'nen Führerschein hab ich! Hat mir meine Oma geschenkt.«

Viktoria sah zu Ramon, der stillschweigend nickte. Sie warf einen weiteren prüfenden Blick auf Jenny und die Unterlagen.

»Ihr letztes Zeugnis war sehr gut, sie hatten sogar eine Empfehlung für die Oberstufe. Warum haben Sie nicht weitergemacht?«

»Ich wollte weg von zuhause. Mein Vater und ich haben uns zu oft in die Wolle gekriegt, eigentlich immer, dem konnte ich nichts recht machen.«

»Was ist mit Ihrer Mutter?«

»Ist früh gestorben. Ich bin in der Ausbildung zu meiner Oma gezogen.«

Jenny zuckte resigniert mit den Schultern, als Tommy aufgeregt hereinstürmte. Sie sah ihn interessiert an und lächelte, als er wild an den Haaren zupfte.

»Tommy braucht Nachschub! Die Muffins sind alle und die Kinder schon da!« Sein Blick fiel auf Jenny. »Oh, schöne Farbe, deine Haare! Schön, schön!« Erfreut klatschte er in die Hände und gluckste fröhlich.

Schweigend überreichte Ramon Tommy die neue Fuhre Muffins, die er behutsam an sich nahm und verschwand.

»Ist der immer so?«

»Ja, warum fragen Sie?«

»Nur so.«

»Also, Jenny aus Pankow, ich schlage eine Probezeit von sechs Monaten vor. Bewähren Sie sich in dieser Zeit, bekommen Sie eine Festanstellung. Wir können Sie nicht ausbilden, dafür fehlt uns die Zulassung, aber wir bieten ein gutes Arbeitsklima und viel praktische Erfahrung.«

»Klingt super! Geht das mit meiner Gehaltsvorstellung in Ordnung?«

»Nach bestandener Probezeit schon. Ramon ist Ihr Vorgesetzter in der Küche, im Café ist es Tommy.«

»Im Ernst jetzt? Ein Bekloppter und ein Blacky als Vorgesetzte?«

In diesem Moment kam Achmeds Sohn durch die Tür, der die Lieferungen für den Tag erledigt hatte. Jenny musterte ihn kurz.

»Und Kanis gibt's auch, na wunderbar!«

Tarik entging die Beleidigung nicht. Mit finsterem Blick ließ er die Schlüssel des Lieferwagens auf den Tisch knallen und starrte Jenny an. Ramon bearbeitete mit Nachdruck den Teig, während Viktorias Miene sich versteinerte. Schweigend sah sie die junge Frau lange an. Im Raum herrschte Totenstille.

»Jetzt hören Sie gut zu, Jenny aus Pankow! Dieser Kani hier hat Abitur, er studiert Politikwissenschaften und nebenbei jobbt er für uns und erledigt die Lieferungen. Sehr zur Freude der Kunden! Der Schwarze da«, vielsagend deutete Viktoria auf Ramon, »ist gelernter Koch und noch dazu hoch kreativ. Steht übrigens nicht auf Mädels, falls das Ihre Sorge ist. Und Tommy gehört zu diesem Geschäft wie die Kuchen auf den Tellern. Ihm verdanken wir einen Großteil unserer Stammkunden. Was Sie sich also herausnehmen, so abfällig über alle zu sprechen, ist mir schleierhaft, Jenny aus Pankow, ohne abgeschlossene Ausbildung!«

Viktoria stand auf. Sie warf einen letzten Blick auf Ramon, der seelenruhig den Teig bearbeitete. Tarik verschränkte die Arme und nahm Platz, ohne Jenny aus den Augen zu lassen.

»Für Ihre billigen Vorurteile habe ich weder Zeit noch Muße. Was sie in ihrer freien Zeit tun, geht mich nichts an, aber hier will ich davon nicht das Geringste hören, nicht einmal ansatzweise!«

Jenny schwieg und schlug die Augen nieder. Viktoria suchte Blickkontakt zu Ramon, der schweigend nickte.

»Wir sehen uns morgen um acht Uhr, seien Sie pünktlich. Wenn ich eins hasse, dann Unpünktlichkeit! Und bei den geringsten Beschwerden können Sie einpacken, von mir haben Sie nach dieser Einleitung keine Nachsicht zu erwarten. Eine ernstzunehmende Entschuldigung ist allerdings die Voraussetzung für den morgigen Arbeitsbeginn.«

Jenny schaute Viktoria betreten an und stand auf. Sie sah Ramon und Tarik in die Augen und sagte: »Tut mir echt leid, mein Mund ist manchmal schneller als mein Kopf, war nicht so gemeint, ehrlich! Bis morgen!«

Von Viktoria verabschiedete sie sich mit einem gequälten Lächeln. Ramon hörte auf, den Teig zu bearbeiten, und rieb sich die Hände am Handtuch.

»Früher hätte ich ihr keine Chance gegeben«, sagte Viktoria nachdenklich. »Sie kann froh sein, dass wir vor Arbeit untergehen und die anderen Kandidaten weit schlimmer waren. Ich gebe ihr keine drei Wochen.«

»Du hast Rechnung ohne Bäcker gemacht.«

»Die Rechnung, den Bäcker!«, korrigierte ihn Viktoria.

»Aber eigentlich heißt es: Die Rechnung ohne den Wirt zu machen«, bemerkte Tarik grinsend.

Viktoria lachte, als Ramon ihn mit seinem Handtuch abwarf, obwohl ihr nicht zum Lachen zumute war.

»Tarik, wie wär's mit einem Kaffee, dann können wir die Lieferungen durchgehen.«

»Bin dabei. Brauchst du was?« Fragend schaute er Ramon an, der lächelnd ablehnte.

Im Café tobte eine Schar von Kindern, zu Tommys Freude und Adolf Herzigs Missmut, der verärgert in die Richtung der Ruhestörung sah. Tarik blieb bei seinem Anblick gleich hinter der Theke und begrüßte Jojo. Viktoria ging, um ihn zu begrüßen, dabei fiel ihr Blick auf einen Aprikosenkuchen, der unter einem Berg voll Sahne begraben lag. Herzig schien seiner alten Linie wieder treu zu bleiben.

»Monstertörtchen, die durchgeknallte in Pink wollte zu Ihnen.«

»Ja, sie hat sich beworben. Sie haben viel gemeinsam! Mag keine Kanis, Blackies und Bekloppte.«

»Sehr witzig! Die haben ihre Daseinsberechtigung, solange sie einer Arbeit nachgehen und ich nicht für sie zahlen muss. Und, was ist mit der Durchgeknallten?«

»Fängt morgen auf Probe an.«

»Monstertörtchen! Können Sie einmal einen normalen Menschen einstellen? Das ist der reinste Affenstall hier!«

»Herr Herzig, was bitte ist normal? Ich etwa?«

»Bestimmt nicht! Sie, Monstertörtchen, sind außergewöhnlich! In vielerlei Hinsicht! Daher schätze ich Sie auch so außerordentlich. Wo ist eigentlich Erna?« Fragend sah er sich um.

Die tobenden Kinder ließen ihn den Kopf schütteln. Tommy tanzte auf und ab und klatschte in die Hände. Die Wartenden in der Schlange schauten belustigt zu. An Herzigs Worten war etwas Wahres dran, der Laden glich einem Tollhaus, musste Viktoria ihm zugestehen.

»Sie tröstet eine kranke Freundin. Was ist eigentlich mit Ihnen und Erna, wenn Sie die Frage gestatten?«

Herzig seufzte, spielte mit der Gabel und schwieg.

»Ach Monstertörtchen! Das ist eine lange Geschichte!«

Mit Nachdruck setzte Cora die Unterschrift auf das Schreiben. Ein letztes Mal prüfte sie den Text, faltete das

Papier und schob es in den Umschlag. Zwei weitere Exemplare landeten in ihrer Handtasche. Einen Moment lang saß sie und betrachtete gedankenverloren das Couvert. Erschöpft rieb sie sich die Stirn, die innere Leere begleitete sie bereits über Wochen hinweg.

Unvermittelt stand Cora auf und ging zur Tür. In der Agentur herrschte die übliche Geschäftigkeit. Mitarbeiter eilten mit Unterlagen umher, am Empfang klingelten die Telefone Sturm, Kuriere hetzten mit wichtigen Sendungen durch die Flure, hier und da erklang lautes Fluchen. Ein ganz normaler Arbeitstag neigte sich dem Ende, von Feierabend keine Spur. Aus einem geschlossenen Besprechungsraum hörte Cora Svens Brüllen. Früher war er stets die Ruhe selbst gewesen. *Der geschmeidige, charmante Sven, der immer eine witzige Bemerkung parat hatte*, dachte sie und lächelte spöttisch. *Gönn ich dir, du kleines Arschloch! War nur eine Frage der Zeit, bis Viktorias Fehlen dich auffliegen lässt.*

Cora klopfte an die Tür und trat kurzerhand ein. Monika telefonierte, winkte sie jedoch herein. Den Gesprächsbrocken schenkte sie keine Beachtung, stattdessen schaute sie gedankenverloren auf die Spree, die in der zarten Wintersonne glänzte. Der erste Schnee zierte die Kuppeln der Oberbaumbrücke. Cora spielte mit dem Umschlag in ihren Händen. Es dauerte nicht lange, bis Monika entnervt den Hörer aufknallte.

»Verdammter Penner!«, fluchte sie und lehnte sich zurück. »Was gibt's?«

Cora betrachtete sie schweigend, die neue Position schien ihr zuzusetzen. Monikas Gesichtsausdruck wirkte angespannt, die erotische Ausstrahlung verpufft. Sie nahm Platz und legte das Couvert auf den Tisch.

»Was ist das?«

»Meine Kündigung.«

Totenbleich starrte Monika den Umschlag an. Cora verschränkte die Arme.

»Das ist nicht dein Ernst!«

»Allerdings.«

»Ich brauche dich hier! Das kannst du nicht machen!«

»Monika, es hat keinen Sinn! Ich bin raus.«

Schweigend saßen die beiden und sahen einander an, nur der Lärm der Straße drang gedämpft in den Raum.

»Ich bin raus«, wiederholte Cora. »Ich gehe stark davon aus, dass ich ab morgen krankgeschrieben bin. Mir geht's beschissen und das ist sogar die Wahrheit. Ich fühle mich krank, wahrscheinlich Burn-out. Für die verbleibende Kündigungsfrist nehme ich meinen Urlaub in Anspruch.«

»Das kannst du nicht machen!«

Monika schlug mit der Handfläche auf den Tisch, ihr Blick war voller Zorn. Cora blieb unberührt und stand seelenruhig auf.

»Doch, ich kann! Bin sozusagen dabei.«

»Das ist so was von unprofessionell!«

»Möglich, aber darüber wirst du mir wohl keinen Vortrag halten wollen? Und überleg dir bitte genau, wie du mit der Kündigung umgehst. Deutsche Gesetze sind da sehr eindeutig.«

Hasserfüllt sah Monika sie an und schleuderte das ungeöffnete Couvert über den Tisch. Cora fing es auf und legte es stillschweigend wieder hin.

»Du erhältst eine Ausfertigung als Einschreiben. Viel Glück!«

»Ist dir die Agentur denn völlig egal?«

Cora wandte sich ein letztes Mal um, bevor sie die Tür öffnete. »Genauso egal, wie ich dir und Jason bin.« Mit diesen Worten verließ sie den Raum. Kurz darauf hörte sie eine Tasse an der Tür zerschellen und lächelte. *Das hat ja wunderbar geklappt!* Auf direktem Weg lief sie Richtung Empfang und ging sang- und klanglos durch die Haupttür. Cora nahm die Treppe, die sie so lange verschmäht hatte, und stieg leichtfüßig hinab. Mit jedem Schritt atmete sie auf. Unten angekommen hatte sich die Erleichterung in ein Glücksgefühl gewandelt. *Endlich frei!* Lächelnd trat sie den Weg an und legte die Strecke zur Friesenstraße zu Fuß zurück.

Gedankenverloren lief Cora die Straßen entlang, die kalte Winterluft wirkte belebend. Vor dem Café wartete die übliche Schlange. Cora passierte sie und suchte sich einen freien Platz. Ein Tisch wurde gerade frei, den keiner der Wartenden zu wollen schien. Sie setzte sich kurzerhand. Wenig später stand eine junge Frau vor ihr, räumte das Geschirr ab und wischte die Tischoberfläche sauber.

»Was darf es sein?«

»Schicke Haarfarbe. Gibt's was Passendes?«

»Himbeer-Sahnetorte, kann ich nur empfehlen! Mit Prosecco. Hammer, wenn du mich fragst.«

»Klingt gut. Und einen doppelten Espresso, bitte.«

»Kommt sofort!«

»Ist Viktoria da?«

»Die Chefin ist da. Ich geb' ihr Bescheid.«

Cora sah der Bedienung nach. *Mädel, wenn du hier überleben willst, leg dir Körperspannung zu*, überlegte sie. Kurz darauf kam Viktoria mit ihrer Bestellung an den Tisch.

»Schön dich zu sehen! Alles in Ordnung? Oder nur Lust auf Torte? Wir liefern neuerdings.«

»Ich weiß, wird vom Büro oft in Anspruch genommen. Die Freude ist immer groß, wenn der knallige Lieferwagen vorfährt!« Cora kostete eine Gabel voll, schloss verzückt die Augen und lehnte sich zurück. »Genau was ich gebraucht habe! Göttlich!«

»Du hast das Handtuch geworfen.«

»Du kanntest mich schon immer besser als ich mich selbst.«

»Ich kenne wenige, die es gekonnt hätten.«

»Sven kann es.«

Viktoria lächelte zynisch. »Er geht in dieser Beziehung über Leichen. Was hast du jetzt vor?«

»Ich nehme eine Auszeit. Ich fange mit einer Reise an.«

»Alle Achtung! Keine Angst, den Anschluss zu verlieren?«

Cora schwieg und genoss die Torte. Ab und zu nippte sie an ihrem Espresso. Mit einem Handzeichen gab sie der jungen Bedienung zu verstehen, dass sie Nachschlag benötigte. Viktoria schmunzelte.

»Komisch, dass ausgerechnet du mir das sagst! In einer unvergleichlichen Steilvorlage zeigst du allen, wie man eine erfolgreiche Bruchlandung hinlegt und sich neu erfindet. Wieso sollte ich Angst davor haben, den Anschluss zu verlieren, bei so einem inspirierenden Vorbild?« Dankend nahm Cora den Teller mit Nachschlag entgegen. »Du hast mir in den letzten Monaten gezeigt, dass die Zukunft lauter Überraschungen für uns bereithält.« Mit Genuss machte sie sich an das nächste Stück Torte.

»Respekt! Ich hatte keine Wahl, du tust es freiwillig. Wie lange wirst du fort sein?«

»Wer weiß? Ich hab sparsam gelebt. War schon immer ein Sparfuchs. Das zahlt sich jetzt aus.«

»Schon ein Reiseziel? Amerika?«

Cora lächelte spöttisch. »Das Klischee der ehemaligen Ostdeutschen, die erst einmal in die Staaten muss. Ganz bestimmt nicht! Mit Drohnen, Terrorismushysterie und Abhörwahnsinn locken die niemanden hinter dem Ofen hervor! Ich fliege nach Asien, da liegt die Zukunft. Von dort lasse ich mich treiben.«

»Beneidenswert. Ich gönn dir die Reise! So leid es mir tut, die Küche ruft!«

Viktoria stand auf. »Dass ich dich das einmal sagen höre, hätte ich nie gedacht!«, lachte Cora und konzentrierte sich wieder auf die Torte.

»Die Torte geht aufs Haus. Schau vorbei, wenn du zurück bist. Ich würde mich freuen!«

»Versteht sich von selbst! Ab in deine Küche!« Mit einem Zwinkern verabschiedete sie Viktoria. Selig saß sie und verzehrte den Rest. Als Cora später bereit war, das Café zu verlassen, hatte sie eine Vielzahl des Angebots probiert, etliche Espressos getrunken und eine große Schachtel voll zum Mitnehmen gekauft. Ihre Rechnung beglich sie, das ließ sie sich nicht nehmen. Zum ersten Mal seit Monaten fühlte Cora sich befreit und glücklich. Und das lag nicht am Kuchen allein.

Jojo ließ Adolf Herzig nicht aus den Augen, der an Ernas gewohnten Platz saß und immer wieder die Straße beobachtete. Viktoria folgte Jojos Blick, als sie mit Nachschub für die Auslage neben ihn trat. Ihr Adventsgebäck verkaufte sich schneller, als sie backen konnten. Jenny und Ramon legten seit Tagen Überstunden ein, um der Nachfrage Herr zu werden. Viktoria reichte ihm die Fuhre.

»Was ist?«

»Herzig gefällt mir heute nicht. Er steht völlig neben sich, wenn du mich fragst.«

Viktoria beobachtete ihn genauer, Jojo hatte recht, irgendetwas schien ihn zu beschäftigen. »Ich geh mal nach ihm schauen.«

Herzig sah nervös auf, als sie an seinen Tisch trat, und zog einen Stuhl vor. Viktoria setzte sich und gab Max ein Zeichen für einen Kaffee.

»Monstertörtchen, ich brauche Ihren Rat. Besser gesagt, Ihre Meinung.«

»Alles in Ordnung, Herr Herzig? Sie machen uns heute Sorgen.«

»Unfug!« Adolf kramte in der Jackentasche und zog ein Schmuckkästchen hervor, das er Viktoria geöffnet zur

Begutachtung entgegenhielt. Ein hochkarätiger Diamant von beeindruckendem Ausmaß funkelte darin.

»Ich bin noch verheiratet, Herr Herzig.«

Herzig lächelte. »Der ist für Erna. Was meinen Sie, wird er ihr gefallen?«

Erstaunt musterte Viktoria ihn.

»Die Wahrscheinlichkeit, dass sie Ja sagt, liegt bei null.« Max stellte Viktorias Kaffee auf dem Tisch ab. »Aber geiles Gerät, wenn Sie mich fragen.«

»Dich fragt hier niemand, Pappnase! Das ist ein Gespräch unter vier Augen. Sieh zu, dass du hinter deine Theke kommst!«

Mit erhobenen Händen lief Max vorsichtig rückwärts. »Tanzt, ihr Nutten. Der König hat Laune«, verkündete die Botschaft seines T-Shirts. Viktoria begutachtete erneut den Ring und trank ihren Kaffee.

»Der ist aussagekräftig.«

Sichtlich erleichtert lehnte sich Herzig zurück, trommelte mit den Fingern auf den Tisch und ließ sie dabei nicht aus den Augen.

»Sie fragten mich vor Kurzem, was mit mir und Erna sei.« Viktoria nickte. Herzig überkreuzte die Beine und atmete tief ein. Er schien nach den richtigen Worten zu suchen. Schließlich verschränkte er die Arme.

»Ich begegnete ihr das erste Mal in einem Luftschutzkeller, nicht weit von hier. Sie war fünf, ich sieben. Rotzfrech war sie! Hat sich dafür von ihrem Vater gleich eine eingefangen, der Alte hat nie lange gefackelt. Erna war das egal«, Adolf lächelte bewundernd. »Ich glaube, ich habe mich damals schon in sie verliebt. Sie war«, er stockte, »sie war wild, unbändig, die Augen hatten schon damals dieses Funkeln. Danach habe ich immer nach ihr Ausschau gehalten. Zum Ende der zehnten Klasse habe ich sie wiedergetroffen. Erna war keine klassische Schönheit, aber sie verdrehte Köpfe. Lag wohl am aufrechten Gang.

Sie unterschied sich von den anderen Mädchen. Und sie hatte die Zulassung für die Oberstufe in der Tasche. Ihr Vater war strikt dagegen, Erna musste Prügel einstecken. Frauen gehören an den Herd und einem Mann.« Herzigs Blick verfinsterte sich bei dieser Erinnerung. »Erna gab nicht nach, sie ist tagelang mit einem blauen Auge durch die Gegend gelaufen und hat sich nicht die Bohne darum geschert.« Adolf lachte bewundernd. »Sie fälschte seine Unterschrift, der Lehrer wusste es und deckte sie. Hatte zur Genüge unter dem alten Regime gelitten. Ihr Abitur legte sie mühelos hin. Letztendlich hat ihr Vater Einsicht gezeigt, er war sogar stolz auf seine Tochter.« Herzig brach ab, atmete erneut tief ein und ließ den Blick in die Ferne schweifen. »Ein Jahr danach fingen wir an, uns zu treffen. Für beide von uns war es das erste Mal. Wir haben jede Minute geklaut, die wir konnten. Es war«, er suchte kurz nach Worten, »unbeschreiblich.« Vehement rieb sich Adolf die Augen. »Als mein Vater davon Wind bekam, war die Hölle los! Mit diesem linken Pack lassen wir uns nicht ein, brüllte er und drohte, mich zu enterben, wenn ich die Beziehung nicht sofort beendete. Ich hab den Schwanz eingezogen und sie fallen gelassen. Sie war damals schwanger.« Mit versteinerter Miene sah er Viktoria an. Sie schwieg, ihr fehlten die Worte. »Ich Feigling habe sie fallengelassen«, wiederholte Herzig mehrmals.

»Und dann?«

»Erna war wie vom Erdboden verschluckt, es war die reinste Hölle. Geheiratet habe ich die Wahl meines Vaters, Hilde. Sie war in seinen Augen perfekt. Hübsch, gehorsam, aus gutem Hause. Nach der Geburt unseres Sohnes konnte sie keine Kinder mehr bekommen, das hat ihr zugesetzt, sie hätte am liebsten einen ganzen Stall voll gehabt. Das Schicksal wollte es anders, Matthias starb jung an Leukämie. Das war der Anfang vom Ende.« Wieder legte Herzig eine Pause ein und spielte mit dem Kästchen.

»Meine Frau hat sich dem Alkohol zugewandt. Gedacht habe ich immer nur an Erna, in all den Jahren. Vielleicht hat Hilde gespürt, dass es eine andere gab, zumindest in Gedanken. Sie ist einer Überdosis erlegen, ein Cocktail aus Tabletten und Alkohol. Hätte jeden Gaul ins Jenseits befördert«, finster schaute Herzig ins Leere. »Erna war schon lange davor wieder aufgetaucht, es war eine Qual für mich. Ich existierte nicht für sie, ich war Luft! Mein Vater hat davon Wind bekommen. Er hat ihre Mietwohnung gekauft, sie kurzerhand vor die Tür gesetzt und es aussehen lassen, als sei ich dafür verantwortlich.«

Herzig rieb sich das Gesicht. Viktoria sah den Schmerz der vergangenen Jahre in seinen Augen, den er schweigend mitschleppte.

Sie räusperte sich. »Glauben Sie, Erna hat Ihnen verziehen?«

»Monstertörtchen, seitdem Sie hier sind, habe ich das erste Mal in meinem Leben wieder einen Funken Hoffnung.« Jenny kam mit einer Torte auf ihn zu, die mit weißem Zuckerguss überzogen und liebevoll verziert war. In der Mitte thronte ein tanzendes Paar. Stolz stellte sie das Kunstwerk vor ihm ab. Ein Lächeln erhellte Adolfs Gesicht.

»Ich hatte mich schon gefragt, für wen die ist«, bemerkte Viktoria.

»Ja, die Kleine kann ein Geheimnis für sich behalten.« Aufmunternd zwinkerte Herzig ihr zu.

»Adi ist mein großes Vorbild«, schwärmte Jenny.

»Der Name ist Adolf, auch wenn ich ihn mir nicht ausgesucht habe. Und bis du dich gewählter ausdrücken kannst, hältst du einfach die Klappe! Übung macht den Meister.«

Jenny strahlte ihn bewundernd an. »Ich bringe gleich den Rest.«

»Was für einen Rest?« Fragend sah Viktoria die beiden an.

»Champagner, passend zum Anlass! Ich hoffe, es stört Sie nicht?«

»Im Gegenteil, ich wollte ihn längst auf die Karte setzen. Champagner und Kuchen, hat was.«

»Genau wie Sie, Monstertörtchen.« Nervös sah Herzig auf die Straße. »Erna wird gleich hier sein.«

»Dann räume ich das Feld. Augenblick«, Viktoria eilte hinter die Theke und kam mit blütenweißen Servietten zurück, aus denen sie im Handumdrehen eine Tischabdeckung zauberte, platzierte den Kuchen und nahm Jenny die Gläser ab. Den Champagner positionierte sie in der Mitte des Tisches.

»So! Wir beide sind hier überflüssig. Viel Glück, Herr Herzig!«

Jojos fragender Blick erwartete sie, als Viktoria sich neben ihn stellte und wartete. Erna kam in diesem Moment durch die Tür und ließ sich überschwänglich von Tommy begrüßen. Er geleitete sie zum Tisch und eilte hinter die Theke.

»Jungs, jetzt wird's spannend«, bemerkte Viktoria und verschränkte die Arme.

Max wienerte die Tassen. »Ich wette dagegen. Klare Sache! Sie lässt ihn abblitzen.« Gebannt schauten alle zu den beiden.

Herzig hatte den Blick auf die Torte freigegeben, kniete sich galant vor Erna und hielt ihr das geöffnete Schmuckkästchen entgegen. Erna betrachtete ihn für einen Moment und brach in Tränen aus.

»Erna weint! Erna weint!«, rief Tommy bestürzt.

»Schon in Ordnung, Tommy!« Viktoria tätschelte ihn beruhigend, bis er vor Aufregung klatschte, als Herzig Erna zaghaft in die Arme nahm.

»Champagner für alle!«, rief er kurz darauf deutlich vernehmbar.

Jubelrufe erklangen. Ramon kam aus der Küche mit einem Eimer voll Eis und kaltgestellten Flaschen. Korken flogen in die Luft. Jenny strahlte und füllte Gläser, Jojo und Viktoria halfen ihr. Die Anwesenden klatschten Beifall und Tommy war aus dem Häuschen. Ungläubig starrte Max die beiden an.

»Das ist so was von unlogisch!«

»Unfug!«, rief Erna Max freudestrahlend zu. »Zeig mir eenen, der sich keen Happy End wünscht, Pappnase!«

Ramon lächelte mit Jenny um die Wette, während Tommy Ernas Ring bewunderte. Adolf Herzig ließ seine Verlobte nicht mehr aus den Augen, jeder prostete den beiden zu. Das Tollhaus in der Friesenstraße bot auch an diesem Tag ein Bild für die Götter.

– 31 –

Viktoria saß todmüde auf dem Sofa und konnte sich kaum noch bewegen. Weihnachten stand in weniger als einer Woche vor der Tür. Der Ansturm auf Ihre Köstlichkeiten hatte eine neue Dimension erreicht, an Urlaub oder Erholung war nicht zu denken, und Viktoria spielte bereits mit der Idee, weitere Standorte zu eröffnen. Das Klingeln des Smartphones riss sie aus ihren Träumen.

»Guten Abend, Vater. Entschuldige, dass ich in der Versenkung verschwunden bin. Im Laden ist die Hölle los!«

»Das sind fantastische Neuigkeiten! Deine Zimtsterne bringen mich dazu, dir zu verzeihen. Sonja lässt dich herzlich grüßen.«

»Danke. Geht es euch gut?«

»Alles bestens. Sag, hast du schon dein Ticket für Weihnachten gebucht? Wir können es beide kaum noch erwarten, dich hier zu haben.«

»Ja, ich hab in dem Tumult nur vergessen, sie dir zu schicken, entschuldige!«

»Kein Thema, mein Kind! Ich bin jetzt schon komplett aus dem Häuschen, bis die Tage, mein Kind! Und durchhalten!«

»Sonja, Sonja«, hörte Viktoria ihn noch rufen, und musste schmunzeln. Eine neue E-Mail kündigte sich im Posteingang an. Der Absender ließ Viktorias Lächeln schwinden, als sie auf den Bildschirm starrte:

Viktoria,

ich gratuliere dir zu deinem beruflichen Erfolg. Eine Anwältin bereitet den Entwurf der außergerichtlichen Einigung vor. Sie rät mir ab, auf den Versorgungsausgleich zu verzichten. Wir sollten uns hierzu zeitnah noch einmal austauschen. Bitte lass mich wissen, wann es dir passt.

Vorweihnachtliche Grüße, Sven.

Viktoria nahm einen großzügigen Schluck Wein. *War ja klar, du Mistkerl! Du schreckst vor nichts zurück! Soll ich auch einen Anwalt vorschicken?*, überlegte sie. *Nein, das erledige ich selbst!* Die Antwort war schnell formuliert. Genervt klappte sie das MacBook zu, lief zur Terrassentür und schaute hinaus. Es schneite unverändert heftig. Berlin bot ein friedliches Bild in diesem Wintermärchen. Die Dächer der Umgebung schlummerten unter einer Wattehaube. *Und genau das werde ich jetzt auch tun*, entschied Viktoria und ging zu Bett.

Sven lächelte zufrieden. Der Entwurf für die außergerichtliche Einigung entsprach ganz seinem Geschmack. *Wie wichtig im Leben doch die richtigen Kontakte sind*, überlegte er. *Frau Fuchs macht ihrem Namen alle Ehre, eine der renommiertesten Anwälte im Scheidungsrecht. Die würde ich gerne näher kennenlernen. Zicken, die so zugeknöpft daher kommen, stellen sich oft als die heißesten Nummern im Bett raus.* Ein Klopfen an der Tür unterbrach seine Überlegungen. Hannah erschien im Türrahmen.

»Krisensitzung in Monikas Büro«, sagte sie und rollte die Augen. »Ich würde sie nicht warten lassen.«

»Komme sofort. Die Zicke schafft mich!«

Sven stand auf und schloss sich ihr an, während Hannah auf dem Weg dorthin noch andere Mitarbeiter zusammentrommelte.

Als Sven eintrat, stand Monika am Fenster und plauderte entspannt mit einem groß gewachsenen Mann, der theatralisch über ihre Kommentare lachte. *Ach du Scheiße, schwuler geht's kaum*, dachte Sven und nahm am Besprechungstisch Platz. Das Lächeln, das er den beiden schenkte, strafte seine Gedanken Lügen.

»Danke, dass ihr euch so schnell hier eingefunden habt«, begann Monika. »Cora hat vor Kurzem die Kündigung eingereicht.« Ein Raunen ging durch den Raum und manch einer schloss bei dieser Hiobsbotschaft die Augen. »Ja, es ist bedauerlich, aber so ist es nun einmal. Sie ist derzeit krankgeschrieben und ich rechne nicht damit, Cora vor Ablauf der Kündigungsfrist wiederzusehen.«

Sven rieb sich das Kinn. *Dann steckst du ja richtig tief in der Scheiße, gönn ich dir, du Miststück*, dachte er und setzte eine besorgte Miene auf.

»Das heißt, wir haben binnen weniger Monate zwei der wichtigsten Mitarbeiter unseres Unternehmens verloren. Aber, ein jeder ist ersetzbar«, Monika hielt Blickkontakt mit Sven. »Ich möchte euch heute den Mann vorstellen, der Coras Posten in Zukunft übernehmen wird, Ricardo Pfeiffer«, bei diesen Worten lächelte sie den Neuankömmling zuckersüß an.

»Ich freue mich, euch alle kennenzulernen.« Sven musste sich beim Klang seiner Stimme zusammenreißen. Ein Weib mit Schwanz, na toll! »Ich arbeite sehr teamorientiert. Cora wünscht sich ein Bindeglied zwischen ihr und dem Team. Jedenfalls kann ich es kaum erwarten, loszulegen.« Erfreut lächelte Ricardo in die Runde.

»Und genau das sollten wir tun! Bitte tut euren Teil dazu, dass Ricardo hier schnellstens Fuß fasst. Ich zähle auf euch! Sven, du bleibst bitte noch kurz.«

Die versammelte Mannschaft schien es eilig zu haben, wieder zu ihren Aufgaben zurückzukehren. Sven schlug die Beine übereinander und lehnte sich tief in die

Stuhllehne zurück. Monika verschränkte die Arme und musterte ihn aufmerksam.

»Sven ist der Leiter unserer Kreativabteilung. Er ist zudem Viktoria Neufelds Exmann.« Ricardo nickte ehrfurchtsvoll. »Sven, ich verlasse mich darauf, dass du ihm jede nur erdenkliche Hilfestellung gibst. Je schneller er sich hier einfindet, desto höher stehen die Chancen für unseren Erfolg. Jason ist zurzeit mehr als besorgt und momentan unberechenbar. Ich denke, wir tun gut daran, zusammenzuarbeiten.«

»Natürlich. Wäre das alles? Ich hab im Anschluss gleich ein Meeting«, er hielt Monikas Blickkontakt mühelos stand.

»Ja.«

»Na dann lass ich dich mal schön in deiner Scheiße sitzen«, sagte Sven sich und ließ die beiden allein.

Monika drehte den Stuhl und sah Ricardo direkt in die Augen, als Sven den Raum verlassen hatte. »Sei vorsichtig mit ihm. Er ist keine Leuchte, aber bauernschlau. Wenn er Wind von deiner zukünftigen Rolle in diesem Unternehmen bekommt, werden wir Schwierigkeiten haben, ihn loszuwerden.«

»Sei unbesorgt, ich kenne solche Typen. Selbstverliebt bis zum Abwinken. Er wird über seine Schwächen stolpern, dafür sorge ich! Lass mich nur machen.«

»Je schneller wir ihn loswerden, desto besser! Möglichst ohne Kosten oder Prozesse für die Firma.«

»Na dann wollen wir mal!« Mit Schwung kam Ricardo auf die Beine. »Ich muss ihn gleich einmal sprechen, es gibt da ein paar äußerst wichtige Fragen, die es zu klären gilt.« Spitzbübisch lächelte er Monika zu und verließ den Raum.

Sven wollte gerade in die Besprechung, als es an der Tür klopfte, die sich langsam öffnete. Ricardo erschien im Türrahmen mit einem verzagten Lächeln. *Verdammt nochmal,* fluchte er im Stillen. *Warum stehen Schwule eigentlich immer auf mich?*

»Hättest du einen Augenblick Zeit für ein paar kurze Fragen? Oder soll ich nach dem Meeting wiederkommen?« Ricardo stand und fummelte nervös an seinem Gürtel.

Sven betrachtete ihn genervt. *Aber mein Süßer,* sagte *er sich, um dich kümmere ich mich am besten gleich. Je schneller ich es hinter mir hab, umso besser! Lange wirst du es hier sowieso nicht aushalten,* freute Sven sich bereits, ließ die Unterlagen auf den Tisch fallen, winkte den Wartenden herein und schenkte ihm ein verständnisvolles Lächeln.

Die Pariser Straße badete in Sonnenschein, ein klirrend kalter Winter hatte Berlin im Griff. Viktoria genoss die wärmenden Sonnenstrahlen, als sie vorsichtig vom Olivaer Platz Richtung Treffpunkt lief. Wie alle anderen Passanten konzentrierte auch sie sich darauf, auf dem rutschigen Untergrund aus Schnee und Eis nicht zu stürzen. Kurz vor der Sächsischen Straße sah sie Sven, der in einer auffallend türkisfarbenen Daunenjacke stand und mit einer Frau redete. Mühelos erkannte Viktoria sein Beuteschema: mehr als schlank, elegant gekleidet und mit klar erkennbarer Designer-Handtasche.

Viktoria kam kurz vor ihnen zum Stehen. Ihr entging nicht, wie Svens Begleitung sie verhohlen musterte.

»Viktoria! Darf ich vorstellen, Katrin Fuchs. Sie hat den Entwurf für die außergerichtliche Einigung entworfen.«

»Angenehm, Viktoria Neufeld. Ich bin von einem Treffen unter vier Augen ausgegangen, Sven.«

»Ich habe Herrn Neufeld nur noch rasch ein paar Unterlagen gebracht, ich muss gleich zum nächsten Termin.«

»Verstehe. Dann lassen Sie sich nicht aufhalten! Meine Zeit ist ebenfalls begrenzt.«

»Herr Neufeld, wir telefonieren! Auf Wiedersehen, Frau Neufeld.« Der Gesichtsausdruck von Katrin Fuchs verriet ihren Unmut, den auch ein kühles Lächeln nicht überspielen konnte.

Im ›Bongustaia‹ herrschte reger Mittagsbetrieb. Der Inhaber zwinkerte Viktoria, als die beiden eintraten, verschmitzt zu. Eine Ehre, die er nur wenigen erwies. Ohne Sven eines Blickes zu würdigen, kam er auf sie zu.

»Sieh an! Nicht mehr in der Pestalozzistraße?«

»Ich hatte Lust auf Veränderung. Hast du bestellt?«

»Es müsste eine Reservierung auf den Namen Fuchs vorliegen«, warf Sven ein.

Ohne ihm Beachtung zu schenken, legte Alfredo den Arm um Viktoria und deutete auf einen Tisch am Fenster. »Nimm den da drüben«, sagte er und ging hinter den Tresen.

»Hätte ich gewusst, dass das sein Laden ist, wäre ich nicht gekommen. Frau Fuchs hat mir die Adresse empfohlen, sie wohnt am Ludwig-Kirch-Platz.« Verdrossen breitete Sven die Serviette auf seinem Schoß aus.

Viktoria grinste in sich hinein. Sven frequentierte nur Gastronomen, die ihm Honig um den Bart schmierten. Das Lokal in der Pestalozzistraße hatte er nur ein einziges Mal besucht. Danach stand fest, Besitzer und Gast konnten nicht miteinander. So war daraus ein kleines Refugium für Viktoria geworden. Sie hatte stets einen Platz bekommen, manchmal auch am Katzentisch vor der Küche, es hatte immer gepasst. Seelennahrung hatte sie es genannt. Wohlwollend schaute Viktoria sich um, der neue Laden gefiel ihr deutlich besser.

»Schön zu wissen, wo ich ihn jetzt finde.« Als die Bedienung Viktoria die Karte reichte, entgegnete sie nur: »Alfredo soll mir etwas zusammenstellen, so wie immer, danke!«

»Dann werde ich mich notgedrungen anschließen«, sagte Sven. »Weißwein und eine große Flasche Wasser.« Die Dame lächelte und ließ die beiden allein.

»Du siehst gut aus. Du scheinst etwas zugenommen zu haben, steht dir.«

Viktoria ignorierte die Spitze, breitete die Serviette auf dem Schoß aus, lehnte sich zurück und hielt seinem Blick lächelnd stand.

»Wie laufen die Geschäfte, Sven?«

»Du weißt ja, wie es ist. Irgendjemand trachtet immer nach deiner Stellung.«

»Und aus diesem Grund bestehst du auf die Klausel des Versorgungsausgleichs?«

Alfredo trat an den Tisch und schenkte Viktoria etwas Wein ein. »Probier mal, ob der dir schmeckt.« Erneut ignorierte er Sven.

»Lecker«, entschied Viktoria.

Alfredo füllte beide Gläser und lächelte ihr zu. »Wasser kommt gleich.«

»Ich kann diesen Typen nicht ausstehen!«

»Ich glaube, das beruht auf Gegenseitigkeit. Zum Wohl!«

»Zum Wohl. Um zum Thema zurückzukommen, wer weiß, was die Zukunft bringt? Ich habe die Wohnung ohne zu diskutieren übernommen.«

»Weil du sie wolltest, Sven.«

»Auch das stimmt. Aber warum sollte ich auf etwas verzichten, das mir von Gesetzes wegen zusteht? Mal ehrlich!«

Viktoria schwieg und wartete, bis die Bedienung ihr Wasser eingegossen hatte, dann nahm sie einen Schluck, lehnte sich zurück und sah Sven prüfend an. Geraume Zeit verstrich.

»Ich weiß, du hasst es, wenn es nicht nach deinem Kopf geht, Viktoria.«

»Das tut hier kaum etwas zur Sache, Sven.«

»Sondern?«

»Ich frage mich gerade, was genau ich all die Jahre in dir gesehen habe.«

»Das beantworte ich dir gerne! Ich habe dich zu dem gemacht, was du bist, oder besser, warst. Viktoria Neufeld, die Agentur-Chefin. Dein Look, dein Back-up, dein Vertrauter. Ohne einen starken Mann im Hintergrund wäre das in so kurzer Zeit unmöglich gewesen. Die Basis war da, keine Frage, aber den letzten Schliff habe ich dir gegeben. Und das weißt du auch.«

Viktoria saß sprachlos da. *Du bist noch schlimmer als ich gedacht hatte!* Die Erkenntnis ließ sich nicht mehr leugnen. Sie lächelte, klatschte langsam in die Hände und spendete ihm schweigend Beifall.

»Sehr witzig! Lass das bitte!«

»Entschuldige Sven, aber mir fehlen die Worte! Kommen wir zum Punkt. Gibt es eine Möglichkeit dich umzustimmen?«

»Schön, dass du fragst! Natürlich, schließlich bin ich verhandlungsbereit. Besser als manch anderer«, er warf ihr einen vielsagenden Blick zu. Viktoria nahm einen Schluck Wein und versuchte, die brodelnde Wut zu kontrollieren.

»Schieß los, ich bin gespannt.«

»Ich behalte das gesamte Inventar der Wohnung. Dir deine persönlichen Sachen zukommen zu lassen hat übrigens eine Stange Geld gekostet.«

»Damit beziehst du die moderne Kunst ein, also Rizzi, Britto, Junghans, Lindenberg. Sven, wir reden von einem kleinen Vermögen!«

Sven lächelte süffisant. »Sieh es einmal so, Viktoria. Sollte bei mir beruflich etwas schiefgehen, man weiß ja nie«, eindringlich sah er sie an, »könnte dich das noch viel teurer zu stehen kommen.«

Sprachlos sah Viktoria ihn an, als Hitze in ihr aufstieg. Sie nahm einen Schluck Wein und lehnte sich langsam zurück.

»Ich nehme an, Frau Fuchs hat den Vertrag bereits ausgearbeitet?«

»Hat sie.«

»Dann gib ihn mir.«

Wortlos reichte Sven ihr den Umschlag, seine Hand zitterte dabei leicht. Viktoria nahm ihn, legte ihn in die Tasche und trank einen Schluck Wasser. Sven schwieg.

»Frau Fuchs erhält eine unterschriebene Kopie davon zurück, sobald ich die Ausfertigung geprüft habe, wahrscheinlich schon morgen. Und jetzt tu mir den Gefallen und zieh Leine! Ich kann dich nicht mehr ertragen.«

Sven zögerte einen Moment und wollte etwas sagen, doch Viktorias erhobene Hand brachte ihn zum Schweigen. »Kriech in das Loch zurück, aus dem du gekommen bist, sonst drehe ich durch.«

Sven legte die Serviette auf den Tisch, leerte sein Weinglas und ging. Viktoria beachtete ihn nicht. Sie sah erst auf, als Alfredo zwei Teller Pasta präsentierte und Sven interessiert nachblickte.

»Musste er schon gehen?«

»War besser so.«

»Ganz deiner Meinung! Wäre schade um die guten Nudeln gewesen. Komm, wir setzen uns nach vorne.« Schnurstracks marschierte er in den vorderen Barbereich, den ein langer, massiver Holztisch flankierte. Im Handumdrehen platzierte er die Teller, das nötige Besteck und Servietten. Viktoria nahm Platz und ließ Alfredo Wein nachschenken.

»Danke!«

»Gerne. Sei froh, dass du ihn los bist, ich hab dir schon immer gesagt: Der Typ ist doof und stinkt!«

»Kostet mich mehr, als mir lieb ist.«

»Dafür ist kein Preis zu hoch, glaub mir. Salute!«

»Salute!«

Die Sonne war am Untergehen, als Viktoria in der kleinen Dachgeschosswohnung eintraf. Ihre Handtasche landete auf dem Sofa, gefolgt von Handschuhen, Schal und Mantel. Auf dem Weg zum Küchentisch ging sie durch die Post und fand ein Schreiben der Immobilienagentur. Der Inhalt versetzte ihr einen Schlag. Sie legte den Brief beiseite und fluchte leise. *Wie konnte ich das vergessen? Verdammt nochmal!*

> Sehr geehrte Frau Neufeld,
> Die von Ihnen bewohnte Wohnung war bis zum 31. Dezember angemietet. Eine schriftliche Verlängerung Ihrerseits ist nicht erfolgt. Wir sind davon ausgegangen, dass kein Interesse darin besteht, die Anmietung zu verlängern. Mit diesem Schreiben bestätigen wir Ihnen die Beendigung des Mietverhältnisses. Die Wohnung ist ab dem 2. Januar neu vermietet. Wir hoffen, Sie waren mit unserem Service zufrieden.

Viktoria las den Text mehrere Male hintereinander. Immer wieder überlegte sie, wie ihr der Fehler hatte unterlaufen können. *Ich wollte nicht dauerhaft bleiben*, entschied sie letztendlich. In der Hitze des Gefechts ist es untergegangen. *Oh Mann, so ein Mist, verdammt!* Sie rieb sich die Augen und fluchte leise. *Das hat mir gerade noch gefehlt!*
Erna legte gerade den Hörer auf, als Viktoria eintrat. Sie musterte sie kurz und brachte ihre Notiz zu Ende.

»Kindchen, die drehen alle völlig durch. Ick komm kaum mit dem Schreiben hinterher! Det war schon die fünfte Bestellung, seit ick hier sitze. Meen Kaffe wird kalt!«

Viktoria nahm die Liste und überflog sie.

»Bring sie Ramon. Ich bin gleich da.« Jenny nickte und verschwand.

»Wat is 'n mit dir passiert? Du siehst aus als wärste jejen 'ne Wand jelofen!«

»Ich hab vergessen, den Mietvertrag zu verlängern. Die Wohnung ist ab Januar neu vermietet. Der Markt gibt kaum etwas Vergleichbares her.«

»Ach du ahnst et nich! Na det is ja 'ne schöne Bescherung! Meene wird frei, wird saniert und denn für 'nen Wucherzins neu anjeboten. Die Ecke is jefracht!«

»Frag Jojo, der schmeißt gerade seinen Mitbewohner raus. Hat seit Monaten nicht gezahlt, jetzt hat er die Schnauze voll.« Max war hinter ihnen aufgetaucht.

»Ick glob et nich! Peter Pan wird erwachsen! Hah!« Erna trank einen Schluck Kaffee. »Pah! Der is kalt!«

Viktoria nahm ihr schweigend die Tasse ab und reichte sie Max.

»Pappnase, du bleibst hier und machst dich nützlich! Keene Stärke von dir, aber ick geb die Hoffnung nich uff!«, wetterte Erna und nahm Max die Tasse wieder ab.

Max hob abwehrend die Hände. Das Klingeln des Telefons rettete ihn vor einer weiteren verbalen Attacke.

»Monstertörtchen, schrecklich leckere Köstlichkeiten! Wie kann ick Ihnen helfen? Selbstverständlich, ist notiert! Danke für die Bestellung.« Erna ließ Max nicht aus den Augen.

»Max, sieh zu, dass du hinter die Theke kommst und Jojo hilfst!«, warf Viktoria ein.

»Erna hält mich davon ab!«

»Schnauze! Dein Starfotograf hat übrijens ne saftije Bestellung abjejeben.«

Viktoria nahm den Zettel und prüfte ihn. »Alle Achtung! Hat Jenny sie schon zusammengestellt?«

»Wird noch erledicht. Tarik nimmt sie nachher mit. So einen Verehrer sollte man sich bei Laune halten.«

»Erna, ich frage mich oft, was in deinem Kopf vorgeht.«

»Det lass ma lieber, Kindchen. Det verstehste sowieso nich!«

»Ganz ehrlich? Ihr habt alle einen Vollschaden.«

»Sonst wären wir nicht hier!«, riefen Max und Erna im Chor.

Viktoria warf Max einen scharfen Blick zu. »Du bist ja immer noch hier!«

Abwehrend hob Max die Hände, nahm Ernas Becher und ging ins Café.

»Wie geht es dem alten Seeberger«, fragte Erna beiläufig.

»Gut, ich habe neulich länger mit Sonja telefoniert.«

»Ach ja?«, sagte Erna und zog die linke Augenbraue hoch. »Du weest, ick bin neugierich. Wat habt ern so jequatscht?«

»Über alles und nichts, um genau zu sein. War ein nettes Gespräch. Vater war danach beleidigt, dass er so lange warten musste.«

»So sind se, die Kerle, eifersüchtije kleine Wesen! Mach dir nix draus, det passt schon!«

Max kam wieder durch die Tür, streifte sein T-Shirt glatt und stellte stolz den dampfenden Kaffee vor Erna ab. »Dabei sein ist alles«, lautete die gedruckte Botschaft des Tages, die Viktoria erst jetzt bemerkte. Kopfschüttelnd ließ sie die beiden zurück.

Die Tafel stand festlich gedeckt. Am Vorweihnachtsabend hing ein Schild mit der Aufschrift »Geschlossene Gesellschaft« am Eingang des Cafés, zahlreiche Kunden wurden für die letzten Weihnachtseinkäufe auf den kommenden Vormittag vertröstet.

Ein blütenweißes Tischtuch zauberte eine feierliche Stimmung. Jenny hatte sich mit dem Decken des Tisches besondere Mühe gegeben. Alle standen und bewunderten das Ergebnis. Zwei Kerzenleuchter spendeten Licht und viele kleine Kerzen zauberten eine besinnliche Atmosphäre. Tommy tanzte vor Freude auf und ab und klatschte erfreut in die Hände.

»Hurra, hurra! Morgen ist Weihnachten!«

Ramon betrat das Café mit einer großen, silbernen Vorlegeplatte. Der verführerische Duft der Speise war ihm vorausgeeilt.

»Ick geh kaputt!«, rief Erna und verdrehte die Augen.

»Lammfilet mit Granatapfel-Kirschsauce«, verkündete Max feierlich, der Ramon schweigend mit einer Schale Reis gefolgt war, die ein ebenso köstliches Aroma verströmte. Noch bevor Adolf Herzig den Mund aufmachen konnte, stellte Jenny eine Schüssel Kartoffeln auf den Tisch. Erna rammte ihrem Verlobten spielerisch den Ellbogen in die Rippen und strahlte.

»Ich habe mir erlaubt, den Wein mitzubringen«, bemerkte Herzig. »Einen Franzosen, irgendetwas müssen die ja können! Gott sei Dank ist das Dessert in deutscher Hand«, sagte er und schenkte Viktoria ein wohlwollendes Lächeln.

»Ich hoffe, Sie freuen sich über einen Orangen-Baumkuchen mit Grand Marnier, für Sie mit einer extra Portion Sahne.«

»Die Feier kann steigen. Los, Kleiner, mach dich nützlich und bring den Wein.«

»Ihr Wunsch ist mir Befehl!« Max nahm zwei geöffnete Flaschen von Tarik entgegen. »Weiß oder rot?« Vornehm beugte Max sich neben Erna, die Platz genommen hatte.

»Ick geh kaputt! Det sind ja janz neue Töne! Weiß, danke meen Kleener!«

Max schenkte unter Adolfs prüfenden Blick den Wein ein. »Einer für alle und nichts für ungut«, verkündete die Botschaft seines T-Shirts. Jojo hob als Erster das Glas.

»Zum Wohl und frohe Feiertage!«

Alle stimmten in den Trinkspruch ein. Ramon verteilte geschickt das Gericht, Kartoffeln und Reis machten eilig die Runde. Herzigs Blick bot Max Einhalt, der mit dem Essen beginnen wollte.

»Na dann, guten Appetit!«, verkündete Adolf feierlich.

»Jetzt kannste rinnhauen, Kleener«, zwinkerte Erna ihm zu.

»Wenn ich bedenke, dass es hier noch vor ein paar Monaten nichts Genießbares gab, hat sich vieles zum Besseren gewandelt. Monstertörtchen, Ramon, auf Ihr Wohl!« Herzig hob erneut das Glas.

»Geiles Zeug, Ramon, geiles Zeug! Echt der Hammer!«, lobte Max. Jojo nickte zustimmend. Tommy war offensichtlich im Himmel und schwieg, lächelnd kaute er genüsslich vor sich hin und schloss andächtig die Augen.

»Wie ich sehe, tragen Sie neuerdings Anzug, Jonas. Ist Ihre Revolution beendet?«

Jojo lächelte süffisant und aß unbeirrt weiter. »Wie kommen Sie darauf, Herr Herzig? Zu feierlichen Anlässen darf es auch mal ein Anzug sein, meinen Sie nicht?«

»Absolut! Steht Ihnen ausgezeichnet, mein Junge.«

»Nehmen Sie es mir nicht übel, Herr Herzig, aber gibt es noch weitere Vornamen?« Max versuchte verzweifelt, Adolfs Blick standzuhalten, während Erna sich ihr kehliges Lachen nicht länger verkneifen konnte.

»Allerdings«, gab Herzig zurück, ohne eine Miene zu verziehen. »Der fällt jedoch aus. Sie werden sich mit dem Namen Adolf anfreunden müssen, Maria steht mir nicht.«

»Adolf Maria Herzig?«

»Sie sagen es, mein Junge«, er hob sein Glas und prostete den Anwesenden zu. »Viktoria, Jonas, Max, Tommy, Ramon, Tarik, Jenny! Mein Name ist Adolf. Dafür kann ich nichts, aber dazu stehe ich. Schön mit euch zu feiern.«

Ernas kehliges Lachen übertönte alle anderen. Das Klirren des Kristalls klang durch den Raum, als sie miteinander anstießen und der erste Gang im Handumdrehen verschwand. Viktoria erhob sich und kehrte kurz darauf mit einem kleinen Tablett und einem Digestif zurück. Lächelnd verteilte sie die Gläser.

»Ein erlesenes Kirschwasser vom Lago Maggiore. Fehlt mir gerade noch, dass ich auf meinem Dessert sitzen bleibe!«

»Die Sorge ist unbegründet, Monstertörtchen! Auf mich können Sie immer zählen, Sahne hin oder her!«

Jojo trocknete die letzten Teller ab, es war fast Mitternacht. Viktoria hatte alle anderen verabschiedet und bereitete noch einen Teig für den kommenden Tag vor.

»Was machst du Weihnachten?«, fragte sie beiläufig.

»Ich bin bei meinem Bruder. Wir boykottieren gemeinsam unseren Vater. Benimmt sich Alexanders Frau gegenüber unmöglich. Tut mir für Mutter leid, aber nicht zu ändern! Ich hab mir vorgenommen, Sie an den Feiertagen zu besuchen. Tommy ist schon völlig aus dem Häuschen, er kann es kaum erwarten, Alexanders Kinder zu treffen. Wann geht dein Zug?«

»Gleich um zehn. Ich bereite noch ein paar Sachen vor und dann ab nach Hause, packen.«

»Falls du länger bleiben willst, kein Ding, wir kriegen das schon hin.«

»Mal sehen, ich freu mich jedenfalls.« Viktoria hielt einen Moment inne und legte eine kurze Pause ein. »Ich hab ein Problem, Jojo.«

»Was gibt's?«

»Ich hab vergessen, den Mietvertrag zu verlängern. Bis zum ersten Januar muss ich eine Lösung finden.«

»Böse Nummer! Nicht gerade viel Zeit.«

»Sehe ich genauso.«

»Schon eine Idee?«

Schweigend betrachtete Viktoria ihn für einen Moment. »Max sagte, du hast ein Zimmer frei.«

Ungläubig sah Jojo sie an. »Nicht dein Ernst jetzt?«

»Jojo, morgen ist Weihnachten! Wir gehen hier vor Arbeit unter. Und außerdem —« Viktoria brach ab.

»Was?«

»Ich muss echt auf die Finanzen achten! Sven will das gesamte Inventar der Wohnung, sonst unterschreibt er den Verzicht auf den Versorgungsausgleich nicht. Ich hatte mit dem Geld gerechnet, ein Großteil meiner Rücklage ist in den Umbau geflossen! Bis ich weiß, wo ich stehe, will ich so wenig wie möglich ausgeben.«

»Was für ein Arschloch!«

»Allerdings. Jojo, es ist nur vorübergehend! Ich kann mir Besseres vorstellen, als den Rest meines Lebens in einer WG zu hausen.«

»Das geht in die Hose, glaub mir! Wir sind zu verschieden!«

»Wie gesagt, es ist nicht für immer, nur eine Notlösung! Muss ich dich anbetteln? Ich zahle pünktlich, soviel solltest du wissen.«

Jojo legte das Handtuch beiseite und betrachtete gedankenverloren das Geschirr. Eine Weile schwiegen beide einvernehmlich.

»Wieso bist du eigentlich nicht liiert?«, fragte Viktoria schließlich.

»Ich bin gerne Single. Und außerdem –«

»Außerdem?«

»Ich bekomme bald eine neue Mitbewohnerin, ziemlich anstrengende Person. Und das Letzte, was ich brauche, ist Zickenkrieg!«

Viktoria hörte auf zu kneten und sah Jojo an, der breit grinste. Immer noch schweigend nahm sie eine Handvoll Teig, formte eine Kugel und streute ordentlich Mehl drüber. Wurfbereit hielt sie ihn in der Hand und schaute Jojo düster an.

»Wie war das?«

»Viktoria, tu das nicht! Der Anzug ist nagelneu! Ein Geschenk meines Bruders.«

»Du legst Wert auf dein Aussehen?«

»Na und? Viktoria, Viktoria! Leg den Teig weg, ich warne dich! Viktoria!«

Viktoria lachte kurz und warf Jojo einen kämpferischen Blick zu. Die Wurfkugel wippte in ihrer Hand, während sie fleißig Mehl nachstreute.

»Viktoria, ich mein's Ernst! Lass das!«

»Ich kenne eine fabelhafte Reinigung, nicht weit von hier. Also, wie war das eben?«

Hektisch streifte Jojo das Jackett aus und warf es in sichere Entfernung. »Viktoria, das war ein Spaß!«

»Kein Thema! Jetzt kommt mein Spaß! Und ein paar Eier hab ich auch noch«, rief sie, holte aus und feuerte den Teig gekonnt in Jojos Richtung.

»Scheiße, verdammt!«

Jojos Schreie begleiteten den Flug des Wurfkörpers, dem Mehlstaub vorauseilte. Hastig griff er nach einem Kochlöffel, um den Aufprall abzuwehren, und stimmte in Viktorias Lachen ein. Noch bevor der Aufschlag einsetzte und ihn in eine weiße Wolke hüllte, wusste sie, dass sie genau dort war, wo sie sein wollte. Angekommen, zuhause.

Über die Autorin

Susanne Friedrich wurde 1965 in Indien geboren und verbrachte ihre Kindheit in Südostasien.

Nach Ablauf ihrer Schulzeit in Deutschland zog sie nach London, wo sie für verschiedene Interior Design Verleger tätig war und Europa ausgiebig bereiste. Weitere Auslandsjahre verbrachte sie in Paris.

Ende der Neunzigerjahre zog sie nach Sankt Petersburg, Russland, wo sie bis 2007 lebte.

Von ihren dortigen Erfahrungen erzählt sie in ihrem Buch »Notizen in der Kälte« (tredition, 2016).

Susanne Friedrich schreibt, illustriert und fotografiert.

www.susannefriedrich.de

Ist Sicherheit nicht eine Illusion? Und ist es nicht besser, auf neuen Wegen etwas zu stolpern, als auf alten Pfaden auf der Stelle zu treten? Lohnt es sich, den Schritt ins Ungewisse zu wagen? Ja, dieser Schritt lohnt sich. Das zumindest erzählen die Memoiren »Notizen in der Kälte«, die Mut zum Wagnis in einer unsicheren Welt machen.

Susanne Friedrich erzählt von ihren persönlichen Erfahrungen in Sankt Petersburg kurz nach dem Verfall der Sowjetunion und nimmt den Leser mit auf eine Reise in das Riesenreich Russland, das er aus der Sicherheit seines Lesesessels miterleben kann.

Pressestimmen:

»Gut, dass es in Russland nicht nur Politik gibt.« – Sovsekretno, Moskau

»Ein Buch zum Erwärmen.« – Moskau Deutsche Zeitung

ISBN Paperback: 978-3-7323-7911-8
ISBN Hardcover: 978-3-7323-7912-5
ISBN E-Book: 978-3-7323-7960-6

www.susannefriedrich.de

Zeitfracht Medien GmbH
Ferdinand-Jühlke-Straße 7
99095 Erfurt, Deutschland
produktsicherheit@kolibri360.de